Jack Kerouac

Le vagabond solitaire

Traduit de l'anglais
par Jean Autret

Gallimard

Titre original :

LONESOME TRAVELER

© *Jack Kerouac, 1960.*
© *Éditions Gallimard, 1969, pour la traduction française.*

Jack Kerouac est né en 1922 à Lowell, Massachusetts, dans une famille d'origine canadienne-française. Il fait ses études à Columbia College, Caroline du Sud, de 1940 à 1942 puis à New School for Social Research en 1948-1949. De 1942 à 1944 il est mobilisé dans la marine marchande.

Son premier livre *The Town and the City* paraît en 1950. Kerouac met ensuite au point une technique nouvelle, très spontanée à laquelle on a donné le nom de littérature de l'instant.

En 1957 après avoir remis à son éditeur l'ouvrage qui devait le rendre célèbre *Sur la route,* il part pour Mexico, Londres, Paris, Tanger. Il ressent alors cruellement le mal du pays, rentre aux Etats-Unis, fait un voyage de Floride à San Francisco avec sa mère et s'installe avec elle dans les environs de New York.

En 1961 il termine *Desolation Angels* qui paraît en 1965 et publie en 1967 *Satori in Paris.*

L'auteur du *Vagabond solitaire* a été le chef de file du mouvement *beatnik.*

Ce mouvement, qui fit son apparition à San Francisco, comprenait des poètes et des romanciers unis par une même révolte contre les faux dieux d'une civilisation matérialiste et contre une certaine littérature conformiste. Les beatniks avaient le goût des grandes équipées en auto-stop à travers le continent américain, le vagabondage, la vie sauvage.

Jack Kerouac est mort en 1969, à l'âge de 47 ans.

PRÉFACE DE L'AUTEUR

NOM Jack Kerouac
NATIONALITÉ Franco-américaine
LIEU DE NAISSANCE Lowell, Massachusetts
DATE DE NAISSANCE 12 mars 1922
ÉDUCATION (*Etablissements scolaires fréquentés,
    cours spéciaux, diplômes, indiquer les
    dates*)

Collège de Lowell (Mass.) ; lycée de garçons
Horace Mann ; Columbia College (1940-1942) ;
New School for Social Research (1948-1949) Arts
libéraux, aucun diplôme (1936-1949). Mention
« Très Bien » décernée par Mark Van Doren, en
littérature anglaise à Columbia (cours sur Shakespeare). — Collé en chimie à Columbia. — 18 sur
20 de moyenne au lycée Horace Mann (1939-1940).
Ai pratiqué le football en fac. Et aussi l'athlétisme et
le base-ball. Ai participé à des tournois d'échecs.

MARIÉ Nâân
ENFANTS Néant
ÉNUMÉRATION SOMMAIRE DES PRINCI-
PAUX MÉTIERS EXERCÉS

Tous les métiers ; à savoir : marmiton sur les bateaux, pompiste dans une station-service, matelot de pont, chroniqueur sportif dans un journal (le *Lowell Sun*), garde-frein aux chemins de fer, assistant scénariste à la XXth Century Fox à New York ; serveur dans un débit de limonade, commis aux chemins de fer, bagagiste dans les gares, cueilleur de coton, aide-déménageur, apprenti lamineur au Pentagone en 1942, guetteur pour les services de surveillance des feux de forêts en 1956, manœuvre dans le bâtiment (1941).

INTÉRÊTS

DISTRACTIONS J'ai inventé mon propre jeu de base-ball, avec des cartes, extrêmement compliqué ; et je suis en train de jouer une saison de toute une série de 154 matchs, avec huit clubs, en faisant tous les calculs ; moyennes des buts, moyenne des E.R.A., etc.

SPORTS Les ai tous pratiqués sauf le tennis, la crosse canadienne et le skull.

INTÉRÊT SPÉCIAL Les femmes

PRIÈRE DE DONNER UN BREF RÉSUMÉ DE VOTRE VIE

Ai eu une belle enfance ; mon père était imprimeur à Lowell, Mass. ; j'errais dans les champs et le long de la rivière jour et nuit ; j'écrivais de petits romans dans ma chambre ; le premier, je l'ai composé à onze ans ; je tenais aussi de très longs carnets intimes et je faisais des journaux pour y écrire les comptes rendus de mes courses de chevaux (un jeu de mon invention) ainsi que de mes expériences de footballeur et de joueur de base-ball

(tout cela est raconté dans mon roman *Docteur Sax*).
— J'ai reçu une bonne instruction primaire chez les
frères jésuites, à l'Ecole paroissiale Saint-Joseph de
Lowell, ce qui m'a permis, plus tard, d'entrer
directement en sixième au collège ; pendant mon
enfance, je suis allé à Montréal et à Québec avec
ma famille ; à l'âge de onze ans j'ai reçu en cadeau
un cheval, de la part du maire de Lawrence
(Mass.), Billy White ; j'ai fait faire des promenades
à tous les gosses du voisinage ; le cheval s'est sauvé.
J'ai longuement déambulé à pied sous les vieux
arbres de la Nouvelle-Angleterre, la nuit, avec ma
mère et ma tante. J'écoutais leurs propos avec
attention. J'ai décidé de devenir écrivain, à l'âge de
dix-sept ans, sous l'influence de Sebastian Sampas,
jeune poète local qui devait mourir à la tête de pont
d'Anzio ; j'ai lu la vie de Jack London à dix-huit ans
et j'ai décidé d'être moi aussi un aventurier, un
voyageur solitaire ; premières influences littéraires :
Saroyan et Hemingway ; plus tard, Wolfe (après
m'être cassé la jambe en jouant au football, quand
j'étais étudiant de première année à Columbia ; j'ai
lu Tom Wolfe et j'ai vagabondé dans son New
York, avec des béquilles). J'ai subi l'influence de
mon frère aîné, Gerard Kerouac, mort à neuf ans,
en 1926, alors que j'en avais quatre ; cet enfant fut
un grand peintre et un grand dessinateur (vraiment) — (les sœurs disaient aussi que c'était un
saint) — (tout cela sera raconté dans un prochain
roman *Visions of Gerard*). — Mon père était un
homme des plus intègres, toujours plein de dignité ;
son caractère s'est aigri les dernières années, à

cause de Roosevelt et de la Seconde Guerre mondiale ; il est mort d'un cancer de la rate. — Ma mère vit encore, je mène avec elle une existence quasi monastique grâce à laquelle j'ai pu écrire autant que je l'ai fait. — Mais j'ai aussi écrit sur la route ; en vagabond, en cheminot, en m'exilant au Mexique, en voyageant en Europe (voir *Le Vagabond solitaire*). — J'ai une sœur, Caroline, mariée maintenant à Paul E. Blake junior, de Henderson, Caroline du Nord, technicien dans les services « antimissile » du gouvernement. Elle a un fils, Paul Jr., mon neveu, qui m'appelle Oncle Jack et qui m'aime bien. — Ma mère s'appelle Gabrielle, c'est d'elle que j'ai appris comment on raconte des histoires avec naturel, grâce à ses longs récits sur Montréal et le New Hampshire. — Je suis de souche française, bretonne, plus exactement. Mon premier ancêtre nord-américain fut le baron Alexandre Louis Lebris de Kérouac, de Cornouaille, Bretagne — 1750 et des poussières ; il lui fut octroyé une terre le long de la Rivière du Loup après la victoire de Wolfe sur Montcalm ; ses descendants épousèrent des Indiennes (Mohawk et Caughnawaga) et se consacrèrent à la culture des pommes de terre ; le premier descendant qui s'installa aux Etats-Unis fut mon grand-père, Jean-Baptiste Kérouac, charpentier à Nashua, New Hampshire. — La mère de mon père, une Bernier, était apparentée à Bernier, l'explorateur — tous Bretons du côté de mon père. — Ma mère a un nom normand, L'Evesque.

Premier roman « en règle », *The Town and the City,* écrit selon les traditions d'un travail de longue haleine, avec les corrections que cela comporte, de 1946 à 1948, trois ans durant, publié par Harcourt Brace en 1950. — Puis, je découvre la prose « spontanée » et j'écris *Les Souterrains* en trois nuits — et *Sur la route* en trois semaines.

J'ai lu et étudié seul toute ma vie. — J'ai établi un record à Columbia College en séchant les cours pour rester au dortoir à écrire une pièce au jour le jour et lire, entre autres, Louis-Ferdinand Céline au lieu des classiques figurant au programme.

J'avais des idées bien à moi. — On dit que je suis le « clochard, l'ange fou » qui a « une tête nue et infinie, pleine de prose... » J'ai aussi écrit de la poésie, *Mexico City Blues* (Grove, 1959). — J'ai toujours considéré le travail littéraire comme ma mission sur cette terre. Je me fais un devoir de prêcher la bonté universelle, ce que l'hystérie des critiques n'a pu déceler sous la frénésie des romans que j'ai consacrés à une description véridique de la « *beat* » *generation*. — En fait, je ne suis pas un « beat » mais un mystique catholique étrange, solitaire et fou...

Ultimes projets : vivre en ermite dans les bois, écrire paisiblement durant ma vieillesse avec le doux espoir d'aller au Paradis (qui vient à tout le monde de toute manière)...

Mon grief favori à l'encontre du monde contemporain : les facéties des gens « respectables »... qui, parce qu'ils ne prennent rien au sérieux, anéantissent les vieux sentiments humains, ceux qui sont plus anciens que le *Time Magazine*... Dave Garroways se gaussant des blanches Colombes !...

PRIÈRE DE DONNER UNE COURTE DESCRIP-
TION DE CE LIVRE, SA DIMENSION, SON
BUT TELS QUE VOUS LES VOYEZ.

Le Vagabond solitaire, c'est un recueil de morceaux
inédits ou déjà publiés qui ont été rassemblés ici
parce qu'ils ont un thème commun : le voyage.

Ces voyages recouvrent les Etats-Unis, depuis le
Sud jusqu'à la côte est, la côte ouest, l'extrême
Nord ; le Mexique, le Maroc, Paris, Londres, les
océans Atlantique et Pacifique vus à bord d'un
bateau. — Différents personnages et différentes
cités qui ont paru dignes d'intérêt y ont été décrits.

Les métiers de cheminot et de marin, le mysti-
cisme, le travail en montagne, la lascivité, le
solipsisme, le sybaritisme, les courses de taureaux,
la drogue, les églises, les musées d'art, les rues des
cités, une vie compliquée et diverse telle qu'elle a
été vécue par un libertin indépendant lettré et
désargenté qui s'en est allé en tous lieux.

Sa dimension, son but, ce sont tout simplement la
poésie, ou encore, la description naturelle.

1

Môles de la nuit vagabonde

ICI-BAS SUR LA TERRE NOIRE
    avant que nous montions au Ciel
VISIONS DE L'AMÉRIQUE
Tous ces voyages en stop
Tous ces voyages en train
Tous ces retours
    vers l'Amérique
Par la frontière mexicaine, par la frontière cana-
dienne...

D'abord, il faut me voir, le col remonté jusqu'au
menton et entouré d'un mouchoir bien serré, pour
me tenir chaud ; je m'en vais d'un pas lourd le long
des entrepôts froids et noirs, sur les quais de ce San
Pedro que j'ai toujours aimés ; les raffineries de
pétrole, dans ce brouillard humide de la nuit de
Noël 1951, déversent leurs odeurs de caoutchouc
brûlé ; les mystères de la Sorcière Marine du
Pacifique m'enveloppent et, tout de suite à ma
gauche, tandis que je chemine, vous pouvez voir les
remous huileux des eaux de cette sacrée vieille baie
qui montent embrasser les poteaux écumeux ; et là-

bas, sur les eaux plates comme un fer à repasser,
des lumières hululent dans les flots mouvants;
lumières des bateaux, lumières des chaloupes qui
s'en vont, côte à côte, et quittent cette dernière lèvre
de la terre américaine. — Là-bas, sur cet océan
ténébreux, cette mer sauvage et noire que le ver
chevauche, invisible, comme une sorcière qui vole à
travers les airs, allongée négligemment, semble-t-il,
sur un divan triste; les cheveux épars, elle s'en va
trouver la joie rouge des amants pour la dévorer;
c'est la Mort pour ne point la nommer; là-bas,
donc, le bateau de la mort et du destin, le *Roamer*,
peint en noir avec des guis de misaine orange,
arrivait maintenant comme un fantôme, sans autre
bruit que les vastes frémissements de ses machines,
pour être halé et toué au môle de Pedro, venant de
New York par le canal de Panama, avec à bord mon
sacré vieux copain, Deni Bleu qu'il s'appelle, qui
m'a fait parcourir cinq mille kilomètres en car, en
me promettant qu'il me prendrait à bord pour que
je fasse avec lui le reste du voyage autour du
monde. — Et puisque pour la santé ça ne va pas
trop mal, puisque je suis reparti à l'aventure, que je
n'ai rien d'autre à faire que de promener mes joues
creusées dans la vraie Amérique, avec mon cœur
irréel, me voilà tout feu tout flamme, prêt à me faire
exploiter comme marmiton ou laveur de vaisselle
sur un quelconque gros-cul, du moment que je
pourrai m'acheter ma prochaine chemise fantaisie
·dans une boutique de Hong-kong ou brandir un
maillet de polo dans quelque vieux bar de Singapour ou jouer des chevaux en Australie; pour moi,

c'est du pareil au même si ça risque d'être excitant,
du moment que je roule ma bosse autour du monde.
Depuis mon départ de New York, j'ai voyagé
pendant des semaines en direction de l'Ouest.
Arrivé à Frisco, j'ai logé chez un copain, profitant
des fêtes de Noël pour me faire cinquante dollars
chez un transporteur qui expédiait ses colis par ce
bon vieux tacot ferroviaire, et je viens de faire les
huit cents bornes qui restaient de Frisco jusqu'ici,
comme invité secret et honoré dans le fourgon du
Zipper, un train de marchandises de première
classe, grâce à mes relations dans les chemins de fer
de Frisco, et maintenant j'ai comme l'impression
que je vais être un grand marin, je vais monter à
bord du *Roamer,* ici, à Pedro, c'est du moins ce que
je m'imagine, bêtement ; d'ailleurs, s'il n'avait pas
été question de cette croisière, je serais sûrement
entré aux chemins de fer, j'aurais appris le métier
de garde-frein, et on m'aurait payé pour monter ce
sacré vieux Zipper vrombissant. — Mais voilà que
j'étais tombé malade, j'étais oppressé tout d'un
coup, j'avais attrapé cette terrible grippe, le virus
X, type californien, et c'est à peine si je pouvais voir
à travers les vitres poussiéreuses du fourgon quand
il fonçait le long des remous blancs comme neige à
Surf, Tangair et Gaviota, sur la section de ligne qui
va de San Luis Obispo à Santa Barbara. — J'avais
tenté l'impossible pour profiter au maximum de ce
voyage, mais je ne pouvais rien faire d'autre que
rester allongé, sur la banquette du fourgon, le
visage enfoui dans ma veste nouée, et tous les chefs
de train de San Jose à Los Angeles durent me

réveiller pour me demander mes références, j'étais frère de garde-frein, et garde-frein moi-même, au Texas, et chaque fois, je me redressais en me disant : « Mon vieux Jack en ce moment, tu voyages dans un fourgon, et tu suis la côte blanche d'écume sur la voie la plus spectrale que tu aies jamais voulu suivre, dans tes rêves les plus fous, c'est comme un rêve de gosse, comment ça se fait que tu ne peux pas relever la tête pour regarder et jouir du spectacle des côtes duveteuses de la Californie, cette dernière côte à être blanchie par la fine écume poudreuse de ces eaux qui accourent de toutes les baies d'Orient et puis s'en vont d'ici, comme des linceuls, vers Catteras Flapperas Voldivious et Gratteras, allons, mon vieux », mais je levais la tête, et il n'y avait rien à voir, rien que mon âme maculée de sang, et aussi de vagues aperçus d'une lune irréelle qui brillait sur une mer irréelle, et le défilé rapide des cailloux de la voie, et le rail à la lueur des étoiles. — J'arrive à Los Angeles le matin, et me voilà parti en titubant, une énorme musette bien pleine sur l'épaule, de la gare de Los Angeles vers le centre de la ville ; j'arrive à Main Street, et je reste couché vingt-quatre heures de suite dans une chambre d'hôtel, avalant du jus de citron au bourbon et de l'anacin, et là, couché sur le dos, je vois de l'Amérique une vision qui n'a pas de fin — et qui ne fait que commencer — et pourtant, je me dis : « Je vais aller sur le *Roamer* à Pedro, et je serai au Japon avant que vous ayez eu le temps de dire ouf. » — Quand je me suis senti un peu mieux, j'ai regardé par la fenêtre et j'ai vu les rues

ensoleillées et chaudes du Noël à Los Angeles,
jusqu'au bout, vers les taudis et les masures, et j'ai
erré comme une âme en peine, en attendant que le
Roamer vienne s'amarrer au môle de Pedro, là où je
devais retrouver Deni, au pied du débarcadère,
avec le revolver qu'il avait envoyé !

Plus d'une raison de le rencontrer à Pedro — il
avait envoyé un revolver à l'intérieur d'un livre
qu'il avait coupé avec soin et creusé, et il avait fait
un joli petit paquet enveloppé dans du papier
d'emballage, attaché avec une ficelle, le tout
adressé à une fille de Hollywood, Helen quelque
chose, dont il m'avait donné l'adresse ; « Maintenant, Kerouac, aussitôt arrivé à Hollywood, tu vas
immédiatement chez Helen et tu lui demandes le
colis que je lui ai envoyé et toi, tu l'ouvriras avec
précaution, le paquet, dans ta chambre d'hôtel, et
tu prendras le revolver ; fais gaffe, il est chargé, te
fais pas sauter un doigt ; alors tu le mets dans ta
poche, tu m'entends bien Kerouac, c'est bien entré
dans ta cervelle de surexcité — mais il faut
maintenant que tu me fasses une petite commission,
pour moi, ton petit Denny Blue, rappelle-toi qu'on
est allé à l'école ensemble, on a cherché ensemble
des moyens de se tirer de la débine, de glaner
quelques sous, on a été copains tous les deux, on a
même épousé la même femme, hum ! enfin, on a
tous les deux désiré la même femme ; Kerouac, c'est
à toi maintenant de m'aider à me défendre contre la
méchanceté de Matthew Peters, tu apporteras ce
revolver », il pointe son doigt vers moi, il ponctue
chaque syllabe en l'appuyant sur ma poitrine,

« apporte-le, et te fais pas prendre et rate pas l'arrivée du bateau, quelles que soient les circonstances. » — Ce plan est si absurde, il est tellement digne de ce cinglé, que je suis venu sans le revolver, naturellement, je ne suis même pas allé voir cette Helen. J'ai mis ma veste râpée et je suis parti très vite ; j'étais presque en retard, je voyais les mâts du bateau, près de la jetée, je voyais la nuit, les projecteurs partout, le long de cette sinistre enfilade de raffineries et de réservoirs de pétrole, traînant mes pauvres savates qui avaient commencé alors un sacré voyage. — J'étais parti de New York pour rattraper ce rafiot de dément, mais j'allais bientôt comprendre, en moins de vingt-quatre heures, que je ne mettrais jamais les pieds sur un bateau — je ne le savais pas encore à ce moment-là, mais le destin avait décidé que je resterais en Amérique, toujours ; dans les trains ou sur les fleuves, ce serait toujours l'Amérique (des bateaux à destination de l'Orient qui remontent le Mississipi, ainsi qu'il vous sera indiqué plus tard). — Pas de revolver ; recroquevillé sur moi-même pour me défendre de ce terrible froid humide de Pedro et de Long Beach, dans la nuit, je passe devant l'usine Puss'n Boots, qui fait l'encoignure avec, devant, une petite pelouse et la bannière américaine, et un gros thon sur une pancarte ; dans le même bâtiment, ils préparent du poisson pour les humains et pour les chats — je passe devant les débarcadères de Matson, les Lurline ne sont pas là. — Et je zieute, je cherche Matthew Peters, le méchant, à cause de qui il a fallu ce revolver.

Et je repense à cette histoire de fou, à ce qui s'est
passé plus tôt, dans ce film énorme et grinçant de la
terre, dont je ne puis vous présenter qu'une partie
quelle que soit sa longueur, aussi fou que le monde
puisse être, jusqu'à ce qu'enfin, vous puissiez vous
dire : « Oh, oui, de toute manière, c'est toujours
comme ça que ça se passe. » — Mais Deni avait
fait exprès d'emboutir la voiture de Matthew. Ils
avaient dû vivre ensemble, avec quelques filles à
Hollywood. Ils étaient tous les deux marins. On
pouvait les voir en photo, assis au soleil au bord
d'une piscine, en slip de bain, avec des blondes
qu'ils enlaçaient étroitement. Deni était grand, un
peu gras, brun, il montrait ses dents blanches dans
un sourire hypocrite ; Matthew était un extrêmement beau garçon, blond, sinistre et plein d'assurance, affichant parfois une expression (morbide)
de péché et de silence, le héros — du groupe, à
l'époque — dont on entend toujours parler, confi-
dentiellement, par tous les ivrognes et les non-
ivrognes, dans tous les bars et les non-bars d'ici
jusqu'au bord de tous les mondes du Tathagata,
dans les Dix Quartiers de l'univers, c'est comme les
fantômes de tous les moustiques qui aient jamais
existé, la densité de l'histoire du monde ; avec tout
cela, il y en aurait assez pour engloutir le Pacifique
autant de fois que vous pourriez enlever un grain de
sable de son lit sablonneux. La voilà la grande
histoire, la grande complainte, telle que je l'ai
entendu chanter par Deni, le vieil habitué des
complaintes et des chansons, et l'un des individus
les plus hargneux que je connaisse. « Pendant que

moi, je fouillais toutes les poubelles de Hollywood,
tu te rends compte, derrière ces appartements de
luxe, la nuit, très tard et discrètement, pour récupérer des bouteilles consignées à cinq cents que je
mettais dans mon petit sac, je voulais me faire un
peu de fric, tu sais, y avait pas moyen de trouver du
boulot dans le port, ou sur un bateau, ni pour de
l'argent, ni pour de l'amour — Pendant ce temps-
là, Matthew, avec ses grands airs, il faisait la noce,
il dépensait tout l'argent qu'il pouvait tirer de mes
mains crasseuses, et pas une seule fois, UNE seule, je
n'ai entendu un seul MOT de reconnaissance — tu
peux imaginer quel était mon état d'esprit, quand
finalement j'ai appris qu'il m'avait fauché la fille
que j'aimais le plus pour passer la nuit avec elle —
Je me suis faufilé jusque dans son garage, j'ai sorti
sa voiture en catimini, sans mettre le moteur en
route, et je l'ai laissée dévaler la rue ; et après, mon
pote, je suis parti pour Frisco, en buvant de la bière
en boîte — je pourrais te raconter une de ces
histoires ! » — et le voilà lancé, il raconte son
histoire, à sa manière bien à lui et inimitable,
comment il a embouti la voiture à Cucamonga,
Californie, de plein fouet, dans un arbre ; il a failli
se tuer ; et l'arrivée des flics et puis les huissiers, les
journaux, les embêtements qu'il a eus et comment,
en fin de compte, il est arrivé à Frisco et a trouvé un
autre bateau, et comment Matthew Peters qui
savait qu'il était sur le *Roamer* allait l'attendre sur le
quai, cette même nuit froide et glacée, à Pedro, avec
un revolver, un couteau, des acolytes, des amis, et
tout. — Deni allait descendre du bateau, l'œil aux

aguets, prêt à se jeter à plat ventre par terre, et moi j'allais l'attendre là, au pied de la passerelle, pour lui tendre le revolver en vitesse — dans le brouillard, le brouillard de la nuit.

« D'accord, raconte-moi une histoire.

— Doucement maintenant.

— C'est toi qui as tout commencé. »

« Doucement, doucement », fait Deni de sa manière qui lui est si particulière — « Dhoû » très fort, la bouche grande ouverte, on dirait un speaker de la télé qui veut articuler chaque son, et puis la fin du mot arrive en sourdine, à l'anglaise ; c'est une manie qu'on avait prise, quand on était au bahut ; tout le monde parlait ainsi ; très fort au début du mot, puis tout d'un coup plus rien, ou à peu près ; Passe-moi ton DHIK tionnaire — il n'y a rien à comprendre, ce sont des manies de potache d'autrefois, perdues maintenant — et Deni, dans cette absurde nuit de San Pedro, lançait au brouillard ses idioties, comme si cela pouvait rien y changer — « Doucement », fait Deni, aggripant mon bras solidement et me fixant d'un œil solennel ; il a un mètre quatre-vingt-deux et il baisse les yeux vers moi qui n'ai qu'un mètre soixante-sept, et ses yeux noirs lancent des éclairs ; il est visiblement furieux ; manifestement, sa conception de la vie, c'est quelque chose que personne n'a jamais eu, et n'aura jamais, et pourtant, avec le même sérieux, il est capable d'aller n'importe où, en beuglant avec conviction sa théorie sur moi ; par exemple : « Kerouac est une victime, une VIK timm de son i ma GHINATion » — Ou sa plaisanterie favorite à

mes dépens, qui est censée être tellement cocasse, et
qui est l'histoire la plus triste qu'il ait jamais
racontée, que personne n'ait jamais racontée,
« Kerouac, un soir, a refusé de prendre une cuisse
de poulet et quand je lui ai demandé pourquoi, il a
dit : " Je pense à ces pauvres gens qui meurent de
faim en Europe. " ... HA HA HA » et le voilà parti,
ce rire fantastique, ce vaste hurlement hilare qui
monte vers un ciel conçu spécialement pour lui, un
ciel que je vois toujours au-dessus de Deni quand je
pense à lui, à la nuit noire, la nuit qui enserre le
monde, la nuit où il est resté planté sur le quai, à
Honolulu, engoncé dans ses quatre kimonos japonais de contrebande, alors que les douaniers
venaient de lui faire enlever les vêtements qu'il
avait enfilés par-dessus, et il est là, debout, en
pleine nuit, sur le quai, avec ses kimonos japonais,
ce gros Deni Bleu, cet énorme type qui n'en mène
pas large et qui est très très malheureux — « Je
pourrais te raconter une histoire si longue que je
n'aurais pas assez de temps pour la finir, même si
nous faisions ensemble un voyage autour de la
terre, Kerouac, oui mais toi, toi, toi, tu veux jamais
écouter — Kerouac, qu'est-ce donc que tu vas leur
raconter à ces pauvres types qui crèvent de faim en
Europe à propos de cette usine Puss n'Boots, là,
avec son thon sur le mur, Myiou HAHAHAHAHA, *ils
font la même bouffe pour les chats et pour les gens,* YOHH
HHOOOOOOOOO ! » — Et quand il riait de cette
façon, vous pouviez être sûr qu'il s'amusait comme
un fou, tout seul, d'ailleurs, car chaque fois,
immanquablement, aucun de ses compagnons,

aucun des marins avec lesquels il eût jamais
travaillé sur un bateau, ne comprenait ce qu'il
pouvait y avoir d'amusant, là-dedans ; pas plus que
dans ses farces stupides. Tenez par exemple : « J'ai
démoli la bagnole de Matthew Peters, tu comprends — bon, laisse-moi t'expliquer ; je l'ai pas fait
exprès, naturellement, Matthew Peters veut se
persuader du contraire, un tas de sales types aussi,
Paul Lyman, par exemple, qui veut aussi se
convaincre que je lui ai piqué sa môme, pourtant, je
te jure Kerouac, que c'est pas vrai, c'est mon
copain Harry McKinley qui lui a pris sa poule, à
Paul Lyman. — J'ai pris la voiture de Matthew
pour aller à Frisco, je l'aurais laissée dans la rue,
avant de m'embarquer, il l'aurait récupérée, mais
malheureusement, Kerouac, la vie ça se passe pas
toujours comme on voudrait, comment qu'il s'appelait le patelin, je peux pas, j'arrive jamais à m'en
souvenir — allons, quoi, Kerouac, tu m'écoutes
pas », il me prend le bras « Allons, est-ce que tu
écoutes ce que je suis, MOI, en train de te dire ?
— Mais oui, j'écoute, naturellement.
— Alors pourquoi que tu regardes en l'air,
qu'est-ce qu'il y a là-haut, des oiseaux, tu écoutes
l'oiseau qui est là-haut », il se détourne avec un
petit rire étouffé ; c'est à ce moment-là que je vois le
vrai Deni, maintenant, quand il détourne la tête ; il
n'y avait rien d'amusant, il n'y avait là aucune
matière à grosse farce, il m'avait parlé et puis il
avait essayé de tourner en plaisanterie mon inatten-
tion apparente, et ce n'était pas drôle vraiment,
puisque j'écoutais, en fait, j'écoutais sérieusement,

comme toujours, toutes ses complaintes, toutes ses
chansons ; mais il avait tourné la tête, et il avait
essayé, et dans le petit air désespéré qu'il prend
alors, comme s'il scrutait son passé, vous voyez le
double menton ou le menton à fossette de quelque
gros bébé, dont la nature se déploie avec regret,
avec une humilité qui vous fend le cœur, et un
abandon à la française, et même avec soumission ;
et il parcourt la gamme complète, depuis les
combinaisons malicieuses et les farces stupides,
jusqu'aux larmes du grand bébé ange Ananda qui
pleure dans la nuit. Je l'ai vu, je le sais. —
« Cucamongo, Practamonga, Calamongonata, je
ne me rappellerai jamais le nom de cette ville, mais
je suis allé me jeter avec la voiture en plein dans
l'arbre, Jack, comme je te le dis, et alors, ils me sont
tous tombés dessus : flics, juges, docteur, chef indien,
agent d'assurance, inspecteurs, tous dans le...
— Je te le dis, j'ai eu de la veine d'en sortir vivant, il
a fallu que j'envoie un télégramme chez moi pour
demander de l'argent ; comme tu le sais, c'est ma
mère, dans le Vermont, qui a toutes mes économies,
et quand j'ai un pépin, je lui télégraphie toujours,
c'est mon argent.

— Oui, Deni. » Mais pour couronner le tout, il y
avait l'ami de Matthew Peters, Paul Lyman, dont
la femme était partie avec Harry McKinley ; dans
des circonstances mystérieuses, ils avaient pris un
tas d'argent et s'étaient embarqués sur un bateau à
destination de l'Orient ; et maintenant, ils vivaient
avec un major alcoolique dans une villa de Singapour, et ils menaient la grande vie en pantalon de

toile et chaussons de tennis ; mais Lyman, le mari, qui était aussi marin et, en fait, compagnon de bord de Matthew Peters (Deni n'en savait rien alors, ils étaient tous deux à bord du Lurline) (gardez ça pour vous) Lyman donc était convaincu que Deni avait trempé dans l'affaire lui aussi, si bien que tous deux avaient juré de tuer Deni, d'étriper Deni, et d'après Deni ils allaient se trouver sur le quai quand le bateau entrerait au port cette nuit-là, avec des revolvers et des amis, et moi je devais être là aussi, prêt à agir ; et quand Deni descendra prestement de la passerelle, en grande tenue pour aller à Hollywood voir ses stars et ses femmes et tous les grands tralalas dont il m'a' parlé dans sa lettre, je devrai m'avancer et lui tendre le revolver chargé et armé, et Deni, regardant avec précaution de tous côtés à la recherche d'une ombre, prêt à se jeter à plat ventre sur le sol, me prendra le revolver et ensemble nous nous enfoncerons dans les ténèbres du quai, nous courrons vers la ville — en quête de nouvelles aventures —

Alors maintenant que le *Roamer* entrait dans le port et qu'il se rangeait le long du quai, moi, j'étais planté là, et je parlais tranquillement à l'un des hommes du pont arrière qui se débattait au milieu des cordages.

« Où il est le charpentier ?

— Qui ? Blue ? Le... Je vais aller voir dans une minute. »

Je demande encore à quelques autres marins, et voilà Deni qui s'amène, au moment où l'on finit d'amarrer le bateau, où un préposé installe le garde-rats et où le capitaine souffle dans son petit sifflet, alors que se termine ce déplacement lent, énorme et incompréhensible qui a l'air de devoir durer une éternité; et vous entendez l'eau brassée encore par les hélices à l'arrière, les dalots qui pissent — ce grand voyage de fantôme est achevé, le bateau est là — les mêmes figures humaines sont sur le pont — et voici venir Deni en treillis, et il n'en croit pas ses yeux quand il voit là, sur le quai, dans le brouillard nocturne, son ami qui l'attend, comme prévu, les mains dans les poches; il pourrait presque le toucher en étendant le bras.

« Te voilà Kerouac, je n'aurais jamais cru que tu serais venu.

— Tu me l'avais demandé, non?

— Attends, il me faut une demi-heure pour finir mon boulot, me nettoyer et m'habiller, j'arrive tout de suite — y a quelqu'un dans le secteur —?

— Je sais pas. Je lance un coup d'œil circulaire. Ça fait une demi-heure que je regarde les voitures en stationnement, les recoins obscurs, les entrées de hangar, les renfoncements de portes, les niches, les cryptes d'Egypte, les trous de rats du quai, les trous de porte à crapules et les cartons à boîtes de bière, les guis de misaine et les aigles qui happent les poissons — non, nulle part, ces héros ne sont en vue nulle part.

Deux chiens, les plus tristes que vous ayez jamais vus (hahaha), quittent le quai, dans le noir, passent devant quelques douaniers qui lancent à Deni un

petit regard expert — ils n'auraient pas trouvé le
revolver dans sa poche de toute façon — mais lui, il
avait pris ses précautions, il l'avait expédié dans le
livre préalablement évidé. Il regarde de tous côtés,
il murmure :

« Alors, tu l'as ?

— Ouais, dans ma poche.

— Garde-le, tu me le donneras quand on sera
arrivés à la rue ?

— T'en fais pas.

— J'ai l'impression qu'ils ne sont pas là, mais on
ne sait jamais.

— J'ai regardé partout.

— On va sortir d'ici et on va caleter en vitesse.
J'ai tout prévu, Kerouac, tout ce qu'on va faire ce
soir, demain et pendant tout le week-end ; j'ai parlé
à tous les cuistots et on s'est mis d'accord ; une
lettre en ta faveur à Jim Jackson, au mess, et tu
pourras dormir à bord, dans la chambre réservée
aux élèves-officiers. Une chambre d'apparat pour
toi tout seul, Kerouac, tu te rends compte, et
M. Smith a accepté de venir avec nous pour fêter
ça, mmmm ! » — M. Smith, c'était le sorcier pâle et
ventripotent de la salle des machines préposé aux
huilages et essuyages et aux vérifications du niveau
des eaux, c'était le gars le plus drôle que vous
puissiez jamais rencontrer, et d'avance Deni riait et
se réjouissait, il oubliait ses ennemis imaginaires. —
Une fois arrivés à la rue qui prolongeait le quai,
nous eûmes la certitude que nous étions hors de
danger. Deni portait une tenue de serge bleue, qu'il
avait payée fort cher à Hong-kong, avec des bouteil-

les dans le rembourrage des épaulettes, du beau
drap, un joli costume ma foi ; à côté de moi qui
avais toujours mes haillons de vagabond, il avançait de son pas lourd comme un fermier français
jetant ses plus gros brogans par-dessus les rangées
de bledeine[1], comme un dur de Boston qui arpente la
grand-place le samedi soir, pour voir ses copains à
la salle de billard, mais il restait quand même bien
Deni, avec son sourire angélique, rehaussé ce soir-là
par le brouillard qui arrondissait et rougissait sa
face joviale, point vieillie encore ; mais grâce au
soleil qui lui avait donné ce teint vermeil, lors de la
traversée du canal de Panama, il avait l'air d'un
personnage de Dickens descendant de sa chaise de
poste sur une route poussiéreuse ; mais ce soir-là,
c'était un paysage sinistre qui se déroulait devant
nous à mesure que nous avancions ! — Avec Deni il
faut toujours marcher, marcher longtemps, longtemps, jamais il ne voudrait dépenser un dollar en
prenant un taxi, parce qu'il aime marcher ; un
moment, il sortait avec ma première femme ; il avait
pris l'habitude de la faire passer de force par le
tourniquet du métro, avant qu'elle ait eu le temps
de s'en rendre compte, en la poussant dans le dos,
naturellement — procédé des plus charmants —
pour économiser un *nickel* — Deni est imbattable
dans ce genre de passe-temps, vous le verrez. —
Nous arrivâmes près de la ligne du Pacific Red Car,
après avoir marché comme des dératés pendant
vingt minutes le long de ces lugubres raffineries et

1. Tel, en patois dans le texte. (N.d.T.)

de ces bassins où croupissait une eau noire, sous un
ciel impossible, émaillé, je le suppose, d'étoiles,
mais c'est à peine si on pouvait distinguer leurs
taches floues et sales en cette nuit de Noël de la
Californie du Sud.

« Kerouac, nous voici arrivés près de la ligne du
Pacific Red Car, as-tu la moindre idée de ce que
peut être ce bidule, peux-tu me dire que tu crois le
savoir ; mais Kerouac, tu m'as toujours fait l'impression d'être le gars le plus marrant que j'aie
jamais connu.

— Non, Deni, c'est TOI, le gars le plus drôle que
j'aie jamais connu —

— Ne m'interromps pas, dis pas de conneries,
ne... » il me parle, il me répond de sa manière
habituelle, et il m'emmène à travers les voies du
Red Car et nous descendons en ville, vers un hôtel
de Pedro où quelqu'un doit nous retrouver avec des
blondes ; chemin faisant, il achète deux petites
caissettes de bière que nous emportons avec nous et
nous arrivons à l'hôtel — palmiers en pots, pots de
fleurs devant le bar, voitures en stationnement le
long du trottoir — tout est mort, pas un souffle de
vent, avec ce brouillard-fumée triste et immobile
d'une Californie morte, des Pachucos passent dans
un vieux tacot et Deni me dit :

« Tu les vois, ces Mexicains dans cette voiture
avec leurs blue-jeans, ils se sont attaqués à l'un de
nos marins l'année dernière à Noël, ça fait presque
un an jour pour jour ; il faisait rien de mal, il faisait
même pas attention à eux ; ils ont bondi à bas de
leur voiture et ils l'ont rossé à mort — ils lui ont pris

son argent — c'est pas qu'il avait grand-chose, mais
c'était par principe, parce que les Pachucos aiment
ça, dérouiller les pauvres gars pour le plaisir —
— Quand j'étais au Mexique, j'ai pas eu l'impression que c'était leur genre, aux Mexicains...
— Les Mexicains, y sont plus les mêmes aux
Etats-Unis, si tu avais roulé ta bosse comme moi,
Kerouac, tu aurais pu connaître un peu mieux
certains aspects sévères de l'existence, que ni toi, ni
les pauvres types qui meurent de faim en Europe ne
compren DREEEEZ JAMAIS... » Il me prend le bras,
et le voilà qui se déhanche, comme quand nous
étions au collège, quand nous montions, par ces
matinées ensoleillées, chez Horace Mann, au 246 de
Manhattan, sur les pentes rocheuses près du parc
de Van Cortlandt, par la petite route qui longeait
les cottages anglais à poutres de bois ; toute la
bande montait en se déhanchant, mais personne
n'allait aussi vite que Deni, il ne s'arrêtait jamais
pour souffler, la côte était très raide, la plupart
d'entre nous traînions la jambe, suant et soufflant et
gémissant, mais Deni allait toujours, avec son
grand rire heureux. — A cette époque, il vendait
des poignards aux petits-bourgeois de troisième,
derrière les toilettes. — Ce soir, il tient la grande
forme. — « Kerouac, je vais te présenter à deux
pépées de Hollywood, ce soir, si nous réussissons à
y arriver à temps, sinon, ce sera pour demain, sûr...
deux pépées qui habitent dans une maison, un
groupe d'appartements disposés autour d'une piscine tu comprends ce que je te dis, Kerouac... une
piscine, où qu'on peut se baigner...

— Je sais, je sais, je l'ai vue sur la photo, où tu étais avec Matthew Peters et toutes les blondes, des blondes du tonnerre... Qu'est-ce qu'on fait, on se les farcit ?

— Attends, une minute, avant que je t'explique le reste, passe-moi le revolver.

— Je l'ai pas, idiot ; je t'ai dit ça tout à l'heure pour que tu sortes de ce bateau... J'étais prêt à t'aider en cas de besoin.

— TU L'AS PAS ? » — Il s'aperçut qu'il s'était vanté pour rien auprès de l'équipage tout entier — « Mon pote est là, sur le quai, avec le flingue, qu'est-ce que je vous avais dit ? » Avant de partir de New York, il avait fait passer une sorte de circulaire ridicule en lettres rouges sur un morceau de papier à lettre :

AVIS, IL Y A SUR LA CÔTE OUEST DES INDIVI-DUS RÉPONDANT AU NOM DE MATTHEW PETERS ET PAUL LYMAN QUI N'ONT QU'UNE IDÉE EN TÊTE : DESCENDRE LE CHARPENTIER DU « ROAMER » DENI E. BLEU S'ILS LE PEUVENT MAIS TOUS LES COPAINS DE BLEU QUI VEULENT L'AIDER SERONT LA, ÊTS A RIPOSTER CONTRE CES DEUX SALAUDS QUAND LE BATEAU ACCOS-TERA A SAN PEDRO BLEU SERA PAS UN INGRAT. SIGNÉ : LE CHARPENTIER. ON BOIRA GRATIS CE SOIR A SA SANTÉ... Et dans la cambuse le soir, il s'était bruyamment vanté d'avoir un copain qui l'attendrait, avec un revolver.

« Je savais que tu dirais à tout le monde que j'avais un revolver, alors j'ai pas voulu te détromper. T'étais pas en meilleure forme pour descendre du bateau ?

— Où tu l'as mis ?

— J'y suis même pas allé à ton adresse.

— Alors, il est encore là-bas. Faudra qu'on aille le chercher ce soir. » Il s'abîma dans ses réflexions.

— Ça s'était bien passé.

Deni avait de grands projets sur ce que nous allions faire dans l'hôtel, le El Carrido Per to Motpaotta Calfiorna potator hôtel avec, dans l'entrée, comme je l'ai dit, de petits palmiers en pots, et des marins, et aussi des champions de *hot rods*[1], fils de navigateurs aériens de Long Beach ; le rendez-vous de toute l'intelligentsia californienne, triste à en pleurer ; on y voyait des salles mal éclairées, avec des Hawaiiens exhibant leur bracelet-montre et leur chemise multicolore de jeunes hommes basanés ; ils portaient à leurs lèvres de grands verres de bière, et accablaient d'œillades et de simagrées des prostituées au cou orné de colliers fantaisie, et dont l'oreille brune arborait de petits objets d'ivoire ; leur regard bleu était vide, mais on y voyait cachée une cruauté bestiale ; et il y avait l'odeur de la bière et de la fumée et cette senteur âcre des salons à cocktails climatisés, toute l'Américanité vers laquelle, pendant ma jeunesse, je me suis précipité sauvagement ; j'ai fui ma maison pour devenir le grand héros de la nuit américaine de la romance et du baratin. — C'est cela aussi qui avait fait perdre

---

1. Automobile d'occasion dont le moteur a été transformé pour participer à des courses. (N.d.T.)

la tête à Deni ; un moment, il avait été un petit
Français triste et rageur qu'on avait amené là, en
bateau, pour qu'il fréquente les écoles privées
américaines ; à cette époque, la haine couvait dans
ses os et dans ses yeux noirs et il voulait tuer le
monde entier — un frottis d'éducation des Grands
Sages, les professeurs du Grand Ouest, et il voulait
passer sa haine et son désir de tuer dans les salons
copiés des films de Franchot Tone, et Dieu sait où
et quoi. — Nous arrivons à cette boîte, après avoir
descendu ce sinistre boulevard, cette rue de fan-
tasme avec ses réverbères éclatants et les palmes
très brillantes mais mornes qui débordent du
trottoir, toutes garnies d'ananas et qui se dressent
dans le ciel indéfinissable de Californie, par cette
nuit sans vent. — A l'intérieur il n'y a personne
pour venir à la rencontre de Deni, qui est comme
d'habitude paumé et ignoré de tous (ça vaut mieux
pour lui, mais il ne le sait pas) ; alors nous prenons
deux bières et nous attendons, avec ostentation ;
Deni en profite pour m'accabler de ses récits
d'aventures réelles et imaginaires ; personne ne
vient, pas d'amis, pas d'ennemis non plus ; Deni est
un Taôiste parfait, il ne lui arrive rien, les ennuis
glissent sur ses épaules comme de l'eau, comme s'il
se les était enduites de graisse de cochon ; il ne se
rend pas compte de sa chance ; il est là, avec son
copain à ses côtés, le vieux Ti-Jean qui ira n'importe où, suivra n'importe qui, pourvu que l'aventure soit là. — Soudain, au milieu de notre trois ou
quatrième bière, il pousse une gueulante en s'apercevant que nous avons raté le Red Car, il y en a un

toutes les heures, il va falloir rester une heure de
plus dans ce sinistre Pedro et nous voulons, nous,
rejoindre les lumières de Los Angeles, si possible,
ou de Hollywood avant que tous les bars soient
fermés ; je me représente déjà, mentalement, toutes
les merveilles que Deni a prévues pour nous là-bas,
je vois les images incompréhensibles — et impossibles à se rappeler — que j'étais en train d'inventer
alors, avant que nous partions, avant que nous
arrivions sur la scène réelle (non pas l'écran, mais
la scène elle-même, la scène lugubre à quatre
dimensions). — Bon, Deni veut prendre un taxi
pour rattraper le Red Car, alors nos cartons de
bière à la main, nous descendons la rue jusqu'à la
station et nous frétons un taxi pour nous lancer à la
poursuite du Red Car ; le gars démarre, sans
commentaire, il a l'habitude des égocentricités des
marins, comme un O combien sinistre chauffeur de
taxi dans un port O combien sinistre et agressif. —
Nous partons — je le soupçonne de ne pas rouler
aussi vite qu'il le faudrait pour rattraper vraiment
le Red Car, qui fonce, sur cette section de ligne vers
Compton et les faubourgs de Los Angeles à plus de
90 à l'heure. — J'ai l'impression qu'il ne tient pas à
écoper d'une amende, mais il roule tout de même
assez vite pour satisfaire les caprices des marins
assis à l'arrière — j'ai l'impression que sa seule
ambition est d'extorquer au vieux Deni un billet de
cinq dollars. — Il n'est rien au monde, d'ailleurs,
que Deni aime mieux que de jeter par les fenêtres
ses billets de cinq dollars. — Il gagne de l'argent
pour ça, c'est sa vie, il fait tous ces voyages autour

du monde, il trime dans les soutes, au milieu des
appareils électriques, pire encore, il se fait insulter
par les officiers et les hommes (à quatre heures du
matin, il est en train de dormir dans sa turne, « Hé
là, le charpentier, vous êtes le charpentier, le chef
des boucheurs de bouteilles ou le préposé aux
latrines, cette saloperie de lumière du bout-dehors
est encore pétée. Je sais pas qu'est-ce qui s'amuse à
les faire sauter avec un lance-pierres par ici, mais
moi je sais que cette saleté de loupiote, faut qu'elle
soit réparée, on va arriver à Penang dans deux
heures, et bon Dieu, s'il fait encore nuit à cette
heure et que j'ai, enfin, que nous avons pas de
lumière, c'est vous qu'allez dérouiller, pas moi,
ZAVEZ qu'à demander au chef. ») Alors il faut que
Deni se lève, et je le vois, comme si j'y étais, frotter
ses yeux pleins d'un sommeil innocent et reprendre
conscience de ce monde froid et hurlant, en regret-
tant de ne pas avoir un sabre pour couper la tête de
ce type, mais comme il ne tient pas à passer le reste
de sa vie en prison, ni à avoir la tête partiellement
tranchée et passer les jours qui lui restent le cou
emprisonné dans les fers, nourri de gamelles de
détritus, alors il se lève et se conforme aux ordres de
toutes ces brutes qui n'ont que l'embarras du choix
pour lui gueuler de réparer tel ou tel autre de l'un
des mille et un appareils électriques que l'on peut
voir sur cette prison d'acier puante et flottante,
qu'ils appellent un « bateau » — Qu'est-ce que
c'est cinq dollars pour un martyr ? —

    « Appuyez sur le champignon, faut rattraper le
Red Car.

— Je vais assez vite comme ça, vous allez l'avoir. » Il traverse Cucamonga. « A exactement 11 heures 38 en 1947 ou en 1948 je m'en souviens pas exactement tout de suite, mais je me rappelle avoir fait la même chose pour deux marins, et ils l'ont eu comme une fleur » — et il continue de parler, en ralentissant juste assez pour ne pas avoir besoin de brûler un feu rouge. Je me carre sur mon siège en disant :

« Vous auriez pu le brûler celui-là, on n'arrivera jamais à temps.

— Ecoute, Jack, tu veux qu'on le rattrape, non, c'est pas le moment de se faire coller une contre-danse.

— Où que tu vois un flic, toi ? » dis-je en regardant par la vitre jusqu'à l'horizon, un vaste marécage de nuit, aucune trace de motard ni de voiture de police — on ne voit que des marais et de grandes étendues noires de nuit, et là-bas, sur les collines, les petites communautés avec les lampes de Noël aux fenêtres, un rouge indécis, un vert indécis, un bleu indécis ; une douleur me tenaille soudain et je me dis : « Ah, Amérique si grande, si triste, si noire, tu es comme les feuilles d'un été sec qui sont déjà ratatinées avant la fin d'août, tu es sans espoir, tous ceux qui te regardent ne voient rien d'autre que ce désespoir aride et morne, la certitude d'une mort menaçante, la souffrance de la vie présente, ce ne sont pas les lampes de Noël qui te sauveront, ni toi ni personne, on peut mettre des lampes de Noël sur un buisson mort en août, la nuit et le faire ressembler à quelque chose, quel est donc

ce Noël que tu professes, dans ce vide ?... dans ce
nuage nébuleux ?

— Ça marche très bien, dit Deni, allez-y, nous
allons l'avoir. »

Il brûle un feu rouge, pour donner le change,
mais il ralentit avant d'arriver au suivant — d'un
bout à l'autre de la voie ferrée on n'aperçoit aucune
trace ni de l'avant ni de l'arrière du Red Car — il
arrive à l'endroit où deux ans plus tôt il avait
déposé ses marins, pas de Red Car, vous pouvez
sentir son absence, il s'est arrêté, et il est reparti.
L'odeur est là, vide — Rien qu'à cette immobilité
électrique qui règne ici, vous savez qu'il y a eu là
quelque chose qui n'est plus.

« Bon Dieu, je crois bien que je l'ai raté », dit le
chauffeur de taxi en repoussant son chapeau en
arrière, pour s'excuser, non sans hypocrisie ; alors,
Deni lui donne cinq dollars et nous descendons. Et
Deni fait :

« Kerouac, ça veut dire que nous avons une
heure à attendre, près des voies, dans le froid et le
brouillard de la nuit, le prochain train pour L.A.

— On n'a pas besoin de s'en faire, dis-je, nous
avons de la bière, non ? » et Deni part à la pêche de
son ouvre-boîtes. Voilà les boîtes de bière qui se
mettent à pisser dans la nuit triste, et nous en
engloutissons le contenu — deux boîtes chacun, et
nous nous mettons à lancer des cailloux sur les
pancartes, à danser pour nous réchauffer, nous nous
asseyons sur nos talons, nous racontons des histoires, nous évoquons le passé, Deni lance ses « Ha ho
hou hou ha ! » et j'entends de nouveau ce grand rire

qui retentit dans la nuit américaine, et moi j'essaie
de lui expliquer : « Deni, si j'ai fait cinq mille
kilomètres depuis Staten Island pour rejoindre le
bateau à ce maudit Pedro, c'est pas seulement
parce que je voulais monter à bord, faire la noce à
Port Swettenham, jouer les nababs à Bombay,
trouver les dormeurs et les joueurs de flûte dans la
crasse de Karachi, déclencher des révolutions à moi
tout seul dans la Casbah du Caire, et traverser la
France de Marseille jusqu'à l'autre bord ; c'est à
cause de toi, de ce que nous avons fait autrefois ; on
a passé de sacrés moments ensemble tous les deux,
Deni, y a pas deux manières de... J'ai jamais
d'argent, je le reconnais, je te dois déjà soixante
dollars pour le voyage en autocar, mais faut que tu
reconnaisses que j'essaie... Je regrette de ne jamais
avoir de fric, mais tu sais, j'ai essayé avec toi, cette
fois-ci... Merde, tiens, bon Dieu, je veux me soûler
cette nuit. » — Et Deni fait : « On n'a pas besoin
de rester là au froid, comme ça Jack, regarde, y a un
bar là-bas » (une auberge de routiers qui rougeoie
dans le brouillard de la nuit) « ce doit être un bar
mexicain pachuco, bon Dieu, allons-y, grouillons, il
nous reste une demi-heure à attendre, on pourra
boire quelques bières... et voir s'il y a des *cucamon-
gas.* » Nous voilà donc partis à travers un terrain
vague. Deni se lance dans un long discours, il me
reproche d'avoir gâché ma vie, mais j'ai déjà
entendu tout le monde me tenir de pareils propos
d'un océan à l'autre ; en général, je me contrefiche
de ces jérémiades, et ce soir c'est pareil. A chacun
sa manière de dire et d'agir.

Deux jours plus tard, le *Roamer* s'en va sans moi, ils n'ont pas voulu me laisser monter à bord, au siège du syndicat, je n'avais absolument aucune ancienneté, il ne me restait qu'une chose à faire, disaient-ils, rester dans le secteur pendant deux mois, en travaillant comme débardeur ou autre, et attendre qu'un caboteur veuille bien m'emmener à Seattle. Alors, je me suis dit : « Quitte à rester toujours le long des côtes, autant descendre vers celle qui m'intéresse. » — Je regarde le *Roamer* sortir de la baie de Pedro, de nuit encore, la lampe rouge de bâbord et la verte de tribord glissent furtivement sur l'eau, escortées par les lumières des mâts, vouououp (c'est le mugissement du petit remorqueur) — et il y a toujours les lumignons de Gandharva, d'illusion et de Maya des hublots : des hommes d'équipage lisent dans leur turne, d'autres cassent la croûte à la popote, et d'autres, comme Deni, écrivent avec ardeur avec un gros stylo à encre rouge, des lettres où ils m'assurent qu'au prochain voyage autour du monde, je serai à bord du *Roamer*. — « Mais ça m'est égal, je vais au Mexique », dis-je. Et je me dirige vers le Pacific Red Car, en faisant signe du bras au bateau de Deni qui disparaît là-bas...

Lors de notre folle équipée qui a suivi la première nuit dont je vous ai parlé, nous avons amené à bord, à trois heures du matin la nuit de Noël, un énorme arbuste (genre indigo sauvage) et nous l'avons poussé jusque dans le poste d'équipage (ils étaient

tous en train de ronfler). — Quand ils se sont
réveillés, au petit matin, ils se sont cru transportés
dans un autre lieu, dans la jungle par exemple, et ils
se sont tous recouchés. — Alors quand le chef
mécanicien s'est mis à beugler : « Qui c'est qui m'a
foutu cet arbre à bord ? » — (Il avait trois mètres
sur trois, une grosse balle de rameaux secs) du haut
en bas du cœur d'acier de ce bateau, on entendit
Deni hurler : « Hou hou hou ! Qui c'est qui m'a
foutu cet arbre à bord ? Oh, ce chef mécanicien est
un drôle de m-h-a-r-r-a-n-t ! »

2

Le fellah du Mexique

Quand vous traversez la frontière à Nogales Arizona, des douaniers américains très sévères — certains ont un visage terreux, et de sinistres lunettes cerclées d'acier — viennent fouiller vos bagages de Beat, en quête du scorpion qui se gausse des lois. — Vous attendez patiemment — il faut toujours être patient en Amérique — au milieu de ces policiers qui n'en finissent pas, avec leurs interminables lois *contre* (jamais de lois *pour*). — Mais à partir du moment où vous passez la petite porte grillagée pour entrer au Mexique, vous avez l'impression de fuir l'école, comme quand vous disiez à l'institutrice que vous étiez malade et qu'elle vous répondait que vous pouviez rentrer chez vous, à deux heures de l'après-midi!! — Vous avez la même impression que le dimanche matin, après la messe, quand vous enlevez votre beau costume pour enfiler votre salopette avachie, usagée et si légère; et vous allez jouer — vous regardez autour de vous et vous voyez des visages heureux et souriants, ou le visage sérieux et grave d'amantes,

de pères et de policiers soucieux ; et vous entendez
la musique de la *cantina* en face du petit jardin
public plein de ballons et de cerceaux à clochettes.

Au milieu du petit parc, il y a un kiosque à
musique pour les concerts, de vrais concerts pour
les gens, des concerts gratuits — des générations de
joueurs de marimba, peut-être, ou un jazz-band
Orozco jouant l'hymne mexicain en l'honneur d'El
Presidente. — La gorge desséchée par la soif vous
poussez la porte d'un « saloon » et vous prenez une
bière au comptoir ; vous vous retournez, il y a des
gens qui jouent au billard, d'autres font cuire des
tacos, le sombrero sur le crâne ; d'autres ont des
revolvers sur leur hanche de rancheros et des
groupes d'hommes d'affaires chantent en lançant
des pesos aux musiciens qui vont et viennent dans
la salle et s'arrêtent devant eux. — C'est une
impression extraordinaire de pénétrer sur cette
Terre Pure, surtout qu'elle est si près de la face
desséchée de l'Arizona et du Texas, et aussi de tout
le Sud-Ouest — mais vous pouvez l'éprouver, cette
impression, cet état d'âme de fellah que vous
inspire la vie, cette gaieté intemporelle d'un peuple
qui ne se soucie pas des grands problèmes de la
civilisation et de la culture — vous pouvez l'éprouver aussi presque partout ailleurs, au Maroc, dans
toute l'Amérique latine, à Dakar, chez les Kurdes.
—

Il n'y a pas de « violence » au Mexique, malgré
toutes les idioties qu'ont pu écrire les écrivains de
Hollywood, ou ceux qui sont allés au Mexique pour
« être violents ». — Je connais un Américain qui

est allé au Mexique uniquement pour se battre
dans les cafés, parce qu'en général, au Mexique, on
ne vous arrête pas facilement pour avoir troublé
l'ordre public. — Mon Dieu, j'ai vu des hommes se
battre, pour rien, au milieu de la rue. Ils bloquaient
la circulation, ils n'en pouvaient plus de rigoler, et
les gens passaient, en souriant. — Le Mexique est
généralement un beau pays aimable, même quand
vous voyagez, comme je l'ai fait, au milieu de gens
dangereux — « dangereux » au sens américain du
terme — en fait, plus vous vous éloignez de la
frontière, et plus vous descendez vers le sud, plus ce
pays est beau comme si l'influence de la civilisation
restait accrochée à la frontière comme un nuage.

La terre est aux Indiens — Je me suis assis en
tailleur sur elle, j'ai roulé de grosses cigarettes de
marijuana sur la terre battue dans des huttes de
branchages, non loin de Mazatlan, près du centre
mondial de l'opium, et nous nous sommes injecté de
l'opium dans les articulations essentielles — nous
avions les talons noirs. Nous avons parlé de la
Révolution. D'après notre hôte, les Indiens possé-
daient à l'origine toute l'Amérique du Nord,
comme l'Amérique du Sud, c'est le moment de le
dire : « *La tierra esta la notre* » — (La terre est à
nous) — ce qu'il fait avec un claquement de langue,
en ricanant et en voûtant les épaules pour que nous
voyions qu'il ne se fait aucune illusion ; il sait que
personne ne le comprendra, mais je suis là et je
comprends fort bien. — Dans le coin, une jeune

Indienne, dix-huit ans, est assise, en partie cachée
par la table, le visage dans l'ombre projetée par la
flamme de la bougie — elle nous regarde, d'un air
abruti par l'opium ; elle est sans doute la femme de
l'homme qui, ce matin, est sorti dans la cour avec
un javelot et s'est mis, indolemment et sans conviction, à casser du bois par terre ; en abattant son
javelot, il se tournait à demi pour faire un geste et
dire un mot à son compagnon. — Le bourdonnement monotone du village de Fellahs à midi — non
loin de là, la mer, chaude, le Pacifique du tropique
du Cancer. — Les arêtes montagneuses qui recouvrent le pays depuis Calexico et Shasta et Modoc et
la Columbia River en vue de Pasco, se dressent,
trapues, derrière la plaine qui longe la côte. — Une
route poussiéreuse de mille cinq cents kilomètres
mène jusqu'à elles — des autobus fluets et délabrés
du grand style de 1931, avec des barres d'appui
démodées qui s'enfoncent dans le plancher, de
vieilles banquettes sur les côtés — du bois massif —
tournent et bondissent dans une poussière interminable devant les Navajoas, les Margaritas et les
huttes de branchages du docteur Pepper, au milieu
des indigènes et des petits cochons qui sont là, les
yeux fixés sur leurs tortillas à demi brûlées. — La
route torturée vous mène à la capitale du royaume
mondial de l'opium — Ah Jésus. — Regarde mon
hôte. — Sur la terre battue, dans un coin, ronfle un
soldat de l'armée mexicaine ; c'était une révolution.
L'Indien est furieux : « *La tierra esta la notre* — »

Enrique, mon guide et mon copain, qui ne peut
pas prononcer les « H » il fait des « K » — parce

que sa nativité n'a pas été enterrée dans le nom
espagnol de Vera Cruz, sa ville à lui, mais dans la
langue mixtecane. — Dans les bus qui cahotaient
éternellement, il ne cessait de me hurler : « HKOT ?
HKOT ? Enfin... *caliente*. Compris ?

— Ouais ouais.

— K-o-t... K.o.t. enfin *caliente*-HK-eat... eat...

— Heat !

— Quelle lettre de l'alphabay ?

— Le H.

— HK ?...

— Non... H...

— J'arrive pas à le prononcer, c'est trop dur
pour moi. »

Quand il disait « K » toute sa mâchoire ressor-
tait. Je voyais l'Indien dans ce visage. Il était
maintenant accroupi sur la terre battue, et il
expliquait avec passion quelque chose à notre hôte
qui, avec son air farouche, était, je le savais, le Roi
de quelque bande dispersée dans le désert. A
propos de tout, l'hôte lançait les sarcasmes, autorisé
par son sang royal et son droit divin à persuader,
protéger et interroger. — Je restais assis, je regardais, comme Gerardo dans le coin. — Gerardo
écoutait, l'air étonné, son grand frère faire un
discours devant le Roi ; il parlait de cet étrange
Américain qui était là, avec son sac de marin. Le
Roi hochait la tête et lorgnait de côté et d'autre
comme un vieux marchand, il se tournait vers sa
femme et sortait la langue, il suçotait sa dent du bas
puis enfonçait la dent du haut dans la lèvre
inférieure pour lancer un ricanement rapide dans la

nuit inconnue du Mexique qui s'étendait au-dessus de la hutte éclairée par la bougie, sous les étoiles de la côte pacifique du tropique du Cancer, comme dans le nom de guerre d'Acapulco. — La lune baignait les rochers, à partir d'El Capitan, vers le sud — Les marais de Panama plus tard et bien assez tôt.

Pointant de son bras énorme, de son doigt, l'hôte : « C'est dans les arêtes montagneuses du grand plateau ! L'or de la guerre est enterré profond ! Les cavernes saignent ! Nous sortirons le serpent des bois ! Nous arracherons les ailes du grand oiseau ! Nous vivrons dans des maisons de fer retournées dans des champs de haillons !

— Si », dit notre placide ami, du bord de son grabat. Estrando. — Le bouc, ses yeux de bohème baissés, tristes, égarés par les narcotiques, l'opium, les mains pendantes... Cet étrange docteur-sorcier est assis près du Roi — de temps à autre il jette une remarque que les autres écoutent mais, quand il veut continuer, ça ne marche plus ; à force d'outrer les choses, il rend tout monotone ; les autres refusent d'écouter ses développements compliqués et ses considérations artistiques qu'il ne demanderait pas mieux que d'exposer de long en large. — Ce qu'il leur faut à eux, c'est le sacrifice charnel primitif. Nul anthropologiste ne devrait oublier les cannibales, ni éviter l'Auca. Trouvez-moi un arc et une flèche et j'irai, je suis prêt ; voyage en avion, voyage aller ; vide est la liste ; les chevaliers s'enhardissent en prenant de l'âge ; les jeunes chevaliers rêvent.

Tout doux. — Notre roi indien ne voulait pas
entendre les suggestions ; il écoutait les allégations
concrètes, prenait note des propos d'halluciné tenus
par Enrico, des remarques pimentées qu'il jetait
d'une voix gutturale, ces condensés de sa folie
intérieure à partir desquels le Roi avait appris tout
ce qu'il savait pour ce que la réalité penserait de lui
— il me lorgnait avec une franche suspicion.

En espagnol, je l'entends demander si ce Ricain
n'est pas quelque flic qui le suit depuis Los Angeles,
quelque agent du F.B.I. J'ai entendu. Je dis non.
Enrique essaie de lui expliquer que je suis *interessa*
en montrant du doigt sa propre tête pour faire
comprendre au Roi que je m'intéresse aux choses.
— J'essaie d'apprendre l'espagnol, je suis une tête,
cabeza, et aussi *chucharro* (fumeur de marijuana). —
Que je sois *chucharro* n'intéresse pas le Roi. A Los
Angeles il était allé à pied, émergeant de la nuit
mexicaine, les pieds nus, le visage noir tourné vers la
lumière — quelqu'un lui avait arraché du cou une
chaîne de crucifix, quelque flic, quelque voyou, il
grondait en se remémorant cette scène ; sa revanche
fut silencieuse, quelqu'un resta étendu, mort ; et
moi, j'étais l'agent du F.B.I. — L'homme sinistre
qui suivait les Mexicains suspects, avec la preuve
qu'ils avaient laissé des traces de pas sur les
trottoirs de Los Angeles, la ville de fer, et des
chaînes dans les prisons, et des héros révolutionnaires en puissance, héros moustachus de la fin
d'après-midi dans la douce lumière rougeâtre.

Il me montre une boulette d'opium. — Je lui dis
que je sais ce que c'est. — Le voilà en partie

satisfait. Enrique se remet à plaider en ma faveur.
Le docteur-sorcier sourit intérieurement, il n'a pas
le temps de s'adonner aux narcotiques, de se mêler
aux bagarres de voyous, de chanter ou de boire
dans les ruelles de prostituées, de chercher les
proxénètes — il est Gœthe et la cour de Frédéric à
Weimar. — Des vibrations d'une télépathie télévi-
suelle cernèrent la pièce lorsque le Roi, silencieusement, décida de m'accepter — j'entendis alors le
sceptre tomber dans toutes leurs pensées.

O mer sacrée de Mazatlan, grande plaine rouge
vespérale avec tes mulets et tes ânes, tes chevaux
rouges et bruns et tes pulques de cactus verts.

Le petit groupe des trois *muchachas,* à trois
kilomètres, parle dans le centre exactement concen-
trique du cercle de l'univers rouge — la douceur de
leurs propos ne put jamais nous atteindre, pas plus
que ces vagues de Mazatlan ne put la détruire de
leurs rugissements — doux vents de la mer qui
exaltent la beauté des algues — trois îles à un mille
— les rocs — le noir des toits boueux de la cité des
Fellahs, au crépuscule, là-bas, en arrière.

Expliquons-nous. J'avais manqué le bateau à
San Pedro, et j'étais parvenu au milieu de mon
voyage commencé à la frontière mexicaine, à Nogales Arizona, voyage que j'avais entrepris en autocar, en deuxième classe ; mon but : la côte ouest ;
Mexico. — J'avais rencontré Enrique et son jeune
frangin Gerardo au moment où les voyageurs se
dégourdissaient les jambes près des huttes, dans le

désert de Sonora où de grandes et grosses Indiennes
servaient bien chaud des tortillas et de la viande,
cuites sur des fourneaux de pierre ; et pendant que
vous restiez plantés là, à attendre votre sandwich,
les petits cochons venaient paître près de vous, en se
frottant gentiment contre vos jambes. — Enrique
était un brave grand gosse aux cheveux et aux yeux
noirs, qui entreprenait ce voyage épique, jusqu'à
Vera Cruz, à trois mille kilomètres, le long du golfe
du Mexique, avec son jeune frère, pour une raison
que je n'ai jamais découverte — tout ce qu'il voulut
bien me dire, c'est que dans son transistor de bois
qu'il avait bricolé lui-même, il avait caché environ
une demi-livre de marijuana, de la forte — elle était
vert foncé, et elle avait encore la mousse, avec de
longs poils noirs, signe qu'elle était vraiment
bonne ! — Nous avions immédiatement commencé
à en fumer, gaiement, au milieu des cactus, derrière
les stations qui jalonnent le désert, assis en tailleur
en plein soleil ; Gerardo nous regardait (il n'avait
que dix huit ans et son frère aîné lui avait interdit
de toucher à ces cigarettes) — « Pourquoi ? Parce
que la marijuana c'est mauvais pour la vue, et
interdit par *la ley* » (la loi) — « Mais, bvbvouou ! »
(il pointe son index vers moi et dit « vous » avec
l'accent mexicain) « et *moi !* » (il se montre du
doigt) « nous, ça va ». Il voulait être mon guide
dans ce grand voyage à travers les espaces conti-
nentaux du Mexique — il connaissait quelques
mots d'anglais, et il essayait de me faire sentir la
grandeur épique de son pays. Naturellement, j'étais
tout à fait d'accord avec lui. — « Vous voyez »,

avait-il dit en montrant des chaînes de montagnes
au loin. « *Mehico!* »

L'autobus, un vieux véhicule branlant et haut
perché, avec des banquettes en bois, comme je l'ai
dit, et des voyageurs à châle et à chapeau de paille
accompagnés de leurs chèvres, leurs cochons ou
leurs poulets ; et il y avait aussi des gamins qui se
juchaient sur le toit ou restaient accrochés à la porte
arrière, chantant et hurlant. Nous bondissions sans
cesse sur cette route caillouteuse de quinze cents
kilomètres et quand nous arrivâmes à la rivière, le
car fonça dans l'eau peu profonde, ce qui enleva la
poussière ; et il reprit sa course cahotante. — Nous
traversâmes d'étranges villes comme Navajoa où je
déambulai seul, à pied, et vis, au marché en plein
air, un boucher planté devant une espèce de viande
de bœuf peu ragoûtante, envahie par les mouches,
pendant que des chiens pelés efflanqués et famé-
liques rôdaient sous les tables — et des villes comme
Los Mochis (Les Mouches) où nous nous installâmes à boire des jus d'orange, comme des Grands
d'Espagne, à des petites tables collantes ; les man-
chettes du quotidien de Los Mochis annonçaient un
duel au revolver, à minuit, entre le Maire et le Chef
de la Police. — La ville entière était au courant ;
que de surexcitation dans les ruelles blanches ! —
tous les deux, le revolver sur la hanche, pan, pan,
en pleine rue, dans la boue, devant la *cantina*. —
Maintenant, nous étions plus au sud, dans une ville
appelée Sinaloa ; nous étions descendus du vieil
autocar à minuit, pour aller, l'un suivant l'autre, au
milieu des taudis, longeant les bars (« Pas bon pour

vous, pour moi et pour Gerardo, d'entrer dans la *cantina,* défendu par *la ley* » avait dit Enrique) et puis, avec Gerardo qui portait mon sac de marin sur son dos, comme un vrai copain, un vrai frère, nous avons traversé une place poussiéreuse et déserte pour arriver à un groupe de huttes de branchages formant un petit village non loin de la barre de plage molle et éclairée par les étoiles, et là nous avons frappé à la porte de cet homme farouche et moustachu, l'homme à l'opium, et nous avons été reçus dans sa cuisine éclairée à la bougie, où lui et son docteur, le sorcier barbu, Estrando, truffaient de rouges pincées d'opium pur, d'énormes cigarettes de marijuana de la taille d'un cigare.

L'hôte nous autorisa à passer la nuit dans la hutte voisine — cet ermitage appartenait à Estrando qui eut l'extrême gentillesse de nous laisser dormir chez lui — il nous fit les honneurs de son logis, à la lueur d'une bougie, enleva ses affaires — la cache où il dissimulait son opium, sous son grabat, à même la terre battue — et disparut, pour aller passer la nuit ailleurs. — Nous n'avions qu'une couverture et nous jouâmes à pile ou face pour voir qui dormirait au milieu du lit : ce fut le gamin, Gerardo, qui ne protesta pas. — Le matin je me levai, et je risquai un œil à travers les branches — c'était un joli petit village de huttes encore somnolent ; d'adorables filles brunes rapportaient du puits communal de grandes cruches d'eau sur leurs épaules — la fumée des tortillas s'élevait au milieu des arbres — des chiens jappaient, des enfants jouaient, et, comme je l'ai dit, notre hôte

était debout, il fendait des branches avec une lance
qu'il jetait sur le sol, séparant nettement les
rameaux (ou les petites branches) en deux parties
rigoureusement égales ; un spectacle bien étonnant !

— Et quand je voulus satisfaire un besoin naturel,
on m'amena à un antique siège de pierre qui
dominait tout le village comme un trône de roi, et je
dus m'asseoir là, en plein air, à la vue de tous — les
mères passaient en souriant poliment, les enfants
me regardaient de leurs yeux écarquillés, les doigts
dans la bouche, et les jeunes filles chantonnaient en
vaquant à leurs occupations.

Nous commençons à remballer pour reprendre le
car et poursuivre notre route jusqu'à Mexico mais
d'abord, j'achète un quart de livre de marijuana. A
peine le marché conclu, dans la hutte, des soldats
mexicains et quelques policiers miteux entrent,
l'œil triste. — Je dis à Enrique : « Hé, est-ce qu'ils
vont nous arrêter ? » Il dit que non, ils veulent avoir
un peu de marijuana pour eux, sans payer, et ils
nous laisseront tranquilles. — Alors Enrique leur
donne environ la moitié de ce que nous avons, et ils
s'accroupissent dans la hutte et se mettent à rouler
des cigarettes sur le sol. — J'étais tellement écœuré
par l'opium fumé la veille que je restai étendu à
regarder tous ces gens. J'avais l'impression qu'on
allait m'embrocher, me trancher les bras, me
pendre la tête en bas à la croix et me brûler vif, sur
cette haute chaise percée en pierre. — De jeunes
garçons m'apportent de la soupe assaisonnée de
grains de poivre brûlants, et tout le monde sourit en
me voyant boire à petites gorgées, étendu sur le côté

— elle me brûle la gorge, j'étouffe, je tousse et éternue, et immédiatement, je me sens mieux.

Nous nous levons et, une fois de plus, Gerardo prend mon sac sur son dos, Enrique cache la marijuana dans son transistor en bois, nous serrons la main de notre hôte et du docteur-sorcier ; avec solennité, d'un air pénétré, nous serrons la main à chacun des dix policiers et gendarmes, et nous voilà repartis, en file indienne, aux chauds rayons du soleil, vers la halte de cars, en ville. — « Maintenant », dit Enrique en flattant de la main le poste de radio qu'il a fabriqué, « on va pouvoir s'en payer ».

Le soleil était brûlant, nous étions trempés de sueur — nous arrivâmes à une grande et belle église dans le style ancien des Missions espagnoles, et Enrique dit : « Entrons ici » — Je fus très étonné en me rappelant que nous étions tous catholiques. — Nous entrâmes et Gerardo s'agenouilla le premier, imité par Enrique, et je me mis à genoux sur le prie-Dieu, je fis le signe de la croix, et Enrique me chuchota à l'oreille : « Vous voyez, fait frais dans l'église. C't agréable de quitter le plein soleil une *minuto*. »

A Mazatlan, le soir, nous nous arrêtâmes un moment pour nous baigner, en caleçon, dans ce ressac magnifique, et c'est là, sur le sable, une grosse cigarette de marijuana fumant entre ses doigts, qu'Enrique se tourna vers l'intérieur du pays et, montrant de l'index les splendides pâtures verdoyantes du Mexique, il dit : « Vous voyez les trois filles au milieu du champ, là-bas ? » J'écar-

quille les yeux et distingue à peine trois points
minuscules au milieu d'une lointaine prairie.
« Trois *muchachas* », dit Enrique. « Ça veut dire :
Mehico ! »

Il voulait que j'aille à Vera Cruz avec lui. « Je
suis cordonnier, tu resteras à la maison, avec les
filles, pendant que je travaillerai, *mir ?* Tu écriras
tes bouquins *interessa* et nous nous paierons des tas
de filles. »

Je ne l'ai jamais revu après Mexico, je n'avais
plus un rotin et il fallait que je reste coucher sur le
divan de William Seward Burroughs. Et Burroughs
ne voulait pas d'Enrique. « Reste pas avec ces
Mexicains, tous une bande d'escrocs. »

J'ai encore la patte de lapin qu'Enrique m'a
donnée en me quittant.

Quelques semaines plus tard, je vais assister à
ma première course de taureaux qui, je dois
l'avouer, est une *novillera,* une course de novices ; ce
n'est pas le véritable spectacle qu'on peut avoir en
hiver, ce spectacle que l'on dit si artistique.

L'intérieur, c'est une cuvette parfaitement ronde,
avec un cercle bien tracé de poussière brune, passé
à la herse et ratissé par des ratisseurs experts et
enthousiastes, comme l'homme qui ratisse la
seconde base au Yankee Stadium ; seulement ici,
c'est le Stade de Mord-la-Poussière. — Quand je
prends place sur les gradins, le taureau vient
d'entrer, et l'orchestre se rassoit. — Des garçons en
costume fin et brodé, étroitement ajusté, attendent

derrière la palissade. — Solennels qu'ils sont, au
moment où un beau taureau noir au poil luisant
fonce en caracolant, sortant d'un coin que je n'avais
pas remarqué, et où il avait dû mcuglcr pour
appeler à l'aide ; il a les narines noires et de grands
yeux blancs, il va, les cornes en avant, tout poitrail,
pas de ventre, des pattes fines, polies comme un
dessus de poêle, qui tentent de creuser le sol, avec le
poids de locomotive qui appuie sur elles — des
spectateurs ricanent — le taureau galope, rapide
comme l'éclair, vous voyez ses muscles bandés
saillir sous sa peau parfaite de bête primée. — Le
matador s'avance, attire le taureau qui charge
violemment ; le matador, d'un air narquois, écarte
sa cape, et les cornes passent à cinquante centimètres de ses reins ; avec sa cape, il fait virevolter le
taureau, et s'éloigne, dédaigneux, d'un pas de
grand seigneur — et puis il reste planté là, le dos
tourné au taureau médusé ; la bête ne charge pas,
jouant son rôle à la perfection, comme dans « Blood
& Sand », elle n'envoie pas valser dans les airs le
Grand Señor. Puis, les hostilités reprennent. Voici
le vieux cheval pirate, avec son œillère, le CHEVA-
LIER picador est en selle avec une pique, il fiche des
pointes d'acier acérées dans l'omoplate du taureau
qui réplique en essayant d'expédier le cheval dans
les airs, mais le cheval est protégé par une cotte de
maille (Dieu merci) — c'est la scène historique, la
scène stupide ; mais soudain, vous vous apercevez
que le picador inflige au taureau les blessures qui
vont le faire saigner interminablement. L'opération
se poursuit qui a pour but d'aveugler le pauvre

taureau, de le plonger dans un vertige d'incons-
cience ; le vaillant petit homme aux dards, portant
deux banderilles ornées de rubans, fonce droit sur le
taureau, le taureau fonce sur lui, vlan, pas de
collision, car l'homme aux dards a fiché ses dards et
il a décampé, avant que vous ayez pu dire ouf (et
j'ai pourtant dit ouf), parce qu'un taureau n'est pas
facile à esquiver. Parfait, mais avec ces dards,
maintenant, le taureau ruisselle de sang, comme le
Christ de Marlowe au Ciel. — Un vieux matador
surgit, il étudie les réactions du taureau en exécu-
tant quelques passes avec sa cape ; puis c'est une
autre série de dards ; un drapeau guerrier brille au
flanc de l'animal vivant qui souffre et respire, et
tout le monde est content, oui, content. — Et
maintenant, le taureau charge, mais ses pattes
flageolent, et le héros du jour, le matador solennel,
sort pour la mise à mort, pendant que les caisses de
l'orchestre grondent, sourdement ; tout se tait,
comme si un nuage passait sur le soleil ; vous
entendez la bouteille d'un ivrogne se fracasser à
quinze cents mètres de là, dans la verte campagne
espagnole, aromatique et cruelle — les enfants
s'arrêtent, la *torta* à la main — le taureau reste
immobile au soleil, tête baissée, haletant ; il cherche
à retenir sa vie, ses flancs lui battent les côtes, oui, il
a les épaules hérissées de barbillons, comme saint
Sébastien — le jeune matador avance à pas pru-
dents, assez courageux, lui, il approche et invective
le taureau, qui se retourne et vient en chancelant,
les pattes branlantes, vers la cape rouge, le sang
ruisselant de toutes parts, et l'autre l'attend dans ce

cercle imaginaire, il pivote et reste suspendu, sur la pointe des pieds, sur ses jambes cagneuses. Seigneur, je ne voulais pas voir son ventre plat et lisse déchiré par une corne ! — Il fait encore onduler sa cape devant le taureau qui reste là, simplement, en songeant : « Mais enfin, pourquoi ne me laissent-ils pas tranquille ? » Et le matador approche encore. Maintenant, l'animal raidit ses pattes fatiguées pour courir, mais l'une d'elles glisse, soulevant un nuage de poussière. — Il réussit pourtant à partir, dans un dernier effort, avec un air de dignité offensée, vers son lieu de repos. — Le matador tend son épée, il appelle l'humble taureau aux yeux vitreux. — Le taureau dresse l'oreille, mais ne bouge pas. — Tout le corps du matador est raidi comme une planche qui tremble, sous le piétinement de la foule — un muscle saille sous la soie qui lui gaine la jambe — le taureau avance d'un mètre, puis se retourne, sur le sol poussiéreux ; le matador se penche en avant, comme un homme qui se courbe au-dessus d'un fourneau brûlant pour prendre quelque chose de l'autre côté, et il enfonce son épée d'un mètre, à l'articulation de l'omoplate. — Le matador s'en va d'un côté, le taureau de l'autre, l'épée dans le corps jusqu'à la garde, il chancelle, il commence à courir, regarde avec une surprise humaine le ciel et le soleil, puis il émet une sorte de gargouillement. — O allez voir ça, foules ! — Il envoie quarante litres de sang dans l'air, le sang éclabousse tout à l'entour — il tombe sur les genoux, suffoquant dans son propre sang, et il vomit, il tord son cou et soudain, il s'affaisse, sa tête heurte le sol. — Il n'est pas mort, un autre imbécile se précipite pour le poignarder avec une dague effilée, dans le nerf du cou, et le taureau enfonce les flancs de son misérable mufle dans le sable, et mâche le sang qu'il a versé — Ses yeux! Oh ses yeux! — Les imbéciles s'extasient en ricanant devant les effets du poignard, comme s'il avait pu en être autrement. — Un attelage de chevaux hystériques est expédié, on enchaîne le taureau, et ils l'entraînent au galop; mais la chaîne se brise et le taureau glisse dans la poussière comme une mouche morte frappée par un pied inconscient. — Enlevez, enlevez-le! — Il est parti; des yeux blancs, des yeux fixes, voilà ce que vous avez vu de lui en dernier. — Au taureau suivant! — D'abord, les mêmes employés que tout à l'heure ramassent le sable sanglant, le jettent à pleines pelletées dans une brouette, et s'en vont en courant. Le ratisseur tranquille revient avec son outil — « Olé! » Les filles lancent des fleurs au tueur sanglé dans sa belle culotte. — Et j'ai vu comment tout le monde meurt, dans l'indifférence générale, j'ai senti quelle horreur il y a à vivre uniquement pour pouvoir mourir comme un taureau pris au piège au milieu d'un cercle d'humains hurlants.

« Jai Alai, Mexique, Jai Alai! »

Mon dernier jour au Mexique. Je suis dans la petite église près de Redondas, à Mexico, à quatre heures, par un après-midi de grisaille. J'ai parcouru la ville à pied, en distribuant des paquets dans les bureaux de poste, et j'ai mâchonné de mauvaises friandises en guise de déjeuner, et maintenant, avec deux bières dans le ventre, je me repose dans l'église, contemplant le vide.

Juste au-dessus de moi, il y a la grande statue tourmentée du Christ sur la Croix ; dès que je l'ai aperçue, je me suis assis dessous, après être resté un bref instant à la regarder, les mains jointes (« Jeanne ! » ils m'appellent dans la cour, et c'est pour quelque autre Dame, je cours voir à la porte) — « Mon Jésus », dis-je et je lève les yeux, et il est là, ils lui ont donné un beau visage, comme celui du jeune Robert Mitchum, ils lui ont fermé les yeux dans la mort, bien que l'un d'eux soit entrouvert, et on croit encore voir le jeune Robert Mitchum ou Enrique lorsque, en fumant sa cigarette de marijuana, il vous regarde à travers la fumée en disant : « Hombre, mon vieux, c'est la fin. » — Il a les genoux tellement meurtris, usés et abîmés, qu'on voit un grand trou profond de près de trois centimètres, là où étaient ses rotules, il est tombé à genoux tant de fois, au cours de son calvaire de quarante lieues, portant l'énorme Croix sur son dos, et quand il s'appuie au rocher avec sa Croix, ils le frappent pour le faire avancer à genoux, et il les a usés complètement quand on le cloue sur la Croix — J'y étais — Il montre la large plaie dans ses côtes, là où les glaives des lanciers l'ont atteint. — Je n'y étais pas ; si j'y avais été, j'aurais hurlé « Arrêtez » et l'on m'aurait crucifié moi aussi. C'est ici que l'Espagne Sacrée a envoyé aux Aztèques du Mexique l'image du sacrifice, l'image de la tendresse et de la pitié qui dit : « C'est cela que vous avez voulu faire à l'Homme. Je suis le fils de l'Homme, je proviens de l'Homme, je suis Homme et voilà ce que vous m'avez fait, à moi Qui Suis Homme et Dieu — Je suis Dieu et vous avez transpercé mes pieds ligotés avec de longs clous, avec de grandes pointes rigides, légèrement émoussées à l'extrémité par de lourds marteaux — c'est cela que vous M'avez fait, à *Moi*, Moi qui prêchais l'Amour ? »

Il prêchait l'amour et vous l'avez attaché à un arbre, vous l'y avez cloué, à coups de marteau, imbéciles, il faut que l'on vous pardonne !

On voit le sang qui coule de ses mains, jusqu'à ses aisselles, et le long de ses flancs. — Les Mexicains ont noué une gracieuse étoffe de velours rouge autour de Ses reins, la statue est trop haute pour que l'on ait pu épingler des médailles à Ce Linge Sacré de la Victoire —

Quelle Victoire, la Victoire du Christ ! Victoire sur la folie, la déchéance de l'humanité. « Tuez-le ! » hurlent-ils encore dans les combats, combats de coqs, combats de taureaux, combats de pugilistes, combats de rue, combats sur les champs de batailles, combats aériens, combats de mots — « Tuez-le ! » — Tuez le Renard, le Cochon et la Vérole.

Christ en Agonie, prie pour moi.

On voit Son corps qui s'affaisse sur la croix, suspendu à la main clouée, l'effondrement parfait reproduit par l'artiste, le sculpteur fervent qui a travaillé à son œuvre avec tout son cœur avec la Compassion et la ténacité d'un Christ — peut-être

est-ce un doux Indien espagnol catholique du
xve siècle, parmi les ruines d'adobe et de boue,
dans les relents des fumées, au milieu du millénaire
indien en Amérique du Nord, qui a conçu cette
statuo del Cristo et l'a accrochée dans l'église neuve
qui, maintenant, en 1950, quatre ou cinq cents ans
plus tard, a perdu des morceaux de son plafond sur
lequel un Michel-Ange espagnol avait confectionné
des chérubins et des angelots pour l'édification de
ceux qui, le dimanche matin, regardent en l'air,
pendant que le bon Padre les sermonne sur un point
ou un autre de la loi religieuse.

Je prie longtemps, à genoux, je regarde de côté,
mon Christ qui est là-haut, et je m'éveille soudain
et je reste en extase dans l'église, me rendant
compte tout à coup que j'écoutais un bourdonnement profond qui retentissait à mes oreilles, et
emplissait toute l'église et mes oreilles et ma tête, et
emplissait l'univers et le silence intrinsèque de la
Pureté (qui est Divine). Je reste assis en silence
dans la stalle, je me frotte les genoux, le silence est
vibrant —

En face de moi, l'Autel, la Vierge Marie est
blanche, entourée d'ornements bleu-blanc-et-doré
— elle est trop loin pour que je puisse bien voir, et
je me promets d'aller jusqu'à l'autel, aussitôt qu'il y
aura des gens qui partiront — Il n'y a que des
femmes, jeunes et vieilles ; mais soudain voici deux
enfants enveloppés de couvertures et de haillons,
qui avancent lentement, dans le bas-côté, à droite ;
ils sont pieds nus ; le plus grand a posé soigneusement sa main, qui tient quelque chose, sur la tête de

son petit frère, je me demande pourquoi — ils sont
tous deux pieds nus, mais j'entends un claquement
de talons, je me demande pourquoi — ils avancent
vers l'autel, arrivent près du cercueil de verre d'une
statue de saint, et continuent de marcher lentement, anxieusement ; ils touchent tout, ils regardent
en l'air, ils vont, infinitésimalement, dans l'église,
buvant tout du regard. — Arrivé au cercueil, le plus
petit des deux (trois ans) touche le verre, puis va
près du pied du mort et touche le verre encore, et je
me dis : « Ils comprennent la mort, ils sont là, dans
l'église, sous le ciel qui a un passé sans commencement et qui va vers un avenir sans fin, attendant
leur propre mort, au pied du mort, dans un temple
sacré » — Et j'ai une vision : je suis avec les deux
petits garçons, nous sommes suspendus dans un
grand univers infini ; nous n'avons rien au-dessus
de nous et rien au-dessous, rien que le Néant Infini,
le Néant Enorme, les morts innombrables dans
toutes les directions de l'existence, vers l'intérieur,
vers les mondes d'atomes de votre propre corps, ou
vers l'extérieur, vers l'univers qui n'est peut-être
qu'un seul atome dans une infinité de mondes
d'atomes, et chaque monde n'étant qu'une figure de
rhétorique. — En dedans, au-dehors, en haut et en
bas, rien que le vide et la majesté divine et le silence
pour les deux petits garçons et moi. — Je les
regarde partir, avec anxiété, et je suis stupéfait de
voir une toute petite fille haute de cinquante
centimètres — elle a deux ans, un an et demi peut-
être — qui trottine à pas minuscules à leurs pieds,
petit agneau docile sur le sol de l'église. Ce que le

grand frère voulait si anxieusement, c'était mainte-
nir un châle au-dessus de sa tête, il voulait que le
petit frère en tienne un bout ; entre eux, sous le dais,
marchait la Princesse au Doux Cœur, examinant
l'église de ses grands yeux bruns et faisant claquer
ses petits talons.

Aussitôt sortis, ils jouent avec les autres enfants.
Beaucoup d'enfants jouent dans le jardin enclos
devant l'entrée ; certains restent immobiles, et
regardent, les yeux écarquillés, les statues des anges
dans la pierre ternie par la pluie.

Je m'incline devant tout cela, je me prosterne
près de l'entrée de ma stalle et je sors, jetant un
dernier regard sur saint Antoine de Padoue, Santo
Antonio de Padua. — Tout est de nouveau parfait
dans la rue, maintenant, le monde est empli de
roses du bonheur, toujours, mais aucun de nous ne
le sait. Le bonheur consiste à s'apercevoir que tout
est un grand rêve étrange.

3

Le monde des trains

Il y avait à San Francisco une petite impasse derrière la station de Third & Townsend du South Pacific, toute de brique rouge dans l'indolence et la paresse des après-midi ; alors que tout le monde travaillait dans les bureaux, on sentait partout dans l'air la menace de la ruée frénétique des banlieusards qui allaient se précipiter en masse des immeubles de Market et de Sansome, à pied et en bus, tous bien vêtus, à travers les quartiers ouvriers du Frisco de Walkup !! des conducteurs de camions et même les pauvres types de cette Third Street marquée par la crasse, même les Noirs, ces désespérés qui ont quitté l'Est depuis si longtemps qu'ils ne savent plus ce que c'est que la responsabilité, et qui *essaient,* maintenant qu'ils n'ont plus qu'à rester là, à cracher dans le verre brisé, parfois cinquante en un seul après-midi, contre un mur de Third et de Howard ; et voilà tous ces producteurs et banlieusards bien cravatés de Millbrae et de San Carlos, citoyens de l'Amérique et de l'Acier, qui arrivent au trot, avec leurs *Chronicle* de San Francisco et leurs

Call-Bulletin verts, ils n'ont même pas le temps de
montrer leur dédain, il faut qu'ils attrapent le 130,
le 132, le 134, le 136, et ainsi de suite jusqu'à 146,
jusqu'à l'heure du souper dans les maisons du
monde des trains, quand haut dans le ciel les étoiles
dominent les trains de marchandises rapides qui
roulent alors. — Tout en Californie, tout est une
mer, j'en sors à la nage, l'après-midi au soleil, et je
médite en bleu de travail, mon mouchoir sur la tête,
avec ma lanterne de conducteur, ou bien (quand je
ne travaille pas) je suis avec mes livres, je regarde
un ciel bleu d'une pureté insondable et parfaite et je
sens se gauchir sous moi le bois de la Vieille
Amérique et je tiens de folles conversations avec les
Noirs, aux fenêtres de maisons à plusieurs étages et
tout entre à flots, les allées et venues rapides des
fourgonnettes dans cette petite impasse, qui ressemble tellement aux impasses de Lowell, et j'entends
et je perçois au loin, avec le sentiment de la tombée
de la nuit, cette machine qui appelle nos montagnes.

Mais c'était cette belle tranche de nuages que je
voyais toujours au-dessus de la petite impasse du
S.P., des boules cotonneuses qui flottaient, venant
d'Oakland, de la Gate of Marin, au nord, ou de San
Jose au sud ; clarté californienne qui vous brise le
cœur. Somnolence fantastique ; tambourinement
monotone et sourd de l'après-midi ; rien à faire, le
vieux Frisco avec sa tristesse de finistère — les gens
— l'impasse pleine de camions et de voitures

commerciales du quartier ; et personne ne sait qui je suis, tout le monde s'en moque, bien que je sois à cinq mille kilomètres du lieu de ma naissance.

Maintenant, il fait nuit dans Third Street, voilà les aveuglantes petites lampes au néon, et aussi les ampoules jaunes des incroyables piaules avec les ombres noires pitoyables qui s'en vont derrière des abat-jour jaunes déchirés, comme dans une Chine dégénérée et sans argent — les chats dans Annie's Alley, le sommeil arrive, il geint, il roule, la rue est lourde d'obscurité. Le ciel bleu, là-haut, avec des étoiles très haut au-dessus des toits des vieux hôtels, et des aérateurs d'hôtels qui gémissent en expulsant la poussière ; la crasse à l'intérieur des mots, dans les bouches qui tombent, dent après dent ; le tic-tac de l'horloge dans les salons de lecture, les grince-ments des chaises, les planchers mal joints, et les vieux visages qui regardent, au-dessus des lunettes sans monture, achetées d'occasion chez quelque prêteur sur gages de l'ouest de la Virginie, de la Floride ou de Liverpool, Angleterre, bien avant que je sois né ; et sous la pluie, elles sont venues jusqu'au bout de la tristesse de la terre, de la joie du monde ; vous tous, San Franciscos, il faudra que vous finissiez par tomber, vous brûlerez encore. Mais moi, je marche ; un soir, un clochard est tombé dans un trou, à l'endroit où l'on fait des travaux, là où ils sont en train de réparer un égout, dans la journée ; il y a de jeunes costauds de la Pacific & Electric qui travaillent là, en bleus déchirés, j'ai souvent envie d'aller en trouver quel-ques-uns, les blonds, ceux qui ont les cheveux épars

et une chemise en lambeaux, pour leur dire :
« Vous d'vriez essayer de vous faire embaucher aux
chemins de fer, le travail est bien moins dur, pas
besoin de rester là, dans la rue toute la journée, et
vous gagnerez bien plus d'argent » mais ce type est
tombé dans le trou, on voyait son pied qui dépassait, une M.G. anglaise elle aussi conduite par
quelque excentrique a reculé un jour et est tombée
dans le trou ; et moi je rentrais après une longue
tournée, un samedi soir, après avoir roulé tout
l'après-midi jusqu'à Hollester, après San Jose, des
kilomètres à travers les vergers verdoyants, prunes
et liqueurs de joie ; voilà cette M.G. anglaise qui
recule, et je vois les pieds en l'air, et les roues en
l'air, dans un trou, et des types et des flics qui font
le cercle, juste devant le marchand de café — c'est
comme ça qu'ils l'ont entouré d'une barrière ; mais
jamais il n'avait eu le courage de le faire, étant
donné qu'il n'avait pas d'argent, et qu'il ne savait
pas où aller et, Oh ! son père était mort et Oh ! sa
mère était morte et Oh ! sa maison était morte, était
morte. — Mais à cette époque aussi, je restais
allongé dans ma chambre, le samedi, de longs
après-midi, écoutant Jumpin' George avec mon
cinquième de tokay — pas de drogue — et blotti
sous les draps, je riais en entendant la folle musique : « Maman, il traite mal ta fille », « Maman,
Papa, et n'entrez pas ici je vous tuerai », etc. et je
me soûle, tout seul, dans l'obscurité de ma chambre
et, ô merveille, je sais tout du Nègre, de l'Américain
essentiel qui trouve toujours sa consolation et le
sens de la vie dans la rue du fellah, et non dans une

moralité abstraite, et même quand il a une église, vous voyez le pasteur devant, qui fait la révérence aux dames, pour leur soutirer du fric, et vous entendez sa grosse voix vibrante, le dimanche après-midi sur le trottoir ensoleillé, sa voix vibrante et sensuelle qui dit : « Mais oui, madame, mais l'Evangile, il dit que l'homme est né des entrailles de la femme — » et moi, à cette heure, je me sors péniblement de la tiédeur de mes toiles, et j'arrive dans la rue, quand je sais que la compagnie ne m'appellera pas avant cinq heures du matin, sans doute pour un voyage sur un train de détail, au-delà de Bayshore ; en fait, c'est toujours un train de détail qui dépasse Bayshore et je vais à tous les comptoirs de tous les bars du monde, toujours les mêmes, ceux de Third et Howard, et j'entre et je bois avec les fous, et quand je suis ivre, je m'en vais.

Une fille qui faisait le trottoir est venue me trouver un soir où j'étais dans ce bar avec Al Buckle, et elle m'a dit : « Tu veux jouer avec moi ce soir, Jim ? » Je croyais ne pas avoir assez d'argent et j'ai raconté ça plus tard à Charley Low qui m'a dit en riant : « Comment sais-tu qu'elle voulait de l'argent, tu avais une chance pour qu'elle soit venue seulement pour avoir de l'amour, rien que de l'amour, tu sais ce que je veux dire, vieux, faut pas être poire ! » Elle était pas mal cette gosse, et elle disait : « Ça te plairait de monter chez moi, mon petit ? » et moi je suis resté là, comme un pauvre type, et je me suis commandé à boire, j'ai bu, je me suis soûlé, cette nuit-là, au Club 299 ; j'ai été tabassé par le patron ; lui et sa bande, ils ont

commencé à frapper avant que j'aie eu le temps de
réagir, j'ai pas eu le temps, et ils m'ont jeté à la rue ;
j'ai essayé de rentrer mais ils avaient fermé la porte
à clé et ils me regardaient à travers la vitre de la
porte interdite avec des visages de pêcheurs sous-
marins. — J'aurais joué avec son Chourrouou-
rououroururourkdié.

Bien que garde-frein d'un train de marchandises
— 600 dollars par mois — je continuais de prendre
mes repas au restaurant *Public* à Howard Street,
trois œufs pour 26 cents, 2 œufs pour 21 avec des
toasts (pour ainsi dire sans beurre), du café (à
peine, et le sucre rationné), de la bouillie d'avoine
avec un soupçon de lait et du sucre ; et cette odeur
de vieilles chemises suries qui traîne au-dessus des
fumets de la marmite, à croire qu'ils sont en train
de cuire des ragoûts pour bûcherons minables avec
le vieux linge moisi des Chinois de San Francisco —
avec jeux de poker dans l'arrière-cuisine, au milieu
des tonneaux et des rats de l'époque du tremblement de terre ; en fait, la nourriture est à peu près
du niveau de ce qu'on offrait vers 1890 ou 1910 aux
équipes de bûcherons, dans les camps, là-bas, dans
le Nord ; avec un Chinois à natte du bon vieux
temps, qui faisait la cuisine et maudissait ceux qui
ne l'appréciaient pas. Les prix étaient incroyables
mais un jour, j'ai eu du ragoût de bœuf, le pire que
j'aie jamais mangé, incroyable, ça je vous le dis —
et comme ils en usaient souvent ainsi avec moi, c'est
avec le regret le plus intense que j'ai essayé

d'expliquer ce que je pensais à ce pauvre dégénéré qui se trouvait de l'autre côté du comptoir, hé hé, j'ai l'impression que le gars était un peu dingue. Il fallait voir comment il rembarrait les soûlards qui venaient divaguer au comptoir : « Qu'eski vous prend, croyez k'vous pouvez rappliquer ici pour la ramener. Ecoutez-moi, bon Dieu, conduisez-vous en homme, et bouffez, ou alors foutez-moi le câââmp. » — Je me suis toujours demandé ce qu'un gars comme ça faisait dans un établissement de ce genre, et pourquoi il n'y avait pas dans son cœur racorni quelque sympathie pour les pauvres épaves humaines ; tout le long de cette rue, il y avait des restaurants comme le *Public,* qui avaient une clientèle de clochards, de Noirs, d'ivrognes désargentés, qui trouvaient 21 cents grâce à la générosité publique, et venaient là en titubant prendre contact pour la troisième fois de la semaine avec la nourriture ; comme parfois ils ne mangeaient rien du tout, alors vous les voyiez au coin de la rue, en train de dégobiller un liquide blanc, deux litres environ de sauterne acide, ou de whisky tord-boyaux, ou de xérès blanc doux, et ils n'avaient rien d'autre dans l'estomac ; la plupart d'entre eux n'avaient qu'une jambe, ils marchaient avec des béquilles, ils avaient des bandages autour des pieds, empoisonnés qu'ils étaient par l'alcool et la nicotine réunis, et une fois, enfin, en remontant Third Street, près de Market, en face de chez Breens, alors qu'en ce début de 1952, j'habitais à Russian Hill et n'avais pas encore vu toute l'horreur et tout l'humour de Third Street, près de la gare, je vis un clochard maigre, un petit

clochard malingre comme Anton Abraham qui
gisait sur le pavé, la face contre terre, avec ses
béquilles à côté de lui ; un vieux bout de journal
dépassait de sa poche ; j'eus l'impression qu'il était
mort. Je regardai de tout près pour voir s'il
respirait ; il ne respirait pas ; un autre passant
regardait avec moi et nous conclûmes tous deux
qu'il était mort. Et bientôt un flic arrive, constate le
décès, et appelle le fourgon. Le petit clochard pesait
cinquante livres, sang compris, et avec son nez
morveux de poisson mort, il était mort et bien mort
— ah ça je vous le dis — et qui aurait pu s'en
apercevoir sinon les autres vagabonds à demi
morts, ces clochards, ces clochards, ces clochards
morts, morts, morts *x* fois *x* fois *x* fois tous morts à
jamais, morts sans rien, tous finis et bien morts —
là — Telle était la clientèle du restaurant *Public
Hair* où je mangeais presque tous les matins mes
trois œufs au déjeuner, avec des toasts presque secs,
et une toute petite assiette de bouillie d'avoine et
une espèce de café eau-de-vaisselle, clair et louche ;
tout ça pour économiser 14 cents ; et alors dans mon
petit carnet, je pouvais noter fièrement ma perfor-
mance du jour et prouver que je pouvais vivre
confortablement en Amérique, tout en travaillant
sept jours sur sept, et en gagnant 600 dollars par
mois ; je pouvais vivre avec moins de 17 dollars par
semaine, ce qui, avec un loyer de 4 dollars 70, était
raisonnable, car il me fallait aussi prévoir les
dépenses pour manger et dormir parfois à l'autre
bout de la ligne, à Watsonville, mais je préférais la
plupart du temps dormir gratuitement et sans

confort dans les fourgons pouilleux — mon déjeuner de 26 cents, mon orgueil. — Et cet incroyable
demi-cinglé de garçon de restaurant qui prenait la
nourriture du plat et vous la jetait, la plaquait sur le
comptoir, et il avait en vous regardant dans les
yeux, une expression langoureuse et candide,
comme les cuisiniers héroïques de 1930 des romans
de Steinbeck ; au comptoir chauffant proprement
dit, travaillait calmement un Chinois à la tête de
drogué qui avait un véritable bas sur la tête ;
comme si on l'avait shangaïsé, au pied de Commer-
cial Street, avant que le Ferry Building soit monté,
et qu'il avait oublié qu'on était en 1952 et rêvait que
c'était encore la ruée vers l'or de Frisco — et les
jours de pluie, vous sentiez qu'ils avaient des
bateaux dans l'arrière-salle.

Je montais, à pied, la colline de Harrison alors
que retentissait le fracas des camions qui descendaient vers les splendides poutrelles du pont de
Oakland Bay, poutrelles que l'on pouvait voir après
avoir grimpé un moment sur Harrison Hill ; c'était
un peu comme le radar de l'éternité dans le ciel,
radar énorme, dans le bleu que traversaient des
nuages et des mouettes ; les files de voitures imbéciles fonçaient vers leur destination sur sa membrure
ondinale qui traversait les eaux tumultueuses, agitées par les vents, les nouvelles des orages de San
Rafael et les bateaux rapides. — C'est là, oui, c'est
là, que je venais toujours et je voyais défiler des
Friscos entiers en un après-midi, des hautes collines

de Fillmore, et je regardais les bateaux en partance pour l'Orient le dimanche matin, quand la ville était encore endormie, pour récupérer les heures de veille, les heures consacrées au « pool », comme si elle avait passé la nuit entière à jouer de la batterie dans une « jam session » et une matinée dans une antre de queues de billard ; je passais devant les riches demeures de vieilles femmes qui se promenaient appuyées au bras de leur fille ou de leur secrétaire, et je voyais les immenses façades à gargouilles des millionnaires de Frisco, et en bas, c'était le couloir bleu du Gate, le rocher dément d'Alcatraz, la bouche du Tamalpais, la baie de San Pablo, Sausalito qui ourle le roc et la broussaille indolemment là-bas, et les doux navires blancs qui se fraient un chemin vers Sasebo — Dépassant Harrison, je redescendais vers l'Embarcadère, arrivais aux environs de Telegraph Hill, et passais de l'autre côté de Russian Hill, pour atteindre les rues joyeuses de Chinatown, redescendre Kearney, et traverser Market Street jusqu'à Third Street et je retrouvais le scintillement démentiel et nocturne du néon de la destinée ; et finalement c'était l'aube du dimanche, et elles m'appelaient, les immenses poutrelles d'Oakland Bay, elles me hantaient encore, ainsi que cette éternité, trop dure à avaler ; ignorant tout de ce que je suis ; comme un gros bébé joufflu aux longs cheveux qui marche dans le noir ; j'essaie de me demander qui je suis, on frappe à la porte, et voilà le portier de l'hôtel avec ses lunettes cerclées d'argent, ses cheveux blancs, ses vêtements proprets, et son ventre d'homme malade, qui dit qu'il

est de Rocky Mount, et il en a bien l'air, oui, il a été
portier à l'hôtel de la Nash Buncome Association,
là-bas, pendant cinquante vagues de chaleur estiva-
les successives, sans voir le soleil, seulement les
palmiers nains de l'entrée, avec les porte-cigares
dans les albums du Sud, et, avec sa chère mère, il a
attendu, enterré dans une cabane de rondins, une
cabane-tombeau avec tout ce passé gâché, ce passé
dont l'histoire est inscrite sous ses pas, avec la tache
de l'ours, le sang de l'arbre et les champs de blé
longtemps labourés et les Nègres dont la voix s'est
éteinte depuis longtemps au milieu du bois ; le chien
lance son dernier aboi ; cet homme était venu sur la
côte ouest, lui aussi, comme tous les autres Américains débauchés et il était pâle, il avait soixante ans,
et il se plaignait d'être malade ; il avait dû un jour
être bel homme, il avait eu du succès auprès des
femmes, et il avait eu de l'argent, mais maintenant
c'était un bureaucrate oublié qui avait peut-être fait
un séjour en prison à cause de quelque falsification
ou escroquerie inoffensive ; lui aussi aurait pu
travailler aux chemins de fer, il aurait pu pleurer,
peut-être n'aurait-il jamais réussi ; et ce jour-là où
j'ai dit qu'il avait vu les poutrelles au-dessus des
voitures de Harrison, comme moi, et qu'il s'était
réveillé avec la même sensation d'être perdu ;
maintenant, il est à ma porte, il me fait signe, il fait
irruption dans le monde, et il est debout dans
l'entrée sur le tapis râpé et usé par les pas noirs de
vieux hommes enterrés depuis quarante ans, depuis
le tremblement de terre, près des toilettes mal
tenues, de l'autre côté de la dernière cuvette de

toilette, et de la dernière tache malodorante ; je crois, oui, je crois que c'est la fin du monde, oui, cette maudite fin, et il frappe à ma porte et je m'éveille en disant : « Wouf wadok de l'osik de la vacherie qu'ils sont en train de fèère, ek, p'vez pas m'laisser dormir ? S'ki se passe ? S'ki vous prend d'réveiller les gens, à leur porte, en plein milieu de la nuit, ici tout le monde sait k'j'ai pas de mère et pas de sœur, pas de père, et pas de botsosseul. » Je suis tout à fait éveillé, je m'assois dans mon lit et je dis : « Quoâââ » et il dit : « Téléphone ! » et il faut que j'enfile mon bleu alourdi par le couteau, le portefeuille, je regarde ma montre de cheminot qui pend à la poignée de la porte du placard, et qui égrène son tic-tac silencieux ; 4 heures 30. Dimanche matin. Je descends vers le vestibule de l'hôtel minable, avec son tapis râpé, les pans de ma chemise de travail grise flottent de chaque côté, je décroche le téléphone qui est là, sur le bureau endormi avec sa cage et ses crachoirs et les clés qui pendent à leur clou, et les vieilles serviettes empilées, propres mais élimées sur les bords, et portant le nom de tous les hôtels dont elles sont originaires ; au téléphone, c'est le « réveilleur ». « Kerroway ? — Ouais. — Kerroway, vous prenez le Détail avec Sherman à sept heures ce matin. — Le Détail avec Sherman, d'accord. — A l'autre bout de Bayshore, vous connaissez la route ? — Ouais. — Vous avez eu le même boulot dimanche dernier — Okay Kerroway-y-y-y-y. » Et nous raccrochons tous les deux, et je me dis Okay ; il va falloir retrouver cette vieille saloperie de vacherie de vieux con de Sher-

man qui ne peut pas me piffer surtout depuis que
nous avons travaillé à l'embranchement de
Redwood, avec nos wagons à bestiaux; il insiste
toujours pour que je me mette au fourgon de queue,
bien que pour moi qui n'ai qu'un an d'expérience, il
soit plus facile d'être juste derrière la locomotive,
mais il faut que j'aille en queue, et il veut que je sois
là, avec une cale en bois, quand un wagon, ou une
série de wagons, repart en arrière, après un arrêt
brutal, pour qu'ils ne se mettent pas à dévaler la
pente et provoquer des catastrophes, oh et puis je
finirai bien par apprendre à aimer ce travail de
cheminot, et Sherman m'appréciera un jour, et puis
après tout, advienne que pourra, un jour de gagné,
un dollar de gagné.

Et me revoilà dans ma chambre, petite, grise, ce
dimanche matin; maintenant toutes les frénésies de
la rue, de la nuit précédente, sont finies, les
clochards dorment, peut-être y en a-t-il un ou deux
d'affalés sur le trottoir, avec une bouteille vide sur
un seuil de porte — mon esprit tourbillonne de vie.

Me voici donc, à l'aube, dans ma cellule obscure
— deux heures et demie encore, avant qu'il me
faille mettre ma montre de cheminot dans le gousset
de mon bleu de travail, et partir, m'accordant
exactement huit minutes pour aller jusqu'à la gare
où je dois prendre le train n° 112, pour faire les huit
kilomètres qui me séparent de Bayshore; quatre
tunnels à franchir, vous sortez de la tristesse et de la
grisaille du matin à Frisco pour arriver à la mer, la

baie à gauche, le brouillard roule comme un
dément dans les couloirs rocheux où de petites
villas blanches arborent de tristes lumières bleues
esthétiquement disposées pour le Noël qui va venir
— de toute mon âme, et de tous mes yeux, je
regarde la réalité, je vis et je travaille à Frisco avec
ce demi-frisson de plaisir dans les reins, et l'ardeur
pour le sexe se changeant en douleur aux portes du
travail et de la culture et de la peur brumeuse et
naturelle. — Et me voilà, dans ma petite chambre,
qui me demande comment je vais faire pour me
persuader que ces deux heures et demie vont être
bien remplies et alimentées par ces pensées sur le
travail et sur le plaisir. — C'est si excitant de sentir
le froid du matin envelopper mes épaisses couvertures, alors que je suis là, allongé, avec ma montre qui
me regarde en égrenant son tic-tac, les jambes
allongées dans mes draps douillets, déchirés et
raccommodés çà et là ; je suis blotti dans ma peau,
je suis riche, je ne dépense pas un centime. — Je
regarde mon petit livre — et je regarde fixement les
mots de la Bible. — Sur le plancher, je trouve les
derniers numéros du *Chronicle,* la page rouge des
sports de l'après-midi, avec les résultats des matchs
de football de la Grande Amérique, et je vois
vaguement l'extrémité de cette page, dans la
lumière grise qui pénètre. — Le fait que Frisco est
construit en bois me satisfait dans ma paix, je sais
que personne ne me dérangera pendant deux
heures et demie et que tous les clochards sont
endormis dans leur lit d'éternité, éveillés ou non,
avec ou sans bouteille — c'est la joie que je ressens

qui compte pour moi. — A terre, mes chaussures, de vrais brodequins de bûcheron pour marcher dans la caillasse sans se tordre les chevilles — des chaussures à toute épreuve ; quand vous les enfilez, vous vous mettez sous le joug, vous savez que vous travaillez maintenant, et qu'il ne faut pas mettre ça pour aller n'importe où, au restaurant ou au spectacle. — Les chaussures de la veille sont à terre elles aussi, à côté des brodequins ; ce sont des souliers de toile bleue à la mode de 1952 avec lesquels j'ai marché silencieux comme un fantôme sur les trottoirs bosselés de mon Frisco à moi, dans le ruissellement des lumières nocturnes ; du sommet de Russian Hill, j'avais vue, en un point, sur tous les toits de North Beach et sur les enseignes au néon des night-clubs mexicains ; j'étais descendu jusqu'en bas par les vieilles marches de Broadway, sous lesquelles ils creusaient, laborieusement, un nouveau tunnel — des chaussures idéales pour le bord de l'eau, pour la marche sur les embarcadères, dans les prairies, dans les jardins publics et sur les collines — pour jouir d'un panorama du tonnerre. — Les gros brodequins sont couverts de poussière et d'huile de machine — près d'eux, mon bleu de travail chiffonné, ma ceinture, mon porte-clefs bleu de cheminot, mon couteau, mon peigne, mes clefs, les clefs du fourgon ; les genoux du pantalon sont blancs de la fine poussière du lit du Pajaro, le fond du pantalon est noir du frottement sur les sablières lisses, d'une machine haut le pied à l'autre — le pantalon de travail gris, le tricot de peau sale, le caleçon triste, les chaussettes torturées de ma vie.

— Et la Bible sur mon bureau, près du beurre de cacahuète, la laitue, le pain aux raisins, la fente dans le plâtre, les rideaux de dentelle raidis-par-la-crasse, qui n'ont plus maintenant rien à voir avec la dentelle, mais qui sont durs comme du bois — après toutes ces années d'éternité de poussière dure dans ce Camée d'auberge miteuse, le spectacle de ces vieillards aux yeux chassieux qui meurent là, les yeux écarquillés, sans espoir, fixant le mur mort que vous distinguez à peine à travers la poussière des fenêtres, et tout ce que vous entendiez, ces temps derniers, par le conduit d'aération central, c'était les cris d'un petit Chinois auquel son père et sa mère disaient sans cesse de se taire ; et ils lui criaient des injures ; c'était un fléau ; et ses larmes de Chinois persistaient, elles avaient une valeur universelle, elles symbolisaient tous nos sentiments dans ce Camée délabré, bien que personne ne le reconnût ; mais une toux rauque, dans les couloirs, ou un gémissement qui vous échappait dans un cauchemar, vous trahissaient parfois — des indices de ce genre et la négligence d'une vieille danseuse de music-hall au regard durci par l'alcool ; les rideaux avaient maintenant absorbé tout le fer qu'ils étaient capables de supporter, ils pendaient raides, et même leur poussière était de fer ; secouez-les, ils se déchireront, ils tomberont en lambeaux sur le sol, ils s'éparpilleront comme des ailes de fer, au coup de gong, et la poussière vous volera dans le nez, comme des copeaux de fer, et vous fera périr étouffé ; c'est pourquoi je ne les touche jamais. Ma petite chambre à six heures, à l'aube douce (à

4 heures 30) et tout ce temps devant moi, ce temps
pendant lequel, l'œil frais, je vais pouvoir me faire
mon petit café, faire bouillir de l'eau sur mon
réchaud, jeter le grain moulu, bien remuer, à la
française, verser soigneusement dans ma tasse de
fer-blanc, mettre du sucre (pas du sucre de bette-
rave de Californie, comme j'aurais dû le faire, mais
du sucre de canne de la Nouvelle-Orléans, parce
que des betteraves j'en ai transporté bien des fois,
d'Oakland à Watsonville, un train de quatre-vingts
wagons, rien que des plates-formes pleines de
betteraves tristes qui ressemblaient à des têtes de
femmes décapitées). — Ah mon Dieu, mais c'était
un enfer ! Et j'avais maintenant tout cela à moi, et
maintenant mon pain grillé aux raisins de Corin-
the ; je place la tartine sur un petit gril que j'ai
arrondi pour le placer au-dessus du réchaud ; le
pain crépite... là ; j'étale la margarine sur la tartine
encore brûlante, et elle aussi crépite, elle fond en
prenant une couleur dorée, au milieu des raisins
secs — C'est ça mon toast — Puis, je fais frire
doucement deux œufs dans la margarine, dans la
petite poêle de ma cahute ; elle est deux fois moins
épaisse qu'une pièce de dix centimes, moins épaisse
que cela encore, c'est une minuscule plaque de fer-
blanc que l'on pourrait emporter au camp — les
œufs prennent un aspect duveteux, ils gonflent sous
l'effet de la vapeur, et je jette du sel et de l'ail, et
quand ils sont à point, le jaune est recouvert d'une
mince pellicule de blanc durci, parce que j'ai pris la
précaution de recouvrir la poêle avec un couvercle
d'aluminium. Donc, ils sont prêts, je les sors, je les

dispose au-dessus de mes pommes de terre, que
j'avais préparées au préalable, cuites à l'eau en
petits morceaux et mélangées au bacon que j'avais
fait frire en petits dés minuscules ; ça fait donc une
espèce de purée de pommes de terre au bacon, avec
des œufs fumants au-dessus, et à côté : de la salade
et une noix de beurre de cacahuète. — J'avais
entendu dire que la salade et le beurre de cacahuète
contenaient toutes les vitamines dont on peut avoir
besoin, mais j'ai déjà pris l'habitude de manger les
deux combinés, à cause du goût délicieux et de la
nostalgie qu'ils éveillent en moi — mon déjeuner est
prêt à six heures quarante-cinq et tout en mangeant, je m'habille petit à petit, et au moment où la
dernière pièce de vaisselle est lavée dans le petit
évier, sous le robinet à eau chaude, au moment où
j'avale à la hâte mon dernier coup de café, et rince
vite ma tasse avec une giclée d'eau brûlante et
l'essuie précipitamment, et la colle à sa place, près
du réchaud, près aussi du carton brun dans lequel
mes provisions sont serrées, enveloppées dans du
papier d'emballage, alors je saisis déjà ma lanterne
de garde-frein — elle était accrochée à la poignée de
la porte — mon horaire en lambeaux, qui est resté
longtemps plié dans ma poche-revolver, et je suis
prêt à partir ; tout est là, mes clefs, mon horaire, ma
lanterne, le couteau, le mouchoir, le portefeuille, le
peigne, les clefs du service, mes vêtements de
rechange ; je suis fin prêt. J'éteins la lumière de ma
petite piaule pitoyable et piteuse et miteuse et je
sors précipitamment, dans le brouillard de l'escalier ; je descends les marches grinçantes sur lesquel-

les les vieillards ne sont pas encore installés, avec
leurs journaux du dimanche, car ils dorment toujours ; ou alors il y en a quelques-uns, je les entends
en sortant, qui commencent à s'agiter, à s'éveiller
dans leur chambre, ils gémissent, se raclent la
gorge, émettent des bruits horribles ; je descends les
marches pour aller travailler, et jette un coup d'œil
à l'horloge au fond de la cage du réceptionniste.
Deux ou trois vieillards intrépides sont déjà assis
dans le noir brun du vestibule, sous l'horloge
sonore, édentés, ou macabres, ou élégamment
moustachus — quelles pensées peuvent bien tour-
billonner dans leur tête quand ils voient ce jeune
cheminot enthousiaste qui court gagner ses trente
dollars dominicaux — quels souvenirs de vieilles
maisons construites sans sympathie, d'un destin
qui, de ses mains calleuses, a distribué la mort,
mort de la femme, des enfants, des lunes ? — Les
bibliothèques se sont effondrées, de leur temps —
les vieux du Frisco de bois, les vieux du télégraphe,
dans le brouillard gris du temps qui domine tout ;
ils sont assis dans cet océan brun et profond, ils
seront là cet après-midi, quand j'aurai, moi, le
visage rougi par le soleil, qui, à huit heures,
flamboiera, nous baignant tous de sa clarté, à
Redwood, ils seront encore ici, le visage blafard,
dans ce monde vert souterrain, ils seront encore en
train de lire, pour la n^{ième} fois le même éditorial, ils
ne comprendront pas où je suis allé, pourquoi je
suis parti, ce que j'ai fait — il me faut sortir ou périr
asphyxié, sortir de Third Street ou devenir un ver
de terre, c'est très bien de vivre et de cuver son vin

au lit, d'écouter la radio, de mitonner les petits
plats pour le déjeuner, et de se reposer, mais, oh il
me faut maintenant aller au travail, descendre vite
Third Street jusqu'à Townsend pour prendre mon
train de sept heures quinze. — Il reste trois
minutes, bon sang. Pris de panique, je pars au petit
trot, bon Dieu, je ne me suis pas laissé assez de
temps ce matin ; je passe à toute vitesse sous la
rampe Harrison qui mène au pont de Oakland Bay,
je longe la grande imprimerie Schweibacker-Frey
éclairée de ces grandes lampes fluorescentes rouges
qui s'estompent dans la brume ; je vois toujours, en
passant là, le spectre de mon père, lui qui fut, de
son vivant, le patron d'une imprimerie ; et puis ce
sont les épiceries miteuses des Noirs, où j'achète
tout mon beurre de cacahuète et mon pain aux
raisins, je longe l'allée qui mène à la voie ferrée,
tout humide de brouillard ; maintenant, je traverse
Townsend ; le train s'en va !

Des cheminots infatués d'eux-mêmes ; le chef de
train, le vieux John J. Coppertwang, trente-cinq
ans de loyaux services sur le vieux S.P., est là, dans
la grisaille de cette matinée dominicale, sa montre
en or à la main ; il la regarde, il est debout près de la
machine et hurle des plaisanteries au mécano, le
vieux Jones, et à Smith, le jeune chauffeur qui,
coiffé de sa casquette de joueur de base-ball, est
assis sur le siège qui lui est réservé, mangeant un
sandwich. — « T'as apprécié, le vieux Johnnie,
hier, j'ai l'impression qu'il a pas marqué autant de

points qu'on le pensait. — Smith a parié six dollars au billard à Watsonville. — » Ils ont joué au billard de la vie, pariant les uns avec les autres ; toutes ces longues nuits passées à jouer au poker dans les gares perdues au milieu des bois... vous sentez l'odeur du cigare écrasé dans le bois ; le crachoir est là depuis plus de 750 099 ans et le chien a été à l'intérieur ou au-dehors, et les gars, près des vieilles lampes à abat-jour brun, se sont penchés, ils ont marmotté entre leurs dents et les jeunes aussi, dans leur uniforme neuf de garde-frein ; ils ont dénoué la cravate et mis bas la veste, arborant le sourire éclatant et juvénile du cheminot heureux, infatué de lui-même, bien nourri et bien payé, ce futur retraité certain de toujours trouver des soins dans un hôpital. — 35, 40 ans ainsi et ils passent chefs de train. Au milieu de la nuit, pendant des années, ils ont été appelés par le réveilleur qui leur criait : « Cassady ? Le train de détail avec Maximush. Vous vous mettrez dans le fourgon de tête », mais maintenant qu'ils sont vieux, tout ce qu'ils ont, c'est un travail régulier, un train régulier ; le chef de train du 112, la montre en or à la main, beugle ses plaisanteries au mécano Willie, le plus farouche des chauffards de Satan, le plus téméraire aussi, la tête brûlée de ce côté-ci de France et Frankincense, il a, paraît-il, mené son convoi, un jour, au sommet de cette rampe abrupte... 7 heures 15, l'heure du départ ; en traversant la gare en courant, j'entends la cloche carillonner ; un jet de vapeur, ils s'en vont, oh ! j'émerge à toute allure sur le quai, j'ai oublié, momentanément — mais l'ai-je jamais su ? — sur

quelle voie ils sont, je suis perdu, je me demande
sur quelle voie ils sont, je ne vois pas de train, je
perds du temps, 5, 6, 7 secondes, et le train
s'ébranle, lentement, en haletant ; un homme quelconque, même un chef d'entreprise bien gras,
pourrait facilement le rattraper mais quand je
demande, affolé, au sous-chef de gare : « Où est le
112 ? », il me dit que c'est la dernière voie, celle à
laquelle je n'aurais jamais pensé, j'y cours le plus
vite que je peux, et je passe entre les gens, comme
un demi-centre de Columbia, je coupe les voies à
toute allure, comme le rugbyman qui va être
plaqué, il tient la balle serrée contre lui, part à
gauche, feinte du cou et de la tête, et pousse la balle,
comme si vous alliez vous jeter tout entier ; vous
contournez l'ailier gauche, et, psychologiquement,
tout le monde halète avec vous, et soudain, vous
vous contractez et, comme une bouffée de fumée,
vous êtes enterré dans le trou, c'est le placage, vous
foncez dans le trou, avant, presque, d'avoir pu vous
en rendre compte ; je suis lancé sur la voie, et voilà
le train à trente mètres, je prends de la vitesse ; en
accélérant d'une manière aussi irrésistible, j'aurais
pu le rattraper, si je m'y étais pris une seconde plus
tôt — mais je cours, je sais que je peux l'atteindre.
Debout sur la plate-forme arrière, il y a le garde-
frein du wagon de queue, et un vieux chef de train
qui conduit la rame vide, le vieux Charley W. Jones
— il a eu sept femmes et six gosses et un jour, à
Lick, non je crois que c'était à Coyote, il n'a pas pu
voir, à cause de la vapeur, il sort donc et trouve sa
lanterne dans la cahute, à sa place ; et ils lui ont

donné quinze dollars de prime, alors maintenant, le
voilà, par cette matinée euphorique et dominicale,
et avec son compagnon du fourgon de queue, il
regarde d'un œil incrédule son apprenti garde-frein
qui court comme un pistard fou après leur train qui
démarre. J'ai envie de crier : « Faites votre essai de
frein maintenant, faites votre essai de frein maintenant ! » sachant que quand un train sort d'une
gare, dès la première intersection de voie à l'est, ils
tirent un peu la manette à air pour essayer le frein,
à un signal de la locomotive, et cette manœuvre
ralentit momentanément le convoi ; j'y arriverais
alors, je pourrais le rattraper, mais ces salauds ne le
font pas leur essai, et je sais qu'il va falloir que je
coure comme un dératé. Mais soudain, je me sens
tout perplexe : que vont dire tous les gens en voyant
un homme courir à une vitesse aussi diabolique,
traverser l'existence au sprint, comme Jesse Owens,
uniquement pour rattraper un bon Dieu de train, et
tous vont se demander, dans leur hystérie collec-
tive, si je ne vais pas me tuer en essayant de monter
sur la plate-forme arrière, Vlan, je tombe, Crac, je
reste allongé en travers des rails de l'intersection,
sur le dos, et le vieil employé au drapeau, quand le
train aura disparu, verra que tout sur cette terre
mijote dans la même sauce, nous tous, les anges,
nous mourrons et nous ne savons même pas comment ; ou bien notre propre diamant, oh ciel, nous
éclairera, il nous ouvrira les yeux. — Je sais que je
ne risque rien, je me fie à mes chaussures, à ma
poigne, à ma vigueur, je n'ai aucun besoin d'une
force mystique pour mesurer ma musculature —

mais bon sang, c'est embarrassant, socialement, d'être surpris à courir comme un dément après un train, surtout que deux hommes me regardent bouche bée, de l'arrière du train, ils font non de la tête, ils crient que je n'y arriverai jamais, et moi je cours sans grande conviction, les yeux écarquillés, j'essaie de leur faire comprendre que je le peux, et qu'ils n'ont pas à rire ni à s'énerver, mais je me rends compte que si tout cela est trop pour moi, ce n'est pas à cause de cette course, ni de la vitesse du train qui d'ailleurs, deux secondes après que j'aurai abandonné cette poursuite trop compliquée, aura bel et bien ralenti, lors de l'essai de l'air comprimé, avant de recommencer son teuf-teuf et de foncer pour de bon vers Bayshore. Ainsi donc, j'étais en retard à mon travail, et le vieux Sherman me haïssait ; il allait me haïr plus encore.

Le sol, je l'aurais mangé dans ma solitude, cronch — la terre des voies ferrées, les étendues plates de ce long Bayshore où il me fallait aller pour atteindre le maudit fourgon de Sherman sur la voie 17, prêt à partir avec la locomotive pointée vers Redwood, vers les trois heures de travail de la matinée. — Je descends de l'autobus à Bayshore Highway, je dévale au pas de course la petite rue, et je tourne — des gars qui font la manœuvre avec une machine haut le pied m'interpellent de là-haut : « Viens donc, monte avec nous », sinon, j'arriverais encore trois minutes plus tard à mon travail ; je saute donc sur la petite machine qui a ralenti un

moment pour me permettre de monter, et qui est
toute seule, elle ne tire rien d'autre que le tender, les
gars sont allés jusqu'à l'autre bout du dépôt, et
maintenant, ils reviennent en arrière, vers une voie
où l'on a besoin d'eux. Il faudra que ce garçon
apprenne à se servir de son drapeau, sans l'aide de
personne, j'ai tellement eu l'occasion de voir ce
genre de jeunes, ils s'imaginent qu'ils ont tout ;
mais le plan a du retard, il faudra que le mot
attende, le voleur massif arboricole, avec le crime
de l'espèce et l'air, et toutes sortes de goules —
ZONquée ! rendu terrifiant par la flambée soudaine
de l'ensemble du crime, et les encrudalatures de
toutes sortes — San Francisco et linceuls de Bayshore, oui, la terre des voies ferrées, je l'aurais
mangée seul, cronch, à pied, tête baissée, pour aller
trouver Sherman qui, d'un œil attentif, consulte sa
montre pour donner le signal du départ ; c'est
dimanche, pas de temps à perdre, c'est le seul jour
de sa longue vie de labeur, sept jours par semaine,
où il a une chance de se reposer un peu chez lui,
« Vingt Dieux. Je vais dire à ce fils de pute
d'étudiant, que c'est pas une partie de campagne,
bon Dieu de merde, je vais lui passer quelque chose
à ce connard, comment qui veut qu'on s'en sorte si
c'est le bordel kivienfoutrici on est en RETARD » et
c'est alors que j'arrive, à toute allure. Le vieux
Sherman est assis dans le fourgon, penché sur son
journal de train ; quand il me voit, il fixe sur moi
son regard froid et bleu, et dit : « Vous savez que
vous devez être là à sept heures cinquante, ça fait
vingt minutes de retard ça, sacré bordel, vous

croyez que c'est votre anniversaire ? » il se lève, il se
penche hors du dernier wagon sinistre, et donne le
signal du départ aux mécaniciens ; une rame de
douze wagons seulement nous sépare et ils le voient
sans mal ; nous partons vers les tâches qui nous
attendent, lentement d'abord, puis de plus en plus
vite. « Allume c'te sacrée bon Dieu de lanterne »,
dit Sherman ; il a des brodequins tout neufs qu'il a
dû acheter hier et je remarque ses bleus immaculés
que sa femme a dû laver et poser sur sa chaise, ce
matin probablement ; vite je cours jeter du charbon
dans la chaufferette ventrue, je prends un pétard, et
deux pétards, et je les allume. Ah le quatre juillet,
quand les anges souriaient à l'horizon ! Et tous les
râteliers où les fous sont perdus nous seront retour-
nés pour toujours du Lowell de ma première
enfance, de nos longs chants méditatifs pleins
d'espérance adressés à un Ciel de prières et d'anges,
et naturellement le sommeil et l'œil intéressé des
images, et c'est seulement alors que nous nous
apercevons qu'il en manque un, le pauvre type de
wagonnier qui n'est même pas là, et Sherman jette
un regard renfrogné par la porte arrière et il voit
son employé qui, à quinze mètres de là, lui fait signe
d'arrêter, de l'attendre, car ce vieil agent ne va
certainement pas se mettre à courir, ni même à
hâter le pas, c'est entendu une fois pour toutes ; il
faut que le chef de train Sherman s'arrache à sa
chaise, près du bureau sur lequel est posé le journal
de train, et qu'il arrête ce sacré convoi pour le
wagonnier arrière, Arkansaw Charley lequel,
voyant qu'on fait le nécessaire pour lui, avance sans

se presser, sans souci, vêtu de ses bleus fatigués ;
ainsi donc, il est en retard lui aussi, disons plutôt
qu'il est allé commérer au bureau en attendant le
stupide garde-frein de l'avant ; l'étiqueteur est à
l'avant, sans doute derrière la machine. « Première
chose à faire, prendre un wagon à l'avant, à
Redwood, t'as donc qu'une chose à faire, descendre
à l'intersection et rester là, en arrière, avec le
drapeau, pas trop loin. — Je me mets pas à l'avant ?
— Derrière ! On a trop à faire et je veux que ça soit
réglé en vitesse. » Et c'est donc un dimanche
paisible en Californie, et nous voilà partis, tack-a-
tick-lao-tichi-couch, nous sortons de la gare de
Bayshore ; une courte pause, une fois à la ligne
principale, on attend le vert, c'est le 71 qui va
passer sans doute, ou un autre, et on repart ; le train
remonte les vallées boisées et les creux des vallons
où sont nichés les villages, coupant les grandes rues,
traversant les parkings, les pelouses de la nuit, et les
terrains Stanford du monde — nous allons vers
notre destination, dans le Pooh, que je peux voir ;
pour tuer le temps, debout dans la vigie, je regarde
les dernières nouvelles en première page de mon
journal, je réfléchis, je récapitule les dépenses que
j'ai déjà effectuées pour ce dimanche ; pas un rotin,
absolument rien — la Californie défile, et l'œil
triste, nous regardons se dévider la baie tout
entière, et la conversation tombe ; petit à petit, la
direction change ; nous voilà partis vers la vallée de
la Santa Clara ; derrière, c'est le brouillard immé-
morial, la brume se lève, nous émergeons dans le
soleil de la Californie du Sabbath. —

A Redwood, je descends et je reste planté sur le sol maussade et taché d'huile, sur cette terre de voies ferrées, avec le drapeau rouge et les pétards, et les allumettes dans ma poche-revolver, avec mon horaire qui est encore tout écrasé. J'ai laissé ma veste trop chaude dans le fourgon, et je suis là, les manches de chemise retroussées ; je vois le perron de la maison d'un Noir, les frères sont assis en manches de chemise, ils parlent en fumant la cigarette et en riant, et la petite fille est debout au milieu des mauvaises herbes, avec son petit seau et ses nattes, et nous autres cheminots, sans bruit, avec des gestes sobres, nous prenons notre wagon de fleurs, conformément à la feuille de route éternelle du bon cheminot que, pendant toute une vie de travail attentif, Sherman, le vieux chef de train, ce travailleur industriel prostitué, a lu avec attention mon vieux, pour ne pas se tromper :

« Dimanche matin 15 octobre, prendre un wagon de fleurs à Redwood, Expéditeur M.M.S. »

Sous les roues, j'avais mis une cale de bois et je la regardais se tordre et se fendre sous le poids du wagon, qui parfois ne s'arrêtait pas mais continuait de rouler, laissant le bois écrasé, aplati au milieu et tout boursouflé et fendu aux extrémités. — Il y a bien longtemps, l'après-midi, à Lowell, je me demandais ce que faisaient ces hommes noirs autour des grands wagons, avec les morceaux de bois qu'ils tenaient à la main ; et quand, loin au-dessus des rampes et des toits du grand entrepôt

gris de l'éternité, je voyais les nuages, canaux
immortels du temps rouge brique, la somnolence de
juillet était si pesante dans toute cette cité, qu'elle
planait même dans l'obscurité moite de l'échoppe de
mon père, là où, au-dehors, ils gardaient les grands
wagonnets à petites roues et aux plates-formes
d'argent ; dans les coins, des détritus, des planches ;
l'encre teintait le bois huileux si profondément
qu'on eût cru qu'il y avait une rivière repliée pour
toujours à l'intérieur ; contrastes avec les nuages
floconneux et d'un blanc crémeux que vous pouvez
voir dehors, par la porte du vestibule aux vitres
maculées de poussière, au-dessus du vieux Lowell
Dickens rouge brique de 1830, flottant comme dans
une bande dessinée d'autrefois avec un motif de
petits oiseaux qui flotte lui aussi, le tout empreint
d'un mystère daguerréotypé et gris qui se reflète
dans les eaux tourbillonnantes et spermatiques du
canal. — Ainsi de la même manière se passent les
après-midi dans la ruelle rouge brique du S.P. ; je
me souviens de l'étonnement que j'éprouvais en
voyant ces gigantesques wagons de marchandises
cheminer lentement, en grinçant, ces plateaux et
ces plates-formes qui roulaient avec cette écrasante
poussière d'acier, ce cliquetis de l'acier sur l'acier,
le frémissement de tout ce métal, un wagon passe,
les freins serrés, comme la barre du frein tout
entière — *monstre empoudrement de fer en enfer*[1] —
terrifiantes nuits de brume de Californie, quand
vous voyez à travers le brouillard les monstres qui

1. En français dans le texte. (N.d.T.)

passent lentement, et vous entendez les whüii,
whüii, squiii, ces roues implacables à propos des-
quelles le chef de train Ray Miles m'avait dit un
jour : « Quand ces roues-là te passent sur la jambe,
elles ne s'inquiètent pas de toi », c'est la même
chose pour ce bois que je sacrifie. — Ce que les
hommes noirs faisaient — certains, debout sur le
toit des wagons — ils lançaient des signaux très
loin, dans les impasses au canal rouge brique, et
d'autres vieillards semblables à des vagabonds,
allaient lentement, sur les rails, ils n'avaient rien à
faire ; et la rame de wagons passait en grinçant,
avec cet énorme criii criii qui agaçait les dents et
cette étreinte gigantesque courbait les rails dans le
sol, faisait bouger les entretoises. Maintenant que je
travaillais sur le train de détail de Sherman, le
dimanche, je savais que nous nous servions de cales
de bois, à cause de la déclivité du terrain ; les
wagons une fois lancés ne s'arrêtaient plus, il fallait
monter dedans et freiner et les caler avec des blocs
de bois. J'en ai appris des choses, là, des choses du
genre : « Vas-y, tâche de bien serrer le frein, on n'a
pas envie d'être obligés de courir après ce salaud
jusqu'à la ville quand on aura envoyé un autre
wagon lui rentrer dedans » ; O.K., moi, j'applique
les consignes de sécurité à la lettre et me voici donc
garde-frein du train de détail de Sherman ; nous
avons sorti notre wagon de fleurs des prédicateurs
du dimanche matin, et nous avons fait la révérence
devant le Dieu du Sabbath, dans le noir ; tout a été
disposé de cette façon, conformément aux vieilles
traditions remontant à l'époque de Sutter's Mill, au

temps où les pionniers, fatigués de traîner leurs
savates toute la semaine près de la boutique du
quincaillier, mettaient leur costume du dimanche et
fumaient et discutaient, l'air renfrogné, devant
l'église en bois, et les vieux cheminots du XIX° siècle, ceux du S.P. d'un autre âge, d'un âge à peine
imaginable, avec leur tuyau de poële sur le crâne et
les fleurs à la boutonnière, avaient fait la manœuvre
avec les quelques wagons dans la bouteille à lait de
la ville dorée avec la raideur et l'originalité qui
différencient les raffinés. — Ils donnent le signal et
lancent un wagon ; ma cale de bois à la main, je
m'élance, le vieux chef de train crie : « Tu ferais
mieux de freiner, il va trop vite, peux-tu l'avoir ? —
O.K. », et je trottine, sans me presser, et j'attends ;
voilà l'énorme wagon qui arrive à ma hauteur, il
vient de s'engager sur sa voie, il a quitté celle de la
locomotive, là où toute la manœuvre a été faite par
le chef de train qui met l'aiguillage en position, lit la
liste des wagons, et manœuvre le levier de l'aiguille.
Je gravis les marches et, respectant les règles de la
sécurité, d'une main je me cramponne et de l'autre
je freine, lentement, comme il faut, je règle la
vitesse, jusqu'à ce que j'atteigne le groupe de
wagons qui attend et, doucement, mon wagon
freiné vient les heurter *bang !* Zommm — tout vibre,
la carcasse tremble, le bercement gagne les marchandises qui se trémoussent, sous le choc, tous les
wagons avancent d'une trentaine de centimètres et
vont écraser des blocs de bois préalablement placés
sur la voie ; je saute à bas du wagon, je mets une
cale, je l'encastre tout contre la lèvre d'acier de

cette roue monstrueuse et tout s'arrête. Et je
retourne au point de départ pour m'occuper du
wagon suivant qui descend l'autre voie ; alors très
vite, je m'élance, ramasse un bout de bois en route,
gravis les échelons, arrête l'engin, me cramponnant
d'une main (consigne de sécurité), oubliant les
paroles du chef de train (« freine-le bien »), quelque chose que j'aurais dû apprendre alors comme
un an plus tôt, à Guadaloupe, à des centaines de
kilomètres plus loin, sur cette ligne, où j'ai serré des
freins en mauvais état sur trois plates-formes — ces
freins à main des plates-formes, avec leur vieille
rouille et les chaînes pendantes ! — sans force, me
cramponnant d'une main, pour le cas où un cahot
imprévu me jetterait à bas du wagon sous les roues
impitoyables qui écraseraient mes os tout comme le
morceau de bois — bam, à Guadaloupe ils ont
lancé un groupe de wagons contre mes plateaux aux
freins mal bloqués et tout l'ensemble s'est mis à
dévaler la pente vers San Luis Obispo ; heureuse-
ment, le chef de train, un vieillard alerte, avait
délaissé ses papiers et jeté un coup d'œil hors de
son gourbi. Voyant le danger, il s'élance au-dehors
pour déclencher l'aiguillage devant les wagons et
ouvrir les verrous de blocage, luttant de vitesse avec
les wagons ; c'est un vrai numéro de cirque avec ce
vieillard au pantalon en accordéon, tel un clown,
qui court d'un poste d'aiguillage à un autre, horrifié
et surexcité par sa frayeur, et les gars, en arrière,
sont en train de vociférer ; la machine se lance à la
poursuite des wagons, les rattrape, les pousse
presque, mais les attelages se referment juste à

temps, et la machine freine, réussit à arrêter le tout ;
à dix mètres près, c'était le déraillement, le vieux
chef de train n'aurait pas pu l'éviter, nous aurions
tous perdu notre place ; mon freinage avait respecté
les règles de la sécurité mais il n'avait pas tenu
compte de la force d'inertie de l'acier, de la pente
du terrain... si j'avais été sous les ordres de
Sherman, à Guadaloupe, j'aurais été le Keoroo-
wᵃaayy détesté.

Guadaloupe est situé à 439 kilomètres cinq cents
de rail luisant de San Francisco dans le district
appelé Guadaloupe, d'après le nom de cette localité
— l'ensemble de ce district côtier commence à ces
tristes immeubles des culs-de-sac de Third Street et
de Townsend, là où l'herbe pousse dans la suie
comme les cheveux gris des vieux héros du tokay
qui dépassent du sol, longs et inclinés, comme les
cheminots du siècle dernier que j'ai vus dans les
plaines du Colorado, à des petites haltes de campagne, plantés dans le sol, inclinés, dans cette terre
dure et sèche de poussière cuite, encartonnés, la
lèvre fade, dégorgeant le sable, câlinés par les
grillons, enfoncés en biais et si profondément,
comme une tombe dans le pied de la semelle de la
terre, oh, vous croiriez qu'ils n'ont jamais souffert,
qu'ils n'ont jamais laissé tomber de vraies douceurs
sur cette terre sans bosses, qu'ils n'ont jamais dit de
mots juteux et tristes de leurs lèvres noires et
desséchées ; ils ne font pas plus de bruit maintenant
que le pneu d'un vieux tacot dont le zing est en

train de zinguer dans le soleil et dans le vent, cet
après-midi ah, Cheyenne Wellses spectrale, stations
du Northern Pacific, figurant sur le journal du
train, Denver, Rio Grande, Lignes Côtières Atlanti-
ques et Wunposts d'Amérique, tout a disparu ! —
Sur le Tronçon Côtier du vieux S.P. qui a été
construit en euf cent vinte deuu, il y avait autrefois
une petite ligne ridicule et tortueuse qui escaladait
les collines de Bayshore, comme une piste grotesque
de cross-country pour coureurs européens ; c'était
la ligne des auteurs de hold-up chargés d'or, de la
nuit du vieux Zorro et des cavaliers aux capes
repliées, noires comme de l'encre. — Mais maintenant, c'est le vieux Tronçon Côtier moderne du
S.P., qui finit à ces immeubles de l'impasse ; et à
quatre heures trente, les banlieusards frénétiques
de Market Street et de Sansome Street, je l'ai dit,
arrivent en courant, comme des hystériques, pren
dre leur 112, afin d'arriver chez eux à temps pour
les émissions de télévision de cinq heures trente ; le
Howdy Doody de leurs gosses qui brandissent le
revolver de Neal Cassady'd Hopalong. Deux kilomètres sept cents pour la 23ᵉ Rue, ensuite un
kilomètre six cents pour Paul Avenue et... et cætera,
ces haltes étant les petits arrêts pipi de ce trajet de
huit kilomètres, avec quatre tunnels à traverser
jusqu'à l'imposante Bayshore ; Bayshore au kilomètre 8 expose à vos regards, je l'ai dit, cette
gigantesque muraille qui domine la vallée, avec,
parfois, dans l'obscurité des soirs d'hiver, les énormes brouillards laiteux qui s'enroulent et se dérou-
lent sans bruit — mais vous croyez entendre un

bourdonnement de radar — avec les masques
ternes et surannés de l'embouchure du Potato
Patch ; les volutes des vieilles vagues de Jack
London se glissent à travers le Pacifique Nord gris
et austère avec des mouchetures farouches, un
poisson, la paroi d'une cabane, le vieux lambris
ouvragé d'une épave, le poisson nage entre les os
pelviens de vieux amants qui gisent emmêlés au
fond de la mer comme des limaces, dont on ne peut
plus discerner les os respectifs, mais fondus dans un
seul calmar du temps, ce brouillard, ce terrible et
morne brouillard de Seattle qui, après avoir vu
Potato Patch, vient nous apporter des messages de
l'Alaska et du mongol aléoutien, et du phoque et de
la vague, et du marsouin souriant, ce brouillard de
Bayshore que vous voyez onduler, emplir les rigo-
les, transformer en lait le flanc des coteaux, et vous
vous dites : « C'est l'hypocrisie des hommes qui
rend ces collines sinistres. » — A gauche, près du
mur rocheux de Bayshore, il y a toute votre baie de
San Francisco qui barre les vastes étendues bleues,
vers les régions perdues d'Oakland, et le train, le
train de la ligne principale poursuit sa course, avec
ses « clics » et ses « clacs », et, vision fugitive, à
peine réelle, passe le petit bureau de la gare de
Bayshore, avec les objets si importants pour les
hommes du rail, la petite cambuse jaunâtre des
commis, les feuilles de train en papier pelure, avec
les conducteurs qui bavardent, vont et viennent, et
les bordereaux d'expéditions cloués, et tapés et
tamponnés, venus de Kearney, Nebraska, et puis,
c'est le meuglement des vaches qui ont changé trois

fois de ligne, et tout cela passe, rapide comme
l'éclair, et le train continue, il traverse Visitacion
Tower, dont le nom, par les vieux cheminots Okie
de la Californie d'aujourd'hui, n'est pas du tout
prononcé à la mexicaine, Vi Zi Tah Sioh ; elle est
simplement appelée Visitation, comme le dimanche
matin, et souvent, vous entendez « Visitation
Tower, Visitation Tower », ah ah ah ah aha Borne
9,8 ; la suivante 12,9, Butler Road, est loin d'être un
mystère pour moi ; à l'époque où je devins garde-
frein, ce fut la grande scène triste des travaux de
nuit, quand j'étais à l'extrémité d'un convoi de
quatre-vingts wagons, dont je relevais les numéros,
à l'aide de ma petite lampe ; mes chaussures
crissaient sur le gravier, j'étais fourbu, je mesurais
le chemin que j'avais à parcourir, à la lueur triste
du réverbère de Butler Road qui brillait là-haut,
jusqu'au bout de la muraille des longs wagons noirs
aux ouvertures tristes, de la nuit de fer, rouge
sombre du train — avec les étoiles là-haut, le
Zipper qui passait à grand fracas, et les senteurs de
la fumée de locomotive ; je m'écarte pour le laisser
passer, et plus loin, la nuit, dans les parages de
l'aéroport de San Francisco Sud, vous voyez cette
sacrée lumière rouge qui s'agite, signal de Mars qui
remue dans le ciel, vastes plaques rouges qui
montent et descendent et qui envoient leurs feux
dans le ciel pur, pureté aiguë, pureté perdue, le ciel
splendide de la vieille Californie, tard dans la nuit
triste de l'automne, été du printemps d'un automne
hivernal, comme les arbres — Tout cela je le revois,
Butler Road n'est pas un mystère pour moi, ce n'est

pas un blanc dans cette chanson, je le connais bien,
je pourrais aussi mesurer quelle distance il me
fallait parcourir pour atteindre le bout de la gigantesque rose de néon, neuf kilomètres de long,
croirait-on, qui annonçait : STEEL BETHLEHEM
DE LA COTE OUEST, en prenant les numéros des
wagons J C 74 635 (Jersey Center) D & R G 38 376
et N Y C et P R et tous les autres ; mon travail était
presque fini quand cette énorme lampe au néon
arrivait à ma hauteur, et cela signifiait également
que le triste petit réverbère de Butler Road n'était
qu'à quinze mètres ; après, finis les wagons, à cause
de l'intersection, on coupait le convoi à cet endroit
et on mettait les wagons sur une autre ligne de la
gare de South City — important pour l'aiguillage,
important pour le freinage, je ne commençai à
l'apprendre que plus tard. — Ensuite donc, venait
la borne 14, quelle grande rue sinistre, mon Dieu, le
brouillard s'en déversait en fines volutes, et les
petits cocktails au néon, petites cerises sur un cure-
dent, les *Chronicle* verts, mornes comme le brouillard, dans les poubelles de fer-blanc à dix cents sur
le trottoir, et les bars avec, à l'intérieur, les anciens
soldats, gras comme des moines, aux cheveux
lisses ; ils boivent ; octobre dans les salles de billard ;
et tout le reste ; c'est là que j'allais acheter quelques
bâtons de friandises ou ingurgiter quelque soupe
improvisée entre deux corvées à la gare, quand
j'étais commis ; je regardais la tristesse qui sévissait
de ce côté, le côté des hommes ; ensuite, je devais
aller de l'autre côté, un mille plus loin, vers la baie,
aux grands abattoirs d'Armour & Swift, où je

devais prendre les numéros des wagons-frigos de
viande avec l'obligation parfois de me mettre à
l'écart, au moment où le train de détail arrivait et
effectuait quelques manœuvres. L'étiqueteur ou le
chef de train me disait toujours quels wagons
restaient et lesquels partaient. — Toujours de nuit,
et toujours sous mes pas un sol mou comme du
fumier ; mais en fait, c'était un sol à rats, des rats
innombrables ; je les voyais, je leur lançais des
pierres, jusqu'à la nausée, je m'enfuyais de ce trou
comme d'un cauchemar, et parfois je préférais
marquer des numéros fantaisistes plutôt que d'ap-
procher trop près d'un tas de bois gigantesque, si
plein de rats qu'on aurait cru que c'était leur
immeuble. Et les vaches tristes qui meuglaient à
l'intérieur étaient de petites mexicaines, ou des
californiennes grincheuses à la face antipathique et
ingrate ; et des vieux tacots d'ouvriers venus à leur
tâche sanglante, fourmillaient dans la cour —
jusqu'au jour où j'ai fini par y venir travailler un
dimanche, au triage d'Armour & Swift, et où j'ai vu
que la baie était à vingt mètres de là ; je ne m'en
étais jamais aperçu ; une cour pleine de détritus,
pleine de saloperies, qui plus que jamais donnait
asile à des rats, et pourtant, de l'autre côté, l'eau
bleue ondulait, dans la clarté triste du matin, elle
montrait des miroirs clairs et plats, vers Oakland,
vers Alameda, de l'autre côté. — Et dans le vent
âpre du dimanche matin, j'entendais le grondement
des cloisons métalliques des abattoirs et des entrepôts délabrés et abandonnés ; à l'intérieur des
détritus, des rats morts écrasés par le passage du

train, la nuit, et d'autres que j'avais peut-être tués
avec les cailloux dont j'emplissais les poches de ma
veste pour me protéger ; mais c'était surtout des
rats massacrés systématiquement qui gisaient en ce
jour hanté par les nuages, ce jour de vent furieux et
âpre qui vous brisait le cœur, avec les gros avions
d'argent de l'espérance civilisée qui s'envolaient au-
dessus du marécage puant et des taudis de carton
crasseux, pour gagner le ciel — Gah, bah,
ieoeoeoeoe — c'était un gémissement horrible et
ignoble qui vous tombait dessus comme un édredon
dans ce merdier, dans ces silos du bout du monde,
au milieu de ces stalles de zinc peinturluré, réser-
vées au meurtre, de cette crotte, de ce sel, et les bêh,
bêh, les asiles de rats, la hache, le marteau-pilon,
les meuglements de vaches, et tout le reste, une
immense horreur du Sud de San Francisco, c'est ça
votre kilomètre 14,1. — Ensuite, le train vous
emmène à toute vapeur à San Bruno, évitant, par
une longue courbe, le marais de l'aéroport de SSF,
et puis, entrée dans Lomita Park, borne 18,2, là où
se dressent les doux arbres de banlieue ; les séquoïas
grondent et parlent de vous quand vous passez dans
la locomotive dont le brasier projette dans la nuit
votre ombre rougeoyante et omnipotente. Vous
voyez toutes les p'tites maisons californiennes, style
ranch ; et le soir, les gens qui boivent dans leur
salon ouvert à la douceur, aux étoiles, à l'espoir que
les p'tits enfants doivent voir, couchés dans leur
petit lit quand ils regardent en l'air, une étoile
palpiter pour eux au-dessus de la terre des trains ; et
le train lance son appel, et ils pensent que ce soir les

étoiles seront parties ; ils viennent, ils partent, ils
martent, ils angelicisent, ah, mon Dieu, je dois
venir d'un pays où l'on laisse les petits enfants crier,
ah mon Dieu, j'aurais voulu être enfant en Californie, quand le soleil est couché et que le Zipper passe
en grondant, j'aurais pu voir, à travers les branches
des séquoïas ou des figuiers ma lumière de l'espoir
palpiter et briller pour moi seul, faire du lait sur les
flancs des collines de Permanente, qu'il y ait ou non
d'horribles cimenteries à la Kafka, qu'il y ait les
rats des abattoirs de South City ou non, ou non, je
voudrais être un petit enfant dans un berceau, dans
une douce petite maison style ranch, avec mes
parents qui boivent lentement dans le salon, avec la
fenêtre, semblable à un tableau, qui laisse voir la
petite arrière-cour, avec les chaises sur la pelouse,
la palissade brune aux pieux pointus, style ranch,
les étoiles dans le ciel, la nuit dorée, pure, sèche et
odorante, et juste de l'autre côté des quelques
herbes, des pieux en bois et des pneus en caoutchouc, bam, la grande ligne du vieux SP, et le train
qui passe, touum, tbououm, l'énorme fracas de la
machine noire, les hommes rouges et barbouillés
sur la loco, le tender, puis le long serpent des
wagons de marchandises, et tous les numéros, tout
défile à toute allure, gcratc gcratch, tonnerre, le
monde entier défile, et au bout, le gentil petit
fourgon avec sa lampe fumeuse et brune, et le vieux
chef de train penché sur ses bordereaux, et là-haut,
dans la vigie est assis le conducteur « de la gauche » qui regarde au-dehors de temps en temps —
pour voir que tout est noir — et encore les

pancartes rouges apposées à l'arrière du train, les lampes dans le compartiment arrière du fourgon, tout cela passe en hurlant, dans la courbe qui mène à Burlingame, à Mountain View, au doux San Jose de la nuit, et, plus loin, Gilroys Carnaderos Corporals et cet oiseau de Chittenden de l'aube, vous, Rocs de l'étrange nuit tout illuminés, démentiels et couverts d'insectes, vos marais marins de Watsonville, votre longue longue ligne, et la voie principale qui colle aux doigts à l'étoile de minuit.

Au kilomètre 72, c'est San Jose, qui offre le spectacle d'une centaine de vagabonds intéressés, flânant dans l'herbe le long de la voie avec leurs baluchons, leurs copains, leur réserve d'eau personnelle, leur bidon d'eau pour faire le café ou le thé ou la soupe, et leur bouteille de vin de Tokai, ou, généralement, de muscatel. — La Californie du muscat est tout autour d'eux, dans le bleu du ciel ; des lambeaux de nuages blancs sont poussés vers les sommets qui dominent la Vallée de la Santa Clara — venant de Bayshore où un violent vent de brouillard s'est levé — et vers les trous de South City, et une paix pesante s'étend dans la vallée abritée où les vagabonds ont trouvé un repos temporaire. — Petit somme au chaud dans les herbes sèches, seuls les monticules couverts de roseaux émergent et vous vous y prenez les pieds en grondant. — « Alors, gars, on va prendre un coup de rhum à Watsonville ! — Pas du rhum, gars, c'est une autre camelote. » — Un clochard, c'est un

Noir, est assis sur un vieux journal crasseux de l'année dernière, et ce journal a déjà été utilisé par Jim Œil de Rat, des viaducs de Denver, qui est venu par ici au printemps dernier avec un paquet de dattes sur le dos. — « Les choses n'ont pas tellement mal tourné depuis 1906 ! » Maintenant, nous sommes en octobre 1952 et la rosée est sur le grain de ce sol réel. L'un des gars ramasse un morceau de fer-blanc par terre (il est tombé d'un wagon lors d'un arrêt brutal dans la gare, contre le butoir) (baoum !) — Les morceaux de ferraille volent, tombent dans l'herbe, près de la voie n° 1. — Le clochard met la plaque sur des cailloux, au-dessus du feu, et il s'en sert pour faire griller du pain dessus, mais il boit du tokai, il parle aux autres et le pain brûle, même tragédie que dans les cuisines carrelées — le vagabond se répand en invectives hargneuses, parce qu'il a perdu du pain, il donne un coup de pied dans un caillou en disant : « Vingt ans que j'ai passé entre les murs de Dannemora et j'en ai eu ma claque des panoramas excitants des grandes actions, comme quand ce poivrot de Canneman m'a écrit cette lettre de Minneapolis, et c'était juste pour des ivrognes de Chicago — j'y ai dit Ksa mavé l'erduneblag — Eh bien je l'ai écrit dans une lettre aussi sec. » Personne n'écoute, jamais personne n'écoute un clochard, tous les autres clochards sont en train de causer tous à la fois, et vous n'arrivez plus à vous en dépêtrer — ils parlent tous en même temps, et vous tiennent des propos incohérents. Il faut retourner près de votre collègue du chemin de fer pour

comprendre. C'est comme quand vous demandez à
quelqu'un, mettons : « Où est la voie 109 ? » —
Bien. Si c'est un clochard, il va vous dire : « Va-t-
en là-bas, papa, demander au vieux au foulard bleu
s'il le sait, moi, ch'ui Slim Holmes Hubbard de
Ruston, Louisiane, et j'ai pas eu le temps ni
l'instruction nécessaires pour avoir les moyens de
savoir où elle est c'te voie 109 — Y a qu'une chose
que j'sais — J'ai besoin de cinquante balles, si t'as
cinquante balles à me donner je continue tranquillement mon petit bonhomme de chemin — si tu les
as pas, je continue tranquillement mon petit bon-
homme de chemin — t'as rien à gagner t'as rien à
perdre — et entre ici et Bismarck, dans l'Idaho, j'ai
rien pu faire d'autre que perdre, perdre, et perdre
tout ce que j'ai jamais eu. » Vous ne pouvez faire
autrement que d'admettre la présence de ces vagabonds dans votre esprit quand ils vous parlent ainsi
— la plupart disent d'une voix revêche : « Voie 109
Chillicothe Ioway » à travers leur barbe hirsute
souillée de salive — et ils s'en vont pliés sous le
poids de baluchons énormes, profonds et lourds —
il y a des corps démantibulés là-dedans, vous dites-
vous — les yeux éraillés, les cheveux épars, épars ;
les gars du rail les considèrent avec étonnement, la
première fois, puis ils ne les regardent plus jamais
— que diraient les femmes ? — Si vous demandez à
un cheminot où est la voie 109, il s'arrête, s'arrête
de mastiquer son chewing-gum, il change de main
son sac, sa lanterne ou son casse-croûte, il se
retourne, crache, louche en direction des montagnes à l'est et, très lentement, il roule ses yeux dans

la caverne privée de son orbite entre l'os frontal et l'os des pommettes et il dit, réfléchissant encore après avoir réfléchi déjà : « Ils l'appellent voie 109, mais son vrai numéro c'est 110, c'est là juste après le quai de la glacière, tu sais, le frigo là-bas. — Oui. — C'est là, à partir de la voie 1, la voie principale, c'est à elle que le numérotage commence, mais avec le frigo, ça fait un chevauchement, elles tournent, et il faut traverser la voie 110 pour arriver à la 109 — Mais y a jamais besoin d'aller jusqu'à la 109, c'est rare... alors c'est comme si la 109 manquait dans les numéros... de la gare... tu vois ? — Ouais ». Je sais à quoi m'en tenir — « Je vois très bien maintenant. — Et elle est là. — Merci, il faut que j'y aille en vitesse. — C'est ça l'ennui aux chemins de fer, faut toujours y aller en vitesse — parce que sinon, ça revient au même que si on refusait de prendre un tour de service sur un train, en disant qu'on veut y réfléchir et aller se coucher (comme l'a fait Mike Ryan lundi dernier) » qu'il se dit. — Un signe de la main et nous nous séparons.

Voici le grillon dans les roseaux. Je m'assois au bord de la rivière, le Parajo, j'allume un feu, et je dors, ma veste posée sur ma lanterne de garde-frein, et je réfléchis à la vie californienne en fixant le ciel bleu.

Le chef de train est là, il attend ses instructions pour la route — quand il les recevra, il donnera au mécanicien le signal du départ un petit balancement de la paume de la main, et nous voilà partis — le vieux mécano donne des ordres pour la vapeur, le jeune chauffeur s'affaire, le mécano saisit soudain la

grande manette et tire, parfois il se crispe, il lutte
avec elle, comme un ange énorme en enfer et il tire
le sifflet deux fois, touout, touout, signal du départ,
et vous entendez le premier tcheug de la machine —
tcheug — raté — tcheug eu leut — Zououm —
tcheug TCHEUG — le convoi s'ébranle — le train
est parti. —

  San Jose — l'âme du train étant le parcours de la
chaîne de forçats, le long train de marchandises —
que vous voyez serpenter sur la voie avec une
machine poussive — est celui qui voyage, celui qui
gagne, celui qui fabrique en rechignant la ligne
principale et artérielle. — San Jose est à quatre-
vingts kilomètres au sud de San Francisco, c'est le
centre du secteur ferroviaire côtier et du trafic
routier au long cours, bien connu de tous parce que
c'est le croisement des lignes qui descendent de
Frisco pour aller à Santa Barbara et Los Angeles, et
des rails luisants qui vont à Oakland par Newark et
Niles, voies secondaires qui croisent aussi la grande
ligne principale du Secteur de la Valley, qui va à
Fresno. — C'est là, à San Jose, que j'aurais dû
m'installer au lieu d'aller habiter dans Third Street
à Frisco ; pour la raison suivante : quatre heures du
matin à San Jose ; arrive un appel téléphonique ;
c'est le commis principal qui vous appelle de
Fourth & Townsend, dans le triste Frisco. « Keroo-
wayyyy. Retour à vide du 112 sur San Jose pour
emmener un convoi vers l'est avec le chef de train
Degnan, pigé ? — Ouais, départ à vide 112, et puis

voie est, O.K. » Ce qui veut dire, retourne te
coucher et relève-toi vers neuf heures, t'es payé
pendant ce temps-là, t'en fais pas mon vieux, la vie
est belle, tout ce que t'as à faire c'est te lever à neuf
heures et combien de dollars que ça te fera de
gagnés ? Bref au pieu, puis tu mets tes frusques et tu
sors, tu prends un petit autobus et tu descends au
bureau de la gare, près de l'aéroport ; et au bureau
de la gare, il y a des centaines de cheminots qui
travaillent, qui clouent les pancartes, qui télégra-
phient, et les machines sont alignées et numérotées
et étiquetées au-dehors, et sans cesse de nouvelles
locos sortent de la rotonde et partout, dans l'air
gris, c'est l'excitation du mouvement des trains qui
roulent, des gros salaires qui s'accumulent. — Tu
descends là-bas, tu trouves ton chef de train, ça va
être une espèce de vieux comédien de cirque au froc
en accordéon, avec un chapeau aux bords relevés,
une face rougeaude et un mouchoir rouge, qui aura
à la main des bordereaux crasseux et des feuilles de
route et, loin de porter comme toi une grosse
lanterne d'apprenti garde-frein, il aura sa toute
petite lampe de toujours, la même depuis dix ans,
qu'il a achetée à quelque vieux cheminot qui avait
la bougeotte, et dont il faut qu'il paie les piles de sa
poche, chez Davegas, tandis que l'apprenti, lui, les
a gratuitement au dépôt, tout ça parce qu'au bout
de vingt ans aux chemins de fer, il faut trouver un
moyen de montrer son originalité et aussi d'alléger
le fardeau que l'on trimbale ; il est là, accoudé, près
des crachoirs, avec d'autres ; vous arrivez, le chapeau sur les yeux, en disant : « Chef de train

Degnan ? — C'est moi, j'ai l'impression qu'on partira pas avant midi, alors t'as le temps, mais reste dans le secteur », alors tu entres dans la salle bleue, comme ils disent, là où les mouches bleues bourdonnent et vrombissent autour de vieilles banquettes éventrées dont le rembourrage attire les mouches et favorise probablement leur accouplement, et tu t'étends là-dessus, si tout n'est pas déjà occupé par des gardes-frein endormis, pointant le bout de tes chaussures vers le vieux plafond brun et triste du temps, les oreilles pleines du cliquetis du télégraphe, et du halètement des locos, de quoi te faire trembler, tu rabats le bord de ton chapeau sur tes yeux et tu dors. — Depuis quatre heures du matin, depuis six heures du matin, au moment où tu dormais encore dans cette sombre maison du rêve, tu gagnes 1 dollar 90 de l'heure, et il est maintenant dix heures et le train n'est même pas encore formé, et « pas avant midi » a dit Degnan, si bien qu'à midi tu auras déjà travaillé (parce qu'on décompte le temps depuis le départ à vide de Frisco) six heures, et tu partiras de San Jose, avec ton train vers midi, peut-être même plus tard, à une heure, et tu n'arriveras pas à la grande ville de Watsonville, point d'aboutissement de tous les trains de détail (vers Los Angeles), avant trois heures de l'après-midi, et s'il se produit quelque heureux incident, à quatre ou cinq heures, à la tombée de la nuit, alors que là-bas, attendant le signal du convoyeur, mécaniciens et conducteurs voient le long soleil triste et rouge du jour qui décline tomber sur la magnifique ferme de la borne

148-2 ; et le jour est fini, le parcours est fini, on les a payés depuis l'aube de ce jour et ils n'ont fait que quatre-vingts kilomètres. — C'est ainsi que ça se passera, tu dormiras dans la salle bleue, tu rêveras de ton dollar 90 de l'heure, de ton père mort et de ton amour mort, du pourrissement de tes yeux et de ta Chute finale, le train ne sera pas formé avant midi et personne n'a l'intention de t'importuner avant cette heure — heureux enfant et ange des trains dorment doucement dans ton acier propositionné.

Et voilà pour San Jose.

Ainsi donc, si tu habites à San Jose tu bénéficies de trois heures de sommeil supplémentaire, sans compter le temps que tu passes à dormir sur les banquettes en cuir pourri de la salle bleue — et pourtant, je tirais profit de mon trajet de quatre-vingts kilomètres depuis Third Street pour faire bibliothèque, j'emportais des livres et du papier dans une petite serviette de cuir noire dépenaillée, vieille de dix ans déjà, que j'avais achetée un beau matin à Lowell en 1942 pour aller au bord de la mer, j'allais au Groenland cet été-là ; cette serviette était tellement moche, qu'un chef de train me voyant entrer avec ça à la buvette du dépôt de San Jose lança d'une voix tonitruante : « Ça, c'est un sac pour mettre le butin pillé dans les trains ou j'y connais rien » ; je ne souris même pas, je n'eus même pas l'air d'entendre, tel fut le commencement, le milieu et la fin de mes rapports sociaux aux chemins de fer avec les braves garçons qui y travaillaient ; plus tard, on m'appela Kerouaayyy

l'Indien au nom baroque et chaque fois que nous
passions devant les Indiens Pomos qui travaillaient
sur la voie, des poseurs de rails aux cheveux noirs et
graisseux, je leur faisais un signe de la main, en
souriant, j'étais le seul du S.P. à le faire, à part les
vieux mécaniciens qui eux font toujours du bras et
sourient, et les contrôleurs qui sont les vieux chefs
soûlographes du temps et que tout le monde
respecte ; mais à l'Indien foncé et au nègre de l'Est
avec sa lourde masse et son froc sale, je faisais du
bras ; peu de temps après, dans un livre, j'ai appris
le cri de guerre des Indiens Pomos : Ya Ya Henna,
et j'ai eu un jour envie de lancer ce cri de guerre au
moment où le train passait devant eux, mais
qu'allais-je déclencher d'autre que les déraillements
de mon propre moi et de ma propre mécanique ? —
Les voies de chemin de fer s'ouvraient sur un
horizon de plus en plus vaste, jusqu'au jour où, un
an plus tard, j'ai fini par quitter ce métier ; j'ai vu
alors ce secteur mais du haut des vagues de la mer à
bord d'un bateau ; toutes les voies côtières serpen-
taient le long des murs bruns du promontoire
morne de l'Amérique, et ainsi les voies de chemin
de fer débouchent sur les vagues qui sont chinoises
et sur le linceul de la mer d'Orient. — Elles
courent, sur les terres rocailleuses, vers les nuages
des plateaux, vers les Pucalpas et les sommets
perdus des Andes, loin au-dessous du bord du
monde, elles creusent aussi un trou profond dans
l'âme de l'homme, elles transportent mille cargai-
sons intéressantes dans les trous et hors des trous,

dans les précipices et autres cachettes, cauchemars imitatifs de l'éternité, comme vous allez le voir.

Donc un matin, ils me téléphonent à Third Street à quatre heures ; je prends le train de très bonne heure pour San Jose où j'arrive à sept heures trente, on me dit de ne pas me faire de bile, il y en a pour jusqu'à dix heures ; alors je sors et, étant donné l'existence inconcevable de clochard que je mène, je pars à la recherche de bouts de fils de fer que je pourrai tordre de manière à pouvoir les mettre au-dessus de mon réchaud, afin d'y poser mes petites tartines, pour faire mes toasts aux raisins ; et en plus, si possible, je cherche à me confectionner une sorte de grillage sur lequel je pourrais poser des casseroles pour faire chauffer de l'eau et une poêle pour faire frire les œufs, parce que la flamme du réchaud est trop forte, elle brûle souvent mes œufs et les noircit chaque fois que je ne surveille pas la cuisson d'assez près, quand je pèle des pommes de terre par exemple — je furète de-ci de-là, de l'autre côté de la voie, à San Jose, il y a une sorte de dépotoir ; j'entre et je cherche ; ce qu'il y a là-dedans est si inutile que le propriétaire ne vient même pas me demander ce que je veux ; moi qui gagne six cents dollars par mois, je viens barboter un gril pour mon réchaud — Onze heures, et le train n'est toujours pas formé, quelle journée grise, sombre, merveilleuse ! Je descends les petites rues bordées de maisonnettes jusqu'au grand boulevard de Jose, je me paie une glace Carnation et un café

matinal ; des volées de collégiennes, des classes
entières, entrent ; elles ont des pull-overs collants
qui leur moulent la poitrine, elles ont des vêtements
invraisemblables, on dirait une réunion mondaine
de dames arrivées là soudain pour bavarder devant
une tasse de café ; et moi avec mon chapeau de
base-ball, ma veste pleine de rouille et de cambouis,
ma canadienne à col de fourrure qui me servait
d'oreiller dans le lit sableux des rivières de Watsonville, et les sables de Sunnyvale, en face de Wes-
tinghouse, près de chez Schuckl... jours d'appren-
tissage, c'est là que mon premier grand moment
aux chemins de fer eut lieu, près de Del Monte,
quand j'ai lancé mon premier wagon ; Whitey
m'avait dit : « C'est toi le patron, vas-y, dételle-le,
mets la main ici et tire, c'est toi le patron ». C'était
une nuit d'octobre ; des tas de feuilles mortes près
de la voie, sombres, propres, claires, sèches, dans
l'obscurité suave et odorante ; et là-bas, des cageots
de fruits de Del Monte ; des ouvriers s'affairent près
des wagons de fruits avec leurs diables ; jamais je
n'oublierai Whitey me disant cela — c'est parce
que j'étais en proie au doute que je voulais garder
tout mon argent ; je voulais aussi aller au Mexique ;
j'ai refusé de payer soixante-quinze cents, et même
trente-cinq pour une paire de gants de travail ;
après avoir perdu ceux que j'avais achetés en
accrochant deux wagons de fleurs à San Mateo, un
dimanche matin, au train de détail de Sherman, je
résolus de trouver tous mes autres gants à terre, et
je suis resté pendant des semaines à agripper de ma
main noire des pièces de fer glacées et gluantes dans

la nuit humide et froide, jusqu'au jour où j'ai fini
par trouver le premier gant devant le bureau des
conducteurs de la gare de San Jose, un gant de toile
brune doublé d'un tissu rouge méphistophélique ; je
ramassai cet objet mou et mouillé sur le sol et le
plaquai sur mon genou, puis je le laissais sécher
avant de l'enfiler. — L'autre gant, je l'ai trouvé
devant le bureau des conducteurs de la gare de
Watsonville, c'était un petit gant en simili-cuir à
l'intérieur fourré ; je coupai la doublure aux ciseaux
et au rasoir pour pouvoir le mettre sans forcer et le
retirer aisément. — C'était cela mes gants, j'avais
perdu le premier, comme je l'ai dit, à San Mateo et
le second avec le chef de train Degnan, en attendant
que la loco donne le signal du départ (il était venu
travailler dans le fourgon « de gauche » parce qu'il
avait peur), près de la voie, à Lick, dans la grande
courbe, il était difficile d'entendre, à cause des
trains qui passaient sur la voie 101, et tout compte
fait, c'est le vieux chef de train qui, dans le noir, ce
samedi-là, finit par entendre, moi je n'entendis
rien. Je courus au fourgon, au moment où il
bondissait en avant, à cause du jeu entre les
wagons, et je me mis à compter mes lampes rouges,
mes gants, mes pétards et tout le saint frusquin, et
je m'aperçus alors avec horreur que j'avais laissé
tomber un de mes gants à Lick, merde ! — j'avais
alors deux autres gants, récupérés à terre eux aussi.
— Donc, à midi, ce jour-là, la machine n'était
toujours pas attelée ; le vieux mécano n'était pas
encore sorti de chez lui ; la veille il avait retrouvé
son gosse sur un trottoir, au soleil, lui avait tendu

les bras et l'avait embrassé, dans la lumière rouge
de l'après-midi ; et moi je dormais sur l'horrible
vieille banquette, j'étais déjà sorti plusieurs fois
pour aller aux renseignements, j'étais monté sur la
machine, qui était attelée maintenant, et le chef de
train et le conducteur du fourgon arrière prenaient
le café au bistrot, avec le chauffeur ; alors je suis
retourné rêver et dormir sur la banquette croyant
qu'ils allaient m'appeler, quand, dans mes rêves, je
perçois un double tut, tut, et j'entends la grande
loco de l'anxiété qui s'en va, c'est ma loco, mais je
ne réalise pas tout de suite, je m'imagine que c'est
quelque machine haut le pied poussive qui passe
dans un rêve, ou dans une réalité-rêve quand
soudain je m'éveille en me disant qu'ils ne savaient
pas que je dormais dans la salle bleue ; ils ont reçu
des ordres et le signal du départ a été donné, et les
voilà partis pour Watsonville en laissant à la traîne
le conducteur de tête — comme le veut la tradition,
le chauffeur et le mécanicien, même s'ils ne voient
pas le conducteur de tête à son poste, du moment
qu'ils ont reçu le signal du départ, ils s'en vont, ils
n'en ont rien à faire de ces wagonniers endormis. —
Je bondis, saisis ma lampe, et dans le jour gris, je
cours exactement à l'endroit où j'avais trouvé ce
gant brun à doublure rouge, je revois ce gant dans
ma fureur et mon inquiétude, et tout en courant
comme un dératé, j'aperçois la loco à 50 mètres, elle
prend de la vitesse en haletant bruyamment et tous
les wagons de la rame suivent ; et les voitures
attendent les événements au passage à niveau, c'est
MON TRAIN ! — Je cours, à grandes foulées, je

dépasse l'endroit où j'avais trouvé mon gant, je
traverse la rue, le coin du terrain vague où j'avais
cherché ma plaque de fer-blanc pendant ces heures
oisives de la matinée, bouche bée, soufflés, les
cheminots, il y en a bien cinq, regardent cet idiot
d'apprenti courant après son train qui s'en va à
Watsonville — va-t-il l'avoir ? Trente secondes plus
tard, j'arrive à la hauteur de l'échelle de fer et fais
passer la lanterne dans l'autre main pour saisir la
rambarde métallique et grimper sur les échelons ;
de toute manière, le tacot s'arrête à un signal rouge
pour laisser le vieux 71 — je crois — traverser la
gare. Il devait être alors, dans les trois heures,
j'avais dormi et gagné, ou commencé à gagner, un
nombre incroyable d'heures supplémentaires en
même temps que je suais mes cauchemars. — Ils
arrivent donc au feu rouge ; ils s'arrêtent de toute
façon ; je récupère mon train et je m'assois sur la
sablière pour reprendre haleine ; absolument aucun
commentaire sur les pommettes sévères et les yeux
bleus et froids d'Okie de ce mécanicien et de ce
chauffeur, ils devaient avoir, au fond de leur cœur,
signé une sorte de protocole avec les voies ferrées, et
ils n'avaient rien à faire de ce blanc-bec qui courait
sur la cendrée pour récupérer son travail perdu.

Pardonne-moi, ô Seigneur.

Derrière la palissade délabrée de la Fruitpacking
Company de Del Monte, qui n'est séparée que par
la voie ferrée de la gare de voyageurs de San Jose, il
y a une courbe, une courbe, une tchmourbe de
l'éternité facile à se rappeler, grâce aux rêves

nocturnes que j'ai eus dans les trains, ces invraisemblables trains de détail avec les Indiens, et tout
d'un coup, nous tombons sur une grande réunion
clandestine d'Indiens dans un souterrain, quelque
part dans les environs de la courbe de Del Monte
(c'est là qu'ils travaillent, les Indiens, de toute
manière) (ils chargent les cageots, les boîtes de
conserves, les boîtes de fruits au sirop) et je me
retrouve avec les héros des bars portugais de San
Francisco, je regarde les danses, j'écoute les propos
révolutionnaires, semblables à ceux que tenaient les
héros de Culiacan, accroupis sur la terre battue de
leur hutte, au son des mugissements de la vague,
dans la nuit folle et lugubre ; je les avais entendus
dire *La tierra esta la notre,* je savais qu'ils le pensaient
et c'est ce qui explique le rêve des Indiens, qui se
réunissent pour tenir des propos révolutionnaires
au fond des caves de la terre des trains. — Le train
aborde la courbe et, doucement, cramponné au fer
de l'échelle, je me penche dans la nuit, et je regarde,
et vois notre petite feuille de route, attachée à une
ficelle qui est étirée entre deux tringles spécialement
disposées là ; au moment où le train passe, un gars
(en général, c'est le chauffeur) sort le bras tout
entier, pour être sûr de ne pas rater son coup et il
saisit la corde (qui est bien tendue) en passant, et
voilà la corde qui arrive et les deux tringles rigides
se mettent à vibrer « ping » ; dans les bras, vous
avez la feuille de route du train, enroulée, c'est un
papier pelure jaune attaché avec la corde ; le
mécanicien auquel on a tendu l'objet prend la
ficelle, et lentement, en homme qui a une longue

expérience de la chose, il défait le lien, et, selon son
habitude, encore une fois, il déplie le papier et lit ;
parfois même il met des lunettes, comme un grand
professeur d'une université prestigieuse, pour lire,
tandis que la grosse locomotive continue sa course à
travers les espaces de la Californie, et les Mexicains
des cabanes qui longent la voie restent plantés là, la
main en visière au-dessus de leurs yeux, à regarder
ce grand moine à lunettes, apprenti mécanicien de
la nuit, qui scrute avec application le papier
minuscule qu'il tient de sa grosse patte crasseuse et
qui dit : « 3 octobre 1952, Feuille de Route Train
2-9222, parti à 14 h 04, attendre à Rucker jusqu'à
15 h 50 le passage du 914 se dirigeant vers l'est ; ne
pas dépasser Corporal avant 16 h 08, etc. », tous
les différents ordres que les expéditeurs de feuilles
de trains et les différents commis pensants ont
élaborés dans les postes d'aiguillage, au téléphone,
dans le grand passage métaphysique des monstres
de métal sur les rails — nous lisons tous, chacun
notre tour, car ils disent toujours aux jeunes
stagiaires : « Lisez bien attentivement, ne nous
laissez pas décider seuls s'il y a des erreurs ou non,
bien des fois, un stagiaire décèle une erreur qu'un
mécanicien et un chauffeur, ayant pourtant une
longue expérience, n'ont pas vue, alors lisez avec
soin », et je parcours la feuille de nouveau, et je la
relis encore, je vérifie les dates, l'heure par exemple,
je vérifie que l'heure à laquelle l'ordre a été rédigé
n'est pas plus tardive que l'heure du départ du train
(au moment où j'ai traversé au petit trot le terrain
vague, avec ma lanterne et ma sacoche pour

rattraper mon retard coupable dans l'obscurité
grise de sucrerie) ah, tout a l'air de coller. La petite
courbe de Del Monte, la feuille de train; le convoi
arrive au kilomètre 74,1, à l'intersection de la ligne
du Western Pacific, là où vous voyez toujours la
voie partir à la verticale pour passer au-dessus de
cette ligne étrangère, si bien qu'il y a une sorte de
bosse, sur la voie, mais chickalenck, nous la franchissons; parfois, à l'aube, en revenant de Watsonville je sommeillais dans la machine, et je me
demandais où nous pouvions bien être, ne sachant
pas en général que nous étions aux environs de San
Jose ou de Lick; soudain j'entendais le « brock eu
brock » et je me disais : « L'intersection du Western Pacific! » Et je me rappelle qu'une fois, un
garde-frein m'a dit : « J' peux pas dormir dans ma
nouvelle maison, ici, dans Santa Clara Avenue avec
le bouzin et le boucan qu'il fait, ce sacré engin, en
plein milieu de la nuit. — Ben, à vrai dire, figure-toi
que c'est une ligne du Western Pacific qui est là »,
et ainsi de suite, comme s'il lui paraissait impensa-
ble qu'il pût y avoir d'autres voies que celle du
Southern Pacific. — Nous passons l'intersection et
nous longeons la rivière, l'Oconee du vieux Jose, la
petite rivière à sec blanche, blanche de Guadaloupe, avec des Indiens debout sur la rive, c'est-à-
dire des enfants mexicains qui regardent le train; et
nous traversons les vastes champs de cactiers, avec
leurs poires hérissées de piquants, toutes vertes et
douces dans la grisaille de l'après-midi, elles vont se
dorer et brunir, se teinter de riches couleurs quand
le soleil, à cinq heures, va flamboyer et brûler pour

jeter le vin de Californie au-dessus de Licky à
l'extrême ouest, dans l'océan Pacifique. — Nous
continuons vers Lick, je regarde toujours mes
points de repères favoris, une école dans laquelle les
élèves s'entraînent au football, des équipes d'université, ou de sub-université, de bizuths et de sub-
bizuths, elles sont quatre, sous la tutelle de curés
noirs comme des corbeaux, les garçons lancent des
piaillements joyeux dans le vent, car c'est octobre,
mois du football; ou enracinées dans le ciel, des
racines qui vous sont destinées. — Puis à Lick il y a
sur une colline une sorte de monastère; en pilier de
bar que vous êtes, vous voyez en passant les murs
qui rêvent, sous l'empire de la marijuana, avec un
oiseau qui tourne vers la paix; là un champ, des
cloîtres, le travail, les prières des cloîtres et toutes
formes connues de l'homme qui poursuit sa douce
médiation, tandis que nous nous chamaillons et
ricanons avec une machine qui passe en trombe,
qui dévore l'espace, à longs coups, avec un train
long de huit cents mètres, et à tout instant je
m'attends à trouver un coussinet échauffé ici,
quand je me retourne anxieusement, prêt à travailler. — Les rêves des hommes du monastère là-haut,
sur la colline de Lick; je me dis : « Ah murs
crémeux de Rome, des civilisations ou des dernières
médiations monastiques avec Dieu dans le
Didoudkckcghgj. » Dieu sait ce que je pense; et
puis mes pensées se transforment vite lorsque la
voie 101 réapparaît à ma vue, quand j'aperçois
Coyote, et le commencement des doux vergers, des
champs de pruniers et de fraisiers et les vastes

cultures dans lesquelles vous distinguez au loin les
humbles silhouettes des ouvriers agricoles mexicains accroupis dans la brume ; ils travaillent, ils
arrachent le pain de la terre, tâches que l'Amérique, avec ses gros salaires de fer, trouve maintenant
indignes d'elle et pourtant, elle mange, elle continue de manger, et les dos de cuivre et les bras de fer
du Mexique, dans l'amour du plateau des cactus,
font ce travail pour nous ; ni le train de marchandises, avec les casiers pleins de betteraves, ni même
les hommes qui sont dessous, ne se préoccupent de
savoir comment, dans quel état d'esprit, avec quelle
sueur et quelle douceur, ces betteraves ont été
ramassées — et mises dans le berceau de fer pour
qu'elles reposent en dehors de la terre. — Je les
vois, le dos humble et courbé, je me rappelle
l'époque où moi-même j'ai cueilli le coton à Selma,
Californie, et je vois là-bas, à l'ouest, en face des
vignobles, les collines et puis la mer, les grandes
collines douces ; et plus loin, vous commencez à
apercevoir la colline familière de Morgan Hill ;
nous passons devant les champs de Perry et
Madrone, devant les pressoirs à vin, et tout est là,
tous les sillons doux et bruns, avec les fleurs ; une
fois, nous sommes allés sur une voie de garage pour
attendre le 98 ; je suis descendu du wagon et j'ai
couru comme le chien des Baskerville, et j'ai
ramassé quelques prunes qui n'étaient plus bonnes
à manger — le propriétaire du champ m'a vu, il a
vu ce cheminot qui repartait en courant comme un
coupable, vers la locomotive, avec une prune volée,
je courais toujours, je courais toujours, je courais

vers l'aiguillage pour le manœuvrer, je cours dans mon sommeil et je cours maintenant — heureux.

Douceur indicible des champs — les noms eux-mêmes sont d'une saveur incroyable comme Lick Coyote Perry Madrone Morgan Hill San Martin Rucker Gilroy, ô Gilroy endormi, Carnadero Corporal Sargent Chittenden Logan Aromas et Watson-ville Junction, avec la rivière, le Pajaro, qui le traverse, et nous, les gars du rail, nous passons au-dessus de ses ravines indiennes boisées et desséchées quelque part avant Chittenden là où, un matin, tout rose de rosée, j'ai vu un petit oiseau perché sur un étançon tout droit, poteau de bois dans la broussaille emmêlée, c'était l'Oiseau de Chittenden annonciateur du matin. — Ils sont doux, les champs au-delà de San Jose, à Lawrence par exemple, et à Sunnyvale, là où les récoltes sont riches, les champs immenses avec le Mexicain triste qui s'échine le dos courbé dans son primavéré. — Mais une fois dépassé San Jose, d'une certaine manière, la Californie tout entière s'ouvre sans cesse davantage, au couchant, à Perry ou Madrone, c'est une sorte de rêve, vous voyez la petite ferme délabrée, les champs, les rangées d'arbres fruitiers verts, et au-delà de la brume, l'émeraude pâle des collines, les auréoles rouges du soleil qui se couche sur le Pacifique ; et dans le silence voici l'aboiement d'un chien ; c'est la plus jolie rosée de la nuit californienne qui apparaît avant que l'homme avide ait fini de saucer le jus de son ragoût, et plus tard,

dans la soirée, la belle petite Carmelita O'Jose va
venir sur la route avec ses seins bruns dans son pull-
over de cachemire, qui vont bondir, tout doucement, malgré son soutien-gorge de jeune fille, ses
pieds bruns dans des sandales à lanières, brunes
elles aussi, et ses yeux noirs, qui contiendront des
fontaines dont vous vous demandez quelle peut être
la folle signification ; et ses bras tels des bras de
servantes dans la bible plutonienne — et des
puisoirs pour ses bras, en forme d'arbres, avec du
jus ; prenez une pêche, prenez l'orange flatteuse,
faites-y un trou, prenez l'orange, renversez la tête
en arrière, et de toutes vos forces, pressez-la, faites
sortir le jus par le trou, tout le jus coule sur votre
lèvre et sur le bras de Carmelita. — Elle a de la
poussière sur les pieds et du vernis aux ongles —
elle a une petite taille brune, un petit menton mou,
doux au toucher, un cou tendre comme celui d'un
cygne, elle a de la féminité et elle ne le sait pas — sa
petite voix a un petit son clair. — Voici venir José
Camero, l'ouvrier agricole, il est fatigué, il la voit
dans la vaste lumière rouge du soleil, dans le champ
d'arbres fruitiers ; avec la majesté d'une reine, elle
s'en va au puits dans la tour, il court la rejoindre, le
train passe à grand fracas, il n'y prête pas attention ; debout dans la machine, l'apprenti garde-
frein J. L. Kerouac et un vieux mécano
W. H. Sears, installé en Californie depuis douze
années après avoir quitté les fermes entassées dans
la poussière de l'Oklahoma ; c'est son père qui avait
donné l'ordre du départ dans un vieux camion
délabré Okie, car ils étaient de la première vague ;

ils se sont fait embaucher pour la récolte du coton,
et ils se défendaient bien mais un jour quelqu'un a
dit à Sears d'essayer les chemins de fer, ce qu'il a
fait, et maintenant, il est mécanicien après avoir été
chauffeur pendant des années. — La beauté des
champs du salut de la Californie ne touche pas son
regard de pierre, tandis que de sa main gantée
encadrant le levier d'admission il guide la bête
noire sur le rail étoilé. — Les aiguillages accourent,
les rails se fondent aux rails, des lignes s'en séparent
comme des lèvres et reviennent comme les bras
d'un amant... En rêve, je me vois, sur les genoux
bruns de Carmelita, je vois la tache noire entre ses
cuisses où la création cache sa majesté, et tous les
garçons, la tête en feu, précipitent la souffrance et
veulent le tout, le trou, les rouages, la toison, la
membrane cherche-moi, les jeux de l'amour, suçons
et plongeons, toi égalé — elle ne le peut jamais — et
là-bas descend le soleil et il fait nuit et ils sont
couchés entre deux rangées de vigne, personne ne
peut voir, ou entendre, seul le chien entend OOO
lentement, dans la poussière de cette terre des
trains, l'homme appuie sur ces petites fesses rondes
pour qu'elles forment une petite dépression dans la
terre, avec la force et le poids de son corps
frénétique, lentement il la transperce de son aiguil-
lon qui pénètre dans les arcanes de sa douceur, et
lentement son sang indien martèle ses tempes, son
exaltation monte et la femme halète doucement, les
lèvres brunes entrouvertes, avec ses petites dents
semblables à des fruits qui apparaissent et émergent et mordent doucement, brûlantes, dans la

brûlure de ses lèvres — il poursuit sa course, il
poursuit son martèlement, à coups redoublés, la
vigne secoue la tête à l'unisson, le vin jaillit du
pichet de la terre, les bouteilles rouleront dans
Third Street jusqu'aux sables de Santa Barbara,
l'homme atteint le paroxysme de sa jouissance, ne
le feriez-vous pas, vous aussi, si vous le pouviez ? —
les chairs tendres s'emmêlent sur la terre où
s'entassent les feuilles sèches et les bogues, et où
coule le vin du sang, avec les monstres de fer dur
qui passent, la machine dit KRRRROOO
AAAWWOOO, et voilà le passage à niveau, le
fameux Krrot krroot krroo ooooaaaawwww Kroot
— deux brèves, une longue, une brève, c't' une
chose que j'ai apprise, un jour où le mécano
racontait une blague à l'oreille du chauffeur, nous
arrivions à un passage à niveau et il m'a crié :
« Vas-y, vas-y », et de sa main, il m'a fait signe de
tirer, j'ai levé les yeux, j'ai attrapé le cordon et j'ai
regardé au-dehors, un sacré mécanicien ; j'ai vu le
passage à niveau qui accourait et les filles en
sandales, les fesses étroitement serrées dans leur
robe, qui attendaient le passage du train, sur les
quais en planches de Carnadero, et j'envoie le
signal, deux brèves, une longue, une brève, Krroo
Krroo Krrrooooa Krut. — Maintenant donc, le ciel
est pourpre, toute la bordure de l'Amérique tombe
et se répand sur les montagnes de l'Ouest dans la
mer éternelle et orientale, et vous avez là votre
champ triste et les amants enlacés, et le vin est déjà
dans la terre, et à Watsonville, là-bas, au bout de
mon voyage dans la crasse, au milieu d'un millier

d'autres, trône une bouteille de vin de tokai, celle que je vais acheter pour faire rester dans mon ventre une partie de cette terre, après tout ce frémissement et ce martèlement métallique contre ma chair tendre et l'exultation de mes os — en d'autres termes, quand le travail sera fini, je vais boire un bon coup de vin, et me reposer. — La subdivision de Gilroy, la voici.

Le premier voyage que j'aie jamais fait dans la subdivision de Gilroy, c'est cette nuit noire et nette où, debout près du wagon avec ma lampe et ma sacoche, attendant que les grands hommes se décident, j'ai vu venir ce jeune garçon qui émerge de la nuit ; c'est pas un gars du rail, manifestement, c'est un vagabond, mais lui il est issu d'une université ou d'une famille respectable, en tout cas son sourire montre des dents bien soignées ; il n'a pas, comme Jack, extirpé un sac dépenaillé de la rivière, des fins fonds de la nuit du monde — il dit : « Cet engin va à Los Angeles ? — Bah, il fait une partie du chemin, environ quatre-vingts kilomètres jusqu'à Watsonville, et puis, si tu veux continuer, ils peuvent t'emmener jusqu'à San Luis Obispo aussi, ce qui te fait la moitié du trajet. — Phht, qu'est-ce que j'en ai à foutre de la moitié du trajet, c'est à Los Angeles que je veux aller — qui es-tu toi, un serre-banane ? — Oui, je suis stagiaire. — Qu'est-ce que c'est qu'un stagiaire ? — Bah, c'est un gars qui apprend le boulot, sans être payé » (pour le trajet retour, jusqu'en bas). — « Eh bien ça me plairait pas de faire toujours le même trajet, parle-moi des voyages en mer, c'est ça la vraie vie ; c'est ce que j'essaie de faire, gagner New York par bateau, ou en faisant du stop, l'un ou l'autre, mais ça me dirait rien d'être cheminot. — Tu sais pas ce que tu dis, mon gars, c'est un boulot formidable, tu voyages tout le temps, tu gagnes un fric fou et t'as personne pour t'emmouscailler. — Mais enfin, bordel, tu fais toujours le même trajet, oui ou merde ? » Alors, je lui explique dans quel wagon il faut qu'il monte et comment il devra s'y prendre. « Bon sang, sois pas toujours en train de te faire du mal ; rappelle-toi ça quand tu essaieras d'aller dans tous les coins pour prouver que tu es un grand aventurier de la nuit américaine, quand tu voudras sauter dans les wagons de marchandises comme les héros des vieux films de Joel McCrea, bon Dieu, mon gars, cramponne-toi à l'ange et serre bien fort, et ne laisse pas traîner tes pieds sous cette roue de fer, elle aura moins d'égard pour les os de ta jambe que pour ce cure-dent que j'ai dans le bec. — Ah, merde, merde, tu crois que j'ai peur de ce bon Dieu de train, moi, je m'en vais bosser dans c'te sacrée marine, j'irai sur un porte-avions, et si tu veux du fer, j'atterrirai avec mon avion moitié sur le fer moitié sur l'eau, et aïe donc, j'irai en jet jusqu'à la lune. — Bonne chance, mon gars, ne tombe pas, cramponne-toi bien et serre bien les poings, fais pas l'idiot, quand t'arriveras à Los Angeles, tu diras bien des choses de ma part à Lana Turner. » — Le train était prêt à partir et le gars avait disparu, remontant la longue étendue de rocaille noire, le

long du serpent de wagons rouges. — Je grimpai à
bord de la machine avec l'homme de tête régulier,
qui allait me montrer le travail, et aussi avec le
chauffeur et le mécanicien. Nous voilà partis, nous
franchissons le croisement, nous abordons la courbe
de Del Monte, et le wagonnier de tête me montre
comment on s'agrippe d'une main pour se pencher
au-dehors, le bras replié, pour attraper la feuille de
route sur la corde — et en route pour Lick, dans la
nuit, sous les étoiles. — Jamais je n'oublierai cette
nuit-là : le chauffeur avait un blouson de cuir noir
et une casquette blanche de marin de l'Embarcadero, dans les bas quartiers de Frisco, avec une
visière ; dans l'encre de la nuit, il ressemblait trait
pour trait à un héros révolutionnaire de Bridges
Curran Bryson, héros des quais et des taudis, je
l'imaginais, sa grosse patte charnue brandissant
une matraque, dans les publications syndicalistes
oubliées, pourrissant dans les ruisseaux, devant les
bistrots des ruelles, je le voyais, les poings au fond
des poches, marcher d'un pas rageur au milieu des
vagabonds oisifs et traditionalistes de Third Street,
à son rendez-vous avec le destin des poissons, sur le
bord doré et bleu du quai, sur lequel les gars
s'assoient l'après-midi, rêvant sous les nuages,
bercés par le clapotement tendre des eaux qui sont
à leurs pieds, et regardant les mâts blancs des
bateaux, les mâts orange des bateaux à coque noire,
tous ces bateaux venus d'Orient qui affluent au
Golden Gate ; ce gars, je vous le dis, ressemblait
plus à un loup de mer qu'à un chauffeur de
locomotive, et pourtant il était assis là, avec sa

casquette d'un blanc de neige dans la nuit noire de
crasse, sur son siège de chauffeur, comme un
jockey, tcheug, et nous volions littéralement, ils
poussaient la machine à fond pour prendre de
l'avance et dépasser Gilroy avant que de nouveaux
ordres viennent tout gâcher, et nous traversions
l'espace éclairé par les gros phares modèle 3500 de
la locomotive qui jettent leur grosse langue de feu
sur la voie qui se déroule, s'enroule et se dérobe ;
nous allons, ballottés et abasourdis, sur cette ligne,
comme des déments, et le chauffeur ne se cramponne pas précisément à sa casquette blanche, il a
la main sur la manette du foyer et il surveille de
près les vannes de réglage et les cadrans, et les
barboteurs à vapeur ; il regarde la voie, au-dehors,
et le vent lui rabat le nez, mais lui, bon Dieu, il reste
à se taper les fesses sur son siège, exactement
comme un jockey montant un cheval sauvage ; cette
nuit-là, ma première nuit sur une machine, notre
mécanicien était déchaîné, il avait ouvert à fond la
vanne d'admission et, le talon bien calé sur le sol
crasseux, il essayait sans trêve de l'ouvrir plus
grande encore, pour démantibuler la locomotive, si
possible, pour tirer d'elle le maximum, lui faire
quitter les rails et s'envoler dans la nuit au-dessus
des champs de pruniers ; quelle nuit magnifique ce
fut pour moi, la première de toutes, cette nuit où je
connus l'ivresse, avec une bande de démons de la
vitesse, avec ce magnifique chauffeur et sa casquette blanche, ce couvre-chef impossible, incroyable, inégalable, imprévisible, dans ce train noir,
noir, noir ! — Et leur conversation incessante, et les

visions que j'ai eues de son chapeau, je vis le restaurant *Public Hair* de Howard, je vis la Californie de Frisco, blanche et grise de bruine, et les impasses pleines de bouteilles, d'étrons, de chapeaux melons, de moustaches de bière, d'huîtres, de phoques volants, ruelles barrées par les collines et qui débouchent sur des baies mornes ; l'œil cherche avec angoisse de vieilles églises avec des aumônes pour les loups de mer qui hurlent et montrent les dents sur les avenues du temps de l'occasion perdue, ah — que tout cela me plaisait, et ce fut la première nuit la plus belle, le sang « les trains te rentrent dans le sang » me crie le vieux mécanicien en continuant son tape-fesses sur son siège, et le vent rabat en arrière la visière à rayures et sa casquette et la loco, telle une bête énorme, ballotte de côté et d'autre à 110 à l'heure, au mépris de toutes les règles enseignées dans les livres, zomm, zomm, nous fonçons dans la nuit, et là-bas, Carmelity arrive, Jose est en train de faire en sorte que les électricités de la jeune fille se mélangent aux siennes, et s'y ajoutent, et la terre tout entière chargée de jus tourne vers le haut l'organe de la fleur, le déploie, les étoiles se penchent vers lui, le monde entier arrive au moment où la grosse locomotive passe dans un tapage d'enfer, avec les fous aux casquettes blanches ; la Californie est là, jolie à croquer, et waouw, il n'y a pas de fin à tout ce vin —

4

Les limons des cuisines marines

Avez-vous vu un grand cargo glisser dans la baie, un après-midi de rêve ? Et quand vous suivez du regard le serpent de fer, dans le sens de la longueur, à la recherche des gens, des marins, des fantômes qui doivent faire marcher ce vaisseau de rêve qui, si doucement, de son étrave d'acier, de son museau pointé vers les Quatre Vents du Monde, fend les eaux du port, vous ne voyez rien, personne, pas une âme.

Et le voilà qui arrive, au grand jour, sa coque lugubre et triste palpite faiblement ; dans la salle des machines s'élèvent des tintements et des cliquetis, et des halètements incompréhensibles ; à l'arrière, l'hélice géante engloutie brasse doucement les eaux, pousse le vaisseau vers l'avant, vers l'éternité ; les étoiles du fossoyeur du lieutenant fou, dans la nuit rose manzanillienne, tombent au large du ressac triste du monde — vers les remous des baies des autres pêcheurs, les mystères, les nuits d'opium dans les royaumes des sabords, océan étroit, dragues du Kurde. — Soudain, mon Dieu, vous vous

rendez compte que vous regardiez de petites taches
blanches, immobiles, sur le pont, entre les ponts,
près des cabines, et ils sont là... les cuistots en
livrée, avec leur veste blanche; pendant tout ce
temps, ils sont restés immobiles, penchés en avant,
comme des pièces fixes du navire, dans la coursive
de la coquerie — le dîner est fini, le reste de
l'équipage, le ventre bien rempli, dort à poings
fermés sur les couchettes mollement agitées — ils
observent le monde en silence, en glissant hors du
Temps, et il est impossible à tout spectateur de ne
pas se laisser prendre; il faut les examiner longtemps avant que l'œil ne s'aperçoive que ce sont des
humains, les seuls êtres vivants en vue — Chicos
musulmans, hideux petits Slaves de la mer qui
scrutent la mer avec attention, sanglés dans leur
jaquette imbécile — des Noirs dont les toques de
cuisinier couronnent le front noir, torturé et luisant
— près des poubelles de l'éternité, le fellah latin
repose, et somnole durant la trêve de midi. — Oh,
les mouettes perdues et écervelées tombent, dans un
linceul gris et agité, à la poupe mouvante. — Oh, le
sillage roule lentement les eaux brassées par l'hélice
farouche, entraînée par l'arbre issu de la salle des
machines, dans un mouvement circulaire incessant,
sous le jeu des combustions et des pressions, et des
travaux irritables des chefs mécaniciens allemands
et des graisseurs grecs aux foulards chatoyants; et
seule la Passerelle peut pointer cette énergie incessante vers quelque Port de Raison, à travers de
vastes mers solitaires et incroyables de démence. —
Qui est à l'avant-bec? Qui est sur le pont arrière?

Qui est sur la passerelle volante, lieutenant ? — Pas une âme qui aime. — Le vieux bateau vire dans notre baie endormie et retirée et part vers les Narrows, les bouches du Neptune Osh, en diminuant à nos regards — il passe la balise — il passe le promontoire — un voile de somnolence morne, sale, gris et léger s'élève au-dessus de la cheminée, envoie des ondes de chaleur vers le ciel — les drapeaux accrochés aux haubans s'éveillent à la première brise marine. A peine pouvons-nous distinguer le nom du bateau peint en lettres ternes sur l'étrave et sur une planche, apposée au bastingage du pont supérieur.

Bientôt les premières longues vagues vont faire de ce bateau un serpent de mer tumescent, l'écume va se presser et se dérouler près de la bouche solennelle. — Où sont les gars des cuisines que nous avons vus, accoudés pour digérer leurs ragoûts au soleil ? Ils auront disparu, alors, ils auront fermé les volets sur les interminables heures de navigation, heures de prison, heures de la mer, le fer sera rabattu et verrouillé, plat et terne comme du bois, sur les espérances soûlographiques suscitées par le Port, sur les joies fiévreuses et voraces de la nuit sur l'Embarcadero, les dix premiers verres, les bonnets blancs qui sautent en l'air dans une salle de café brune et lépreuse ; tout le bleu Frisco — avec les marins déchaînés, dans les autobus et les restaurants, sur les collines, la nuit — n'est plus maintenant qu'une ville blanche sur la colline, derrière votre pont de Golden Gate ; nous partons.

Une heure. Le S.S. *William Carothers* s'en va vers
le canal de Panama et le golfe du Mexique.

Un drapeau blanchi par les lavages flotte à la
poupe, symbole du silence des cuistots, tous rentrés
maintenant. — Les avez-vous vus, ces cuistots
partir vers la haute mer, depuis votre bac de
banlieusard, de votre pont, de votre Ford qui vous
voiturait vers votre travail, ces marmitons au
tablier crasseux, ces minables dépravés, vicieux,
miteux comme du marc de café dans un tonneau,
négligeables comme des pelures d'orange sur un
pont graisseux, blancs comme de la crotte de
mouette — pâles comme des plumes — des volatiles
— des fous souillés par l'eau de vaisselle, des
aventuriers siciliens de la Mer moustachue ? Vous
êtes-vous demandé ce qu'était leur vie ? Georgie
Varewski quand je l'ai vu pour la première fois ce
matin-là, au siège du syndicat, ressemblait tellement à ce rôle de marmiton spectral, voguant vers
ses Singapour des ténèbres que j'étais sûr de l'avoir
déjà rencontré cent fois   quelque part   et je
savais que je le reverrai cent fois.

Il avait cet air merveilleusement dépravé du
serveur européen fiévreux et alcoolique invétéré, et
en plus, il y avait en lui quelque chose de sournois,
un sournois grincheux — farouche, il ne regardait
personne ; il restait seul dans son coin, hautain
comme un aristocrate abîmé dans son silence
intérieur et qui ne veut rien dire ; regardez les vrais
buveurs, regardez-les quand ils sont malades de

leur beuverie passée, ils accordent un répit à leurs
excitations, ils ont un sourire mince, vague et mou à
la commissure des lèvres, ils sont en communication avec quelque chose qui est profondément ancré
en eux ; est-ce une réaction à l'atmosphère
ambiante, une joie frémissante d'ivrogne à la langue barbouillée ? Ils ne veulent pas communiquer
avec les autres, pour le moment (c'était bon pendant la nuit de beuverie et de cris), ils restent seuls,
ils souffrent, sourient, rient intérieurement tout
seuls, ces rois de la douleur. — Il avait un pantalon
en accordéon ; sa veste torturée avait dû être roulée
en boule et lui servir d'oreiller toute la nuit. — Très
bas, à l'extrémité d'un long bras et d'un long doigt
pendait un mégot oublié, allumé plusieurs heures
plus tôt, alternativement rallumé et oublié et
écrasé, et porté çà et là, au fil d'une activité grise,
nécessaire et frémissante. — Rien qu'en le regardant, on voyait qu'il avait dépensé tout son argent
et qu'il lui fallait trouver un autre bateau. — Il était
là, légèrement penché en avant, à partir de la taille,
prêt à accueillir tout événement charmant ou
comique, ou autre. — Un Slave trapu et blond — il
avait des pommettes marbrées en forme de poire
qui, dans la beuverie de la nuit précédente, avaient
pris un aspect huileux et enfiévré ; maintenant, la
peau était livide, pâle comme un ver — au-dessus,
ses yeux bleus rusés et lumineux, paraissaient
obliques. — Il avait les cheveux fins et rares,
comme torturés par quelque Grande Main Divine
de la Nuit de soûlerie qui les aurait empoignés et
arrachés — un Balte bigleux, maigre, au teint de

cendre. — Il avait une barbe vaporeuse, des
chaussures éraillées. — On pouvait se le représenter avec une veste blanche immaculée, les cheveux
plaqués sur les tempes, dans des cafés parisiens ou
des bars de transatlantiques ; mais même alors, il
était impossible de ne pas voir cette perversité
secrète dans son regard furtif qui fixe obstinément
la pointe de ses chaussures. — Des lèvres charnues,
rouges, riches, qui se pincent et murmurent, mar-
monnant, dirait-on, « Spèce d'enfant de pute... »

On donna la liste des emplois, j'étais affecté au
service des cabines, Georgie Varewski, ce blondin
coupable, maladif, furtif et frémissant apprit qu'il
irait aux cuisines avec un sourire blême, aristocrati-
que, pâle et distant. — Le nom du bateau : S.S.
William Carothers. Nous devions nous rendre, à six
heures du matin, à un lieu appelé Army Base.
J'allai droit à mon nouveau compagnon de bord et
lui demandai :

« Où est-elle cette Army Base ? »

Il m'adressa un sourire sournois.

« J' te montrerai. Viens me retrouver dans un
bar, au 210 de Market Street — chez Jamy — à dix
heures ce soir — on ira dormir sur le bateau ;
prends le train pour traverser le pont.

— D'acc.

— Cré fils de pute, je me sens rudement mieux
maintenant.

— Qu'est-ce qui s'est passé ? » Je crus m'apercevoir qu'il était soulagé d'avoir un boulot qu'il
n'espérait plus.

« J'ai été malade — Toute la nuit dernière, j'ai bu tout ce qui me tombait sous la main.

— Quoi ?

— Des mélanges.

— De la bière ? du whisky ?

— De la bière, du whisky, du vin — bon Dieu, ce que j'ai pu m'env-v-v-oyer — » Nous étions debout, devant le siège du syndicat, sur le grand escalier qui dominait les eaux bleues de la baie de San Francisco, et ils étaient là, les bateaux blancs, sur les flots, et toute ma tendresse chanta en moi à l'idée de reprendre ma vie de marin. — La Mer ! Les Vrais Bateaux ! Mon doux bateau était rentré, ce n'était pas un rêve, c'était un vrai bateau avec ses gréements emmêlés, et de véritables compagnons de bord, et j'avais ma convocation en bonne place, dans mon portefeuille ! Dire que la nuit précédente encore, j'écrasais les cafards à coups de talon dans mon réduit obscur des taudis de Third Street ! — J'avais envie d'embrasser mon ami. —

« Comment tu t'appelles ? C'est formidable ! »

— George — Georg-ee — J' suis un Polack, on m'appelle le Cinglé de Polack — Tout le monde me connaît. — J' boaaas et j' boaaas, comme un trou, tout le temps, et je perds ma place et je rate mon bateau — ils m'ont donné encore une chance — j'étais tellement malade que j'y voyais pu — maintenant, ça va un peu mieux.

— Bois un coup de bière, ça va t'retaper.

— Non ! Sinon, ça recommence, je deviens fou, deux trois bières, bououm, je suis parti, je m'envole, tu ne me vois plus. » Sourire désolé, haussement d'épaules. « C'est comme ça... Le Cinglé de Polack.

— Ils m'ont affecté aux cabines — et toi au mess.

— Ils m'ont donné encore une chance, et puis ce sera : " Georgie, ouste, fous-moi le camp, va te faire pendre ailleurs, t'es pas un marin, fils de pute, cinglé, tu bois comme un trou — Je le sais bien ". » Il sourit. « Ils voient mes yeux tout brillants, ils disent : " Georgie est encore soûl " — non — même pas une bière, j' peux pas — j' boirai pu avant le départ.

— Où on va ?

— On charge à Mobile. Après, c'est l'Extrême-Orient — le Japon probablement, Yokohama — Sasebo — Kobé — j' sais pas — probablement la Corée — probablement Saigon — l'Indochine — personne ne sait — je te montrerai le boulot, si t'es nouveau dans le métier — Moi, j' suis Georgie Varewski, le Cinglé de Polack... J'en ai rien à foutre.

— O.K., mon pote. A ce soir, dix heures.

— 210, Market Street — et tâche de pas te soûler pour te faire remarquer !

— Toi aussi ! Si t'es pas là, je pars seul !

— T'en fais pas — J'ai pas un rond, même pas un maudit cent — pas de fric pour bouffer —

— Tu veux un ou deux dollars pour manger ? » Je sortis mon portefeuille.

Il me regarda par en dessous.

« Tu les as ?

— Deux dollars, sûrement.

— O.K. »

Il s'en alla, humblement, les mains dans les poches de son pantalon, comme un vaincu, mais d'un pas décidé et rapide, il allait, en ligne droite, vers son but et, en regardant mieux, je vis qu'il marchait très vite — tête baissée, obnubilé par le monde et par tous les ports qu'il avait vus dans le monde, il allait, à pas rapides. —

Je me retournai pour respirer le grand air frais des ports, exultant à l'idée de mon immense chance. Je me voyais pointant mon visage grave vers la mer, traversant la dernière Porte de l'Amérique dorée pour ne plus jamais revenir, je voyais des linceuls de mer grise ruisselant sur ma proue —

Je ne me suis jamais appesanti sur la vie réelle, sombre, furieuse, la vie de farce de ce monde, ce monde de labeur rugissant, woaouw.

Rugissant moi aussi, et la voix éraillée, je fais mon apparition à dix heures cette nuit-là, sans mon fourniment, tout seul, avec mon copain, le marin Al Sublette qui fête ma « dernière nuit à terre » avec moi. — Varewski est assis au fin fond du bar profond, sans boire, avec deux marins ivres qui boivent sans arrêt. — Il n'a pas avalé une goutte depuis que je l'ai quitté, et, avec quelle discipline désolée il regarde les verres qui lui passent sous le nez et écoute toutes les explications. — Les remous du monde tournoyaient dans ce bar quand j'y suis entré en titubant, penché en avant ; les planches de Van Gogh affluaient sur les cabinets bruns aux

murs à lamelles, les crachoirs, les tables grattées du
fond — comme les saloons de l'éternité de Moody
Lowell, et avec les mêmes. — Ç'a été pareil dans les
bars de la Dixième Avenue à New York, Moi — et
Georgie aussi — les trois premières bières au
crépuscule d'octobre, la joie des cris des enfants
dans les rues de ter, le vent, les bateaux sur le ruban
du fleuve — cette façon qu'a la lumière de jaillir et
de se répandre dans le ventre, de donner de la force,
et de transformer le monde — ce lieu grave et
grinçant d'absorption dans les détails de la lutte et
des plaintes — en une joie gigantesque des tripes,
capable de s'enfler comme une ombre distendue,
rendue colossale par la distance, et avec la même
perte concomitante de densité et de force ; si bien
que le matin, après la trentième bière et les dix
whiskies et les vermouths de l'aube sur les toits, en
pardessus, dans les caves, dans ces lieux d'énergie
soustraite, et non ajoutée, plus vous buvez, plus il y
a de fausse vigueur, la fausse vigueur est soustraya-
ble. — Flop, l'homme est mort le matin, la joie
lugubre et brune des bars et des saloons, c'est le
vide frémissant du monde tout entier, et les termi-
naisons nerveuses qui vivaient d'une vie lente sont
coupées au centre de la fibre, et c'est la lente
paralysie des doigts, des mains — le spectre et
l'horreur de l'homme qui a été autrefois un bébé
rose et qui est maintenant un fantôme tremblant,
dans la nuit surréaliste et tumultueuse des cités ;
visages oubliés, argent que l'on jette et nourriture
que l'on rejette, et l'alcool, l'alcool, l'alcool, et les
mille paroles que l'on lance dans le noir. — O la

joie du marin, ou de l'ancien marin à casquette blanche, cet ivrogne qui hurle dans la ruelle de Third Street, à San Francisco, sous la lune du chat, au moment même où le vaisseau solennel fend les eaux du Golden Gate ; tourné vers le Japon, le matelot solitaire à chemise blanche veille sur l'avant-bec, avec la tasse de café qui va le dessoûler ; le vagabond au nez grêle est prêt à écraser les bouteilles sur les murs étroits, à invoquer sa mort, d'une voix de plus en plus mourante, à trouver son faible ruban d'amour sur les tabourets sinueux des cafés obscurs et solitaires — tout cela est illusion.

« Spèce de fils de pute, qu'est-c' que tu tiens ! » dit Georgie ; il éclate de rire en me voyant rouler des yeux blancs ; l'argent tombe des poches de mon pantalon — je tape à grands coups sur le comptoir : « De la bière ! de la bière ! » — Et lui, il ne voulait pas boire. — « J' veux pas boire avant de monter à bord — cette fois ce serait sérieux, le syndicat m' laisserait tomber, dans les grandes largeurs. » — Et sa face pleine de sueur, ses yeux chassieux, évitent de regarder la mousse froide qui surnage dans les verres de bière, ses doigts se crispent encore sur un mégot ratatiné, souillés de nicotine et déformés par le travail du monde.

« Hey, gars, où est-elle ta mère ? » hurlai-je en le voyant si seul comme un petit garçon, abandonné dans la tempête brune, compliquée, criblée de milliers de papillons nocturnes, dans ces hurlements et cet enfer d'alcool, de travail, de sueur.

« Elle est en Pologne orientale, avec ma sœur — Elle veut pas venir en Allemagne de l'Ouest parce

qu'elle est pratiquante, elle veut rester, elle est fière
— A va à l'église — J'y envoie rien — K'ça
donnerait ? »

Son amigo voulait que je lui refile un dollar.
« Qui c'est, ce type ?

— Allez, donne-lui le dollar, tu vas embarquer
maintenant. C'est un matelot — » Je ne voulais pas
mais je lui donnai le dollar et quand Georgie et moi
et l'ami Al, nous partîmes, il me traita d'enculé
parce que je m'étais fait prier. — Je rebroussai
chemin pour le ceinturer ou du moins contourner à
la nage la mer de son insolence une minute, et
l'obliger à me présenter ses excuses, mais tout était
flou, et je pressentis des coups de poings fracas-
sants, et des voitures de police dans l'air démentiel
et brun. — On titubait quelque part. — Georgie
s'en allait, il faisait nuit — Al partit. — J'allai en
chancelant dans les rues noires et solitaires de
Frisco, me disant vaguement qu'il fallait être au
bateau à six heures sous peine de le manquer.

Je m'éveillai à cinq heures du matin dans ma
vieille chambre de cheminot, avec son tapis déchiré
et son store dépenaillé qui avait été tiré sur
quelques centimètres de toits souillés de suie pour
montrer l'infinie tragédie d'une famille chinoise
dont l'enfant, comme je l'ai dit, ne cessait de gémir
et de pleurer ; son papa le giflait pour le faire taire
tous les soirs, et la mère criait. — Maintenant, à
l'aube, un silence gris dans lequel un fait explose :
« J'ai manqué mon bateau. » — J'ai encore une

heure pour y aller. — Je saisis mon sac qui était
déjà prêt et je sors en courant. — Je vais en
chancelant, le sac sur l'épaule, dans la brume grise
d'un Frisco fatal, prendre mon train qui me
conduira de l'autre côté du pont, à Army Base. —
Je m'engouffre dans un taxi à la descente du train et
me voilà à l'étrave clapotante du bateau ; sa
cheminée avec un « T », pour le plein de fuel, se
détachait sur les murs gris du dépôt maritime. — Je
hâtai le pas. — C'était un Liberty ship noir avec des
bouts-dehors orange et une cheminée bleu et orange
— WILLIAM H. CAROTHERS — pas une âme en
vue. — Sac au dos, je monte en courant la
passerelle qui plie sous mon poids ; arrivé sur le
pont, je pose mon fardeau à terre et regarde autour
de moi. — Cliquetis et vapeur dans les cuisines,
juste en face. Je sens qu'il va y avoir du grabuge
aussitôt que j'aperçois un petit Allemand grincheux
aux yeux rouges qui commence à japer pour me
reprocher mon retard ; j'avais ma montre de cheminot pour prouver que je n'avais que douze minutes
de retard, mais lui, il exhalait des sueurs rouges de
haine — plus tard, nous l'appelâmes Hitler. — Un
cuisinier à petite moustache bien nette intervint :

« Il a que douze minutes de retard. Allez, viens
t'occuper du déjeuner, on réglera ça après. »

— Ces sacrés types y'z'imaginent qu'ils beuvent
arrifer en redard et gue ch'tirai rien — A l'office »,
dit-il en souriant soudain, heureux de sa bonne
idée.

« Ça me ferait mal », étais-je prêt à dire, mais le
cuisinier me prit par le bras : « On vous a envoyé

pour faire les chambres, vous ferez les chambres.
Mais pour ce matin seulement, faites ce qu'il vous
dit. Tu veux qu'il lave la vaisselle, ce matin ?

— Ouais — On a besoin de quelqu'un. »

Et déjà je sentais la moiteur d'une journée
chaude d'Oakland oppresser mon front embrumé
par l'ivresse de la nuit. — Georgie Varewski était
là, il me souriait — « Tu vas mettre ta veste — on
travaille ensemble ce matin — j'te montrerai. » —
Il m'emmena dans l'horreur d'acier des couloirs
jusqu'à l'armoire à linge ; une chaleur et un désarroi intolérables s'étiraient devant mes os ; dire que
seulement quelques heures plus tôt, j'étais un
clochard libre, je pouvais au moins m'étirer à
chaque fois que je le voulais dans l'hôtel de mon exil
vagabond. — Vite, j'avalais un cachet de benzédrine pour faire face à la situation. — Je sauvais ma
place. — De l'horreur des gémissements et de la
nausée somnolente, devant l'évier, après cette veille
de toute une nuit, ces soucoupes entassées dans les
bars du port, en moins de vingt minutes, je me
transformai, je déployai une bonne volonté active,
énergique et intelligente, questionnant tout le
monde, même le steward à tête de fouine, attrapant
les gens par le bras ; penché en avant, je les écoutais
raconter leurs ennuis, j'étais gentil, je travaillais
comme un cheval, je faisais du zèle, j'absorbais
toutes les instructions de Georgie ; du désespoir de
la benzédrine, à l'amour, le travail, l'étude — je
suais des seaux entiers sur l'acier. —

Soudain, je me vis dans la glace du gaillard
d'avant, les cheveux lisses, les yeux cernés, devenir

subitement un esclave marin à jaquette blanche,
moi qui, une semaine plus tôt arpentais le gravier la
tête haute, le long du train de détail de Plomteau,
dans la somnolence de l'après-midi, pour donner à
la loco le signal du départ, sans manquer de dignité
un seul instant, même quand je me baissais pour
manœuvrer l'aiguille. — Et ici, je ne suis qu'un
infâme marmiton, et c'est écrit sur mon front
luisant, et je gagne moins, par-dessus le marché. —
Tout ça pour la Chine, tout ça pour les fumeries
d'opium de Yokohama. —

Le petit déjeuner passa à une allure vertigineuse,
dans un rêve, je m'acquittais de toutes mes tâches
comme un forcené, sous l'emprise de la benzédrine
— je travaillai vingt-quatre heures avant de prendre le temps de défaire mon sac, de regarder l'eau et
de reconnaître Oakland. —

Je fus emmené à ma chambre de garçon de
cabine par le type que je devais remplacer, un être
vieillot et blême qui était de Richmond Hill, Long
Island (il avait pris des bains de soleil dans
l'entrepont, exposé aux rayons lumineux du linge
sec, qu'on venait de laver et de repasser). — Deux
couchettes dans une seule pièce mais leur emplacement était horrible, tout près du foyer de la
chambre des machines ; comme oreiller on croyait
avoir la cheminée, tant c'était chaud. — Je jetai
autour de moi un regard désespéré. — Le vieil
homme me poussa du coude et dit : « Si vous avez
jamais été garçon de cabine, vous pourriez avoir des

ennuis » — Ce qui signifiait qu'il me fallait considé-
rer d'un œil sérieux son teint livide, hocher la tête,
prendre un air pénétré, m'enfouir dans le vaste
cosmos qui était le sien et tout apprendre — tout le
métier de garçon de cabine. — « Si vous voulez, je
vous montrerai où tout se tient, mais y a rien qui
m'y oblige, puisque je m'en vais... pourtant... » Il
s'en alla, en effet, il lui fallut deux jours pour faire
son sac, une bonne heure rien que pour enfiler
d'horribles chaussettes tristes et malades de conva-
lescent, blanches sur ses chevilles malingres et
blêmes — pour nouer ses lacets — pour passer les
doigts derrière son coffre, sur le plancher, sur les
murs, des fois qu'il aurait oublié d'emporter un
atome — un petit ventre maladif saillait sous sa
vareuse informe — Serait-ce ça, le garçon de cabine
Jack Kerouac, en 1983 ?

« Allez-y, montrez-moi ! Faut que je m'y mette !
— Du calme, économisez votre salive — y a que
le capitaine de levé, et il est pas encore descendu
déjeuner — J' vais vous montrer — bon, regardez
— ça c'est quand vous voulez — oui, j' m'en vais, y
a rien qui m'oblige. » — Il oublia ce qu'il voulait
dire et retourna à ses chaussettes blanches. — Il y
avait des relents d'hôpital en lui — Je sortis en
courant pour retrouver Georgie. — Le bateau était
un cauchemar de fer, vaste et nouveau — plus de
douce mer salée.

Et me voilà, titubant dans l'obscurité tragique de
la coursive de l'esclavage, avec des balais, des

serpillières, et hérissé de manches et de bâtons
comme un porc-épic triste — le front bas, soucieux,
attentif — je reste là-haut, dans le monde aérien,
au-dessus du lit confortable que j'occupais autrefois, dans les souterrains des Taudis. — J'ai un
énorme carton pour y vider les cendriers et les
corbeilles à papier des officiers — J'ai deux fau-
berts, l'un pour laver le sol des toilettes, l'autre
pour les ponts — un chiffon mouillé et un chiffon
sec — des expédients pour cas d'urgence et des
idées bien à moi. — Je cours avec frénésie à la
recherche de mon travail — des hommes incompréhensibles essaient de me circonvenir dans les cour-
sives pour me faire faire les besognes nécessitées par
la vie sur un bateau. — Les cheveux tombant sur le
visage, je donne lugubrement quelques coups de
faubert çà et là, sur le parquet du Second ; il entre
déjeuner, il bavarde aimablement avec moi, il va
s'en aller pour prendre le commandement d'un
autre bateau, il est content. — Je lui parle de
papiers intéressants que j'ai trouvés dans sa corbeille, des notes qu'il a prises sur les étoiles. —
« Monte dans la salle des cartes, dit-il, tu trouveras
un tas de documents intéressants dans la corbeille. » — C'est ce que je fais, un peu plus tard, je
ferme la porte. — Le capitaine paraît. — Je le
regarde, les yeux écarquillés, hébété, suant ; j'attends. — Lui, voit l'idiot avec son seau, son cerveau
fertile se met aussitôt au travail. —

C'est un petit homme distingué, aux cheveux
gris, aux lunettes cerclées d'écaille, il a un costume
de sport bien coupé, des yeux verts comme la mer,

un air tranquille et modeste. — Derrière cette apparence se cache un esprit malsain, pervers et malfaisant qui, dès cet instant, commence à se manifester. Le capitaine dit : « Oui Jack, tout ce que tu as à faire, c'est apprendre à bien faire ton boulot, et tout ira comme sur des roulettes — par exemple, maintenant, pour le nettoyage — bon, rentre ici. » — Il insiste pour que je rentre chez lui, où il pourra parler bas. — « Quand tu... bon regarde — tu ne — » (Je commence à voir sa folie dans ses bafouillements, ses coqs-à-l'âne, ses hoquètements sans suite —) « tu ne prends pas le même faubert pour les ponts que pour les toilettes », dit-il méchamment, d'un ton hargneux, il montre presque les dents, et moi qui une minute plus tôt m'émerveillais presque devant la noblesse de son métier ; devant les grandes cartes étalées sur son bureau, maintenant je fronce le nez en me rendant compte que cet idiot vit dans un univers de faubert. — « Ça existe, les microbes, tu sais », dit-il, comme si je ne le savais pas ; il ne pouvait pas se douter à quel point je me moquais de ses microbes. — Nous étions là, un matin, dans un port de Californie, à débattre des questions de ce genre, dans sa cabine immaculée qui était comme un palace comparé au réduit que j'occupais dans mon taudis... et qu'est-ce que ça pouvait bien lui faire, à lui, au fond ? —

« Oui, comptez sur moi, ne vous tracassez pas — euh — monsieur — capitaine — mon Commandant — » (je n'ai encore aucune idée de ce qu'il faut dire pour paraître naturel au milieu de ces

nouveaux militarismes marins). — Ses yeux pétil-
lent, il se penche en avant ; son regard est malsain
et il y a en lui quelque chose, quelque carte qu'il ne
montre pas. — Je vais d'une chambre d'officier à
l'autre, travaillant au hasard, sans savoir vraiment
comment m'y prendre, attendant que Georgie ou
un autre veuille bien me montrer. — Pas le temps
de faire la sieste, l'après-midi, j'ai la bouche
pâteuse, il faut que j'aille faire le marmiton chez le
troisième coq, à l'évier des cuisines, avec des
chaudrons et des casseroles énormes, jusqu'à ce
qu'arrive le type qui vient du bureau du syndicat.
— C'est un gros Arménien aux yeux rapprochés ; il
pèse bien cent trente kilos ; sans cesse, il mange de
tout — patates douces, bouts de fromages, fruits, il
goûte à tout, et il fait des repas énormes, entre deux.

Sa chambre (qui est aussi la mienne) est la
première de la coursive à bâbord, face à l'avant —
la suivante est celle du mécanicien de pont, Ted
Joyner ; il y loge tout seul ; bien des fois, quand nous
serons en pleine mer, il m'invitera à prendre un
verre chez lui ; il a toujours le visage amical, haut en
couleur, et confiant de l'homme qui vient du Sud
Profond. — « Maintenant j' vais t' dire la vérité ;
vraiment, j'aime pas un tel, c'est comme j' te l' dis,
mais j' vas dire la vérité, maintenant, écoute-moi,
c'est pas du baratin, j' vas t' dire la vérité, c'est
simplement une question de — non vraiment,
j' l'aime pas, et j' vais t' dire la vérité, ah, j' mâche
pas mes mots... ; c'est-y vrai, Jack ? » — c'était
pourtant le meilleur des hommes, il venait des fins
fonds de la Floride et lui aussi il pesait bien dans les

cent trente kilos. Si on me demandait qui mangeait
le plus, lui ou le troisième coq qui partageait ma
chambre, je dirais que c'est Ted.

Maintenant, j' vais vous dire la vérité.

Dans la cabine suivante logeaient les deux
essuyeurs grecs, celui qui s'appelait George et
l'autre, qui ne parlait jamais ; c'est à peine s'il disait
son nom. — George venait de Grèce. D'ailleurs ce
Liberty ship était grec, mais il battait pavillon
américain, lequel flottait dans mon sommeil,
l'après-midi, sur la couchette que j'installais sur le
pont, à la poupe. — Quand je regardais George, je
pensais aux feuilles brunes de la Méditerranée, aux
vieux ports cuits par le soleil, à l'ouzo et aux figues
de Crète et de Chypre, il était de cette couleur-là, et
il avait une petite moustache et des yeux vert olive ;
et une bonne humeur ensoleillée. — C'était étonnant de voir comme il acceptait toutes les plaisanteries du reste de l'équipage à propos de cette
prédilection que manifestent les Grecs pour le
postérieur des dames — « Ouais, ouais », disait-il
en se tordant, « dans le cul, ouais, ouais. » Son
taciturne compagnon était un garçon encore jeune
mais qui vieillissait à vue d'œil — son visage encore
juvénile s'ornait d'une petite moustache de Don
Juan ; le corps était encore jeune, du moins pour les
bras et les jambes, mais il commençait à engraisser
sérieusement au ventre, un ventre qui prenait des
dimensions disproportionnées et qui me paraissait
plus gros chaque fois que je le regardais, après

souper. — Quelque déception amoureuse l'avait incité à cesser de faire des efforts pour paraître jeune et séduisant, je suppose —

La popote était juste à côté du gaillard d'avant — puis c'était la chambre de Georgie, celle du matelot de l'office et celle du serveur des officiers, lequel n'arriva pas avant le deuxième jour. — Puis à l'extrémité de la coursive, à l'avant, face au bossoir, le maître coq, c'était Chauncey Preston, un Noir originaire de Floride lui aussi, mais plus bas, dans les Cayes ; d'ailleurs, il avait un faux air d'Antillais en plus de son allure d'authentique Noir américain des plaines chaudes, surtout quand il était debout, trempé de sueur, à ses fourneaux, ou quand il martelait les quartiers de bœuf avec son fendoir ; excellent cuisinier et brave type ; il me disait, quand je passais avec mes plats : « Qui qu' t'as là, mon p'tit ? » Nerveux et sec comme un boxeur, avec ça ! Son corps d'ébène était irréprochable, on se demandait comment il pouvait faire pour ne pas grossir avec ces formidables sauces, ces patates, ces jarrets de cochon en ragoût, et les Poulets Frits à la Sudiste qu'il confectionnait. — Mais dès le premier festin qu'il prépara, on entendit la voix profonde, tranquille et menaçante du maître, un Suédois blond et bouclé, qui disait : « Si on veut pas manger salé sur ce bateau, on veut pas manger salé. » Prez répondit de la coquerie de la même voix profonde, tranquille et menaçante : « Si vous aimez pas ça, z' avez qu'à le laisser. » Ce n'était peut-être pas une chose à dire.

Le second coq — Boulanger — était un mordu

du jazz, un syndicaliste aussi — un fanatique de be-bop — et élégant en plus — un coq onctueux, moustachu, et bien vêtu avec son teint or pâle ; c'était un vrai coq des mers bleues ; il m'avait dit : « Mon pote, t'occupe pas des grincheux, t'en fais pas pour ce qu'on fait sur ce bateau ou sur ceux où tu pourrais aller par la suite, tu fais ton boulot, du mieux que tu peux, et » (un clin d'œil) « tu y arriveras — mon pote, j' suis à la coule, tu comprends, O.K. ?

— O.K. !

— Alors, contente-toi d'aller ton p'tit bon-homme de chemin et nous formerons tous une famille heureuse, tu verras. — Ce que j' veux dire, mon vieux, c'est qu'il faut se serrer les coudes — c'est tout — le maître coq, c'est un pote — un vrai pote — le commandant, le steward, non — nous le savons — nous formons bloc —

— J' suis " hip " — »

Il mesurait plus d'un mètre quatre-vingts, il avait des souliers fantaisie en toile blanche et bleue, une chemise de sport en soie d'un faste fantastique qu'il avait achetée à Sasebo. — A côté de sa couchette, il y avait un gros transistor à ondes courtes, un Zénith, spécial pour longues distances, pour capter les be-bop et les rythmes du monde entier, de San Francisco aux tropiques de Madras — mais il ne laissait personne y toucher pendant son absence.

Mon compagnon de cabine, le grand Gavril, troisième coq, était amateur de jazz lui aussi, et syndicaliste, mais c'était un gros lard marin, soli-taire, gras et furtif qui n'aimait personne et que

personne n'aimait — « Mon vieux, j'ai tous les
disques de Frank Sinatra, j'ai même *I Cant Get
Started*, qu'il a fait à New Jersey en 1938. » —
« Ne me dis pas que les affaires se repapillo-
tent », pensais-je. Et il y avait Georgie, le merveilleux Georgie, et la promesse de mille nuits de
beuveries dans cet Orient authentique, mystérieux
et odorant que ceignait l'Océan. — J'étais prêt. —
Après avoir lavé tout l'après-midi les marmites et
les casseroles de la coquerie, corvée à laquelle
j'avais déjà goûté en 1942, sur les mers froides et
grises du Groenland, que je trouvais moins dégra-
dante maintenant, plus semblable à nos propres
plongées en enfer, et que je considérais comme une
sorte de châtiment par le travail, dans l'eau chaude
et la Vapeur brûlante, de l'existence que j'avais
menée jusqu'alors sous le ciel bleu — (avec une
petite sieste à quatre heures, juste avant les plats du
soir). — J'allai passer ma première nuit à terre en
compagnie de Georgie et de Gavril. Nous endossâ-
mes une chemise propre et, les cheveux bien coiffés,
nous descendîmes la passerelle dans la fraîcheur du
soir ; c'est ça les marins.

Mais, oh, des marins si typiques qu'ils ne font
jamais rien — ils se contentent de descendre à terre,
avec de l'argent dans les poches et d'errer à
l'aventure, sans joie, avec même une espèce de
tristesse, et un manque d'intérêt total, visiteurs
venus d'un autre monde, d'une prison flottante ;
avec leur tenue civile, ce sont les gens les moins

intéressants du monde, en tout cas. — Nous
longeons les vastes hangars maritimes — d'énormes
entrepôts peints en gris, avec, devant, des arroseu-
ses qui aspergent de leur poussière d'eau des
pelouses perdues dont personne n'a besoin et dont
personne ne se sert, et qui s'étendent entre les voies
de la gare maritime. — Immenses étendues au
crépuscule... personne en vue, dans la clarté rougeâtre. — Des groupes tristes de marins qui s'em-
pressent de quitter ce Macrocosme géant pour
trouver quelque prostituée microscopique et aller
vers les plaisirs des boîtes d'Oakland, en ville ;
plaisirs inexistants, il n'y a que des rues, des bars,
des juke-boxes sur lesquels sont peintes des
Hawaïennes tapageuses — des salons de coiffure,
des boutiques de spiritueux, çà et là ; les personnages de la vie rôdent dans le voisinage. — Je
connaissais le seul endroit où l'on pouvait s'amuser,
trouver des filles, dans les quartiers mexicains ou
noirs, qui étaient à l'extérieur de la ville, mais je
suivis Georgie et « Poids Lourd », comme nous
appelâmes plus tard le troisième coq, dans un bar
de Oakland, en pleine ville, où nous nous contentâ-
mes de rester assis, dans l'obscurité brune ; Georgie
ne buvait pas, Poids Lourd se trémoussait. Je pris
du vin, je ne savais pas où aller ni que faire. —
Je trouvai quelques bons disques de Gerry
Mulligan dans le juke-box et je les passai.

Mais le lendemain, à la tombée de la nuit, après
souper, nous franchîmes le Golden Gate, dans le

brouillard gris ; avant que vous ayez eu le temps de vous en rendre compte, nous avions contourné les promontoires de San Francisco et nous les avions perdus, sous les vagues grises. —

Je redescendis la côte ouest de l'Amérique et du Mexique, mais par la mer, cette fois, avec, bien en vue, le littoral brun aux contours imprécis où parfois, quand il faisait clair, je distinguais nettement les arroyos et les canyons que traversaient les voies du South Pacific quand elles longeaient la côte. — J'avais l'impression de regarder un vieux rêve.

Parfois, la nuit, je dormais dans un petit lit sur le pont et Georgie Varewski disait : « Spèce d'enfant de pute, un de ces quat'matins, quand je viendrai te réveiller, tu s'ras pu là — ce sacré Pacifique, tu t'imagines que ce sacré Pacifique est toujours un océan pépère ? Une lame de fond va s'amener une de ces nuits, au moment où tu rêveras des filles et pof, plus personne, enlevé le matelot. »

Levers de soleils bénis, couchers de soleil bénis sur le Pacifique, tout le monde à bord travaille ou lit tranquillement dans sa cabine, toute agitation a cessé — Calmes journées que je commençais à l'aube, avec un pamplemousse coupé en deux que je dégustais, accoudé au bastingage ; et au-dessous de moi, je voyais les marsouins qui bondissaient et virevoltaient dans l'air humide et gris ; parfois des pluies violentes s'abattaient et la mer et l'eau se confondaient. J'écrivis un haïku là-dessus :

Inutile, inutile !
— La pluie battante s'enfonce
Dans la mer !

Les journées calmes que je vécus alors ! J'ai tout gâché en échangeant stupidement mon affectation aux cabines contre le poste de plongeur, qui est le meilleur du bateau, parce que c'est là qu'on est le plus tranquille, bien que couvert d'eau savonneuse, et ensuite j'abandonnai cet emploi pour aller servir les officiers (serveur au mess), le dernier des boulots à prendre sur un bateau.

« Pourquoi que vous souriez pas et que vous dites pas bonjour ? me dit un jour le capitaine quand je posai ses œufs devant lui.

— C'est pas mon genre de sourire.

— C'est comme ça qu'on présente le déjeuner à un officier ? Posez doucement le plateau, des deux mains.

— O.K. »

Pendant ce temps, le chef mécanicien est en train de hurler :

« Où qu'il est ce bon Dieu de jus d'ananas, j'en ai rien à foutre d'un jus d'orange ! » Et il me faut courir au magasin, en bas, et quand je reviens, le second est en pétard parce qu'il n'a pas encore eu son déjeuner. Le second a une belle moustache et il se prend pour un héros de Hemingway ; il faut le servir scrupuleusement.

Et quand nous traversons le canal de Panama je ne puis détacher mon regard des arbres exotiques verts, des feuilles de palmes, des huttes, des gars en

chapeau de paille, de la boue tropicale chaude et
brun foncé qui est là, le long du canal (avec
l'Amérique du Sud de l'autre côté du marais, en
Colombie) mais les officiers hurlent :

« Grouillez-vous, sacré bordel, c'est pas la première fois que vous voyez le canal de Panama, où
qu'il est donc, ce déjeuner ? »

Nous remontons la mer des Caraïbes (scintillement bleu) et entrons dans Mobile, la baie traversée. Je vais à terre et je me soûle avec les copains ;
plus tard, je me rends à l'hôtel avec la jeune et jolie
Rose, de Dauphine Street, et je sèche une matinée
de travail. — Quand Rosy et moi, nous descendîmes Main Street, la main dans la main, à dix heures
du matin (nous offrions un spectacle terrible, tous
les deux, j'avais juste mon pantalon sur moi, un
T.shirt et mes chaussures, sans chaussettes, et elle
sa robe et ses souliers, nous étions ivres, qu'elle était
jolie !) le capitaine qui rôdait dans le coin, en
touriste, avec sa caméra, nous aperçut. — Quand je
rentrai au bateau, j'eus droit à une belle engueulade,
et je dis que je les lâcherais à La Nouvelle-Orléans.

Donc, de Mobile, Alabama, le bateau s'en va
vers l'embouchure du Mississipi, en plein orage, les
éclairs illuminent les marais salants et toute l'étendue de ce vaste trou dans lequel l'Amérique tout
entière déverse son cœur, sa boue et ses espoirs, en
un énorme flot qui tombe dans le destin du golfe ;
retour à la vie du Vide, dans la Nuit. — Et moi, je
suis ivre, étendu sur le pont, et je regarde tout cela
d'un regard d'ivrogne.

Et le bateau remonte en haletant le Mississipi

pour pénétrer dans le cœur de cette Amérique que je viens de traverser en stop, bon Dieu, il n'y aurait pas de Sasebo exotique pour moi. Georgie Varewski me regarde et sourit : « Ce sacré fils de pute de Jack, la boisson, hein ? » Le bateau entre dans une crique et s'amarre le long d'un rivage calme et vert, comme ceux de Tom Sawyer, quelque part en amont de La Place, pour charger des barils de pétrole à transporter au Japon.

Je prends ma paie, environ trois cents dollars que je mets avec les trois cents dollars qui me restent des chemins de fer, je hisse à nouveau mon sac sur mes épaules, et me revoilà parti.

Je vais jeter un coup d'œil à la popote, tous les gars sont là, assis, et il n'y en a pas un qui me regarde. — J'éprouve une impression étrange. — Je lance : « A quelle heure ont-ils dit que vous partiez ? »

Ils fixent sur moi un regard vide, leurs yeux ne me voient pas, à croire que je suis un fantôme. — Quand Georgie se tourna vers moi, je lus aussi dans son regard quelque chose qui voulait dire : « Maintenant que tu fais plus partie de l'équipage, que tu n'es plus sur ce bateau fantôme, tu es mort pour nous. » « Il n'y a plus rien à tirer de vous », aurais-je pu ajouter en me remémorant toutes les fois où ils avaient insisté pour que j'aille avec eux tenir de longues palabres mornes dans les cabines enfumées, avec tous ces gros ventres gras qui ressortaient comme des boules, dans l'horrible chaleur tropicale — pas même un seul hublot ouvert ! — Et les confidences graisseuses sur des méfaits sans intérêt !

Prez, le maître coq, s'était fait virer, il descendait en ville avec moi, pour me dire au revoir sur les trottoirs de la vieille ville de La Nouvelle-Orléans. — Victime du racisme, lui. — Ce capitaine était le pire de tous.

Prez dit : « J'aurais bien voulu aller jusqu'à New York avec toi pour gagner Birdland, mais il faut que je trouve un bateau. »

Nous descendîmes la passerelle dans le silence de l'après-midi.

La voiture du second coq qui filait sur La Nouvelle-Orléans nous dépassa en trombe sur la grand-route.

5

Scènes new-yorkaises

A cette époque, ma mère vivait seule dans un petit appartement de Jamaica Long Island, elle travaillait à l'usine de chaussures et attendait que je rentre à la maison pour lui tenir compagnie et l'emmener une fois par mois à Radio City. Il y avait chez elle une petite chambre qui m'attendait, du linge propre dans la commode, des draps frais sur le lit. Ce fut bien agréable pour moi, après les sacs de couchage et les couchettes et le monde des trains. Une fois de plus — il y en avait eu bien d'autres — ma mère me donnait l'occasion de rester à la maison et d'écrire.

Je lui apporte toujours ce qui me reste de ma paye. Je m'accordais de longues nuits d'un repos agréable, et je restais toute la journée à méditer dans la maison, ou à écrire, et je faisais de longues promenades dans le vieux Manhattan que j'adore, à une demi-heure de métro de là. J'errais dans les rues, sur les ponts, dans Times Square, j'allais d'une cafétéria à l'autre, je me promenais sur les quais, je cherchais tous mes amis, les poètes

beatniks et je partais avec eux à l'aventure, je
nouais des idylles avec les filles, dans le Village. Je
faisais tout cela avec cette grande joie folle que l'on
éprouve quand on rentre à New York.

J'ai entendu de grands chanteurs noirs appeler
cela : « La Pomme ! »

« La voilà maintenant votre cité insulaire des
Manhattoes, ceinturée par les quais », chantait
Herman Melville.

« Entourée complètement par les flots flam-
boyants », chantait Thomas Wolfe.

Partout des vues panoramiques de New York ;
depuis New Jersey, du haut des gratte-ciel. —

Et même dans les bars, un bar de la Troisième
Avenue, par exemple — quatre heures de l'après-
midi, tapage des conversations, tintement des verres sur le comptoir aux pieds de cuivre, surexcitation, questions qui s'entrecroisent « Où tu vas ? »
etc... — Octobre est dans l'air, dans le soleil de l'été
indien, à la porte. — Deux voyageurs de commerce
de Madison Avenue qui ont travaillé toute la
journée, font leur entrée ; ils sont jeunes, sanglés
dans leur complet ; ils fument le cigare, contents
d'avoir fini leur journée et de pouvoir boire ; côte
à côte, ils entrent, mais il n'y a pas de place
(Merde !) au comptoir près duquel s'entasse une foule
bruyante ; ils restent donc à l'écart, ils attendent, en
bavardant, le sourire aux lèvres. — Les hommes
aiment les bars, et il faut les aimer, les bons. Il est
plein d'hommes d'affaires, d'ouvriers, Finn Mac

Cool du Temps. — Des ivrognes crasseux en bleu
de travail, qui entonnent de la bière avec délices. —
Des chauffeurs d'autobus anonymes, leur lampe
pendant à la ceinture — de vieux buveurs de bière,
le visage las, lèvent tristement leurs lèvres violettes
vers des plafonds d'ivresse joyeuse. — Les serveurs
sont vifs, courtois, ils s'intéressent à leur tâche et à
la clientèle. — C'est comme à Dublin, le soir, à
quatre heures et demie, quand le travail est fini,
mais ici, c'est la Troisième Avenue du grand New
York, repas pour rien, odeurs de cuisine de la
rivière de Moody Street, dans une rue crasseuse,
qui passent à la porte ; de longs héros brûlés par le
soleil, jouent de la guitare, ils hument l'odeur sur
les marches de bois de l'après-midi somnolent. —
Mais ce sont les tours de New York qui se dressent
là-bas, les voix claironnantes des bavards débitent
les ragots, jusqu'à ce qu'Earwicker laisse tomber
son fardeau. — Ah Jack Fitzgerald Mighty Murphy
où es-tu ? — Des terrassiers à demi chauves, la
chemise bleue en lambeaux, le pantalon de toile
tout effrangé, serrent dans leur poing les verres
étincelants ; au sommet, la mousse de la bière brune
de l'après-midi. — Le métro gronde sous nos pieds,
un homme coiffé d'un chapeau mou, un chef de
bureau, en manches de chemise — il a tombé la
veste — passe du pied droit sur le pied gauche, au
comptoir. — Un Noir chapeauté, digne, jeune, le
journal sous le bras, dit au revoir, inclinant courtoi-
sement le buste en direction des autres — le garçon
d'ascenseur est là-bas dans le coin. — Et ne dit-on
pas que c'est ici que Novak, l'agent immobilier,

veillait jusqu'à des heures impossibles, le front
plissé de rides, pour devenir un homme « bien », un
homme riche ? Dans sa petite cellule blanche de ver
nocturne, il tapait des rapports et des lettres,
pendant que sa femme et ses gosses l'attendaient
avec impatience, à la maison, à onze heures du soir
— ambitieux, soucieux, dans un petit bureau de
l'île donnant sur la rue, sans prétention mais
disponible pour tous genres d'affaires ; dans l'enfance n'importe quel commerce peut être aussi petit
que l'ambition est grande — combien mange-t-il de
pissenlits par la racine, maintenant ? Il ne l'a jamais
gagné son million, il n'a jamais pris un verre, lancé
ses « A bientôt Gee Gee » et « Je t'Aime Aussi », en
fin d'après-midi dans cet estaminet plein d'hommes
surexcités qui traînent leur tabouret et raclent
talons et semelles au pied du comptoir, à New York.
— Jamais il n'a commandé ces sacrés verres, jamais
il n'a offert à boire à son nez rouge — jamais il n'a ri
et laissé la mouche se servir de son nez comme
d'une aire d'atterrissage — non, il souffrait mille
tracas, au cœur de la nuit, pour être riche, pour que
sa famille ait ce qu'il y a de mieux. — C'est pour ça
que le meilleur des gazons américains est sa couverture, maintenant, tissée dans l'usine la plus cotée de
la baie d'Hudson, Moonface Sassenach, et amenée
à pied d'œuvre dans le fourgon du peintre en
combinaison blanche (silence) pour limiter l'ava-
chissement de cette chair autrefois formée et laisser
les asticots s'entasser à l'intérieur. — Rim ! Une
autre bière, les soiffards ! — Sacrés ivrognes ! —
Aimez !

Mes amis et moi, à New York, nous avons notre manière à nous de prendre du bon temps sans dépenser beaucoup et surtout, sans être importunés par ces enquiquineurs chichiteux, comme par exemple, quand on va à un bal chic donné par monsieur le Maire. — Nous n'avons pas de mains à serrer, pas de rendez-vous à fixer et nous sommes très heureux ainsi. — En somme, nous allons à l'aventure, comme des enfants. — Nous nous mêlons à des « parties » et nous disons à tout le monde ce que nous avons fait et les gens s'imaginent que nous nous vantons. — Ils disent : « Oh, regardez les beatniks ! »

Voyez, par exemple, quelle soirée typique vous pouvez passer : — Émergeant de la bouche du métro, au carrefour de la Septième Avenue et de la 42e Rue, vous passez devant le W.C. public, qui est le plus moche de New York — on ne peut jamais voir s'il est ouvert ou non ; en général, il y a une grosse chaîne devant pour montrer qu'il ne fonctionne pas, ou alors vous voyez se glisser au-dehors quelque monstre chenu et décrépit — un W.C. devant lequel sept millions de New-Yorkais sont passés, un jour ou l'autre, et qu'ils ont regardé avec étonnement — ensuite, c'est le nouveau kiosque où l'on vous cuit des hamburgers dans la braise, les stands où l'on vend la Bible, les juke-boxes et une boutique souterraine et miteuse où vous trouverez des revues d'occasion, près de chez un marchand de cacahuètes ; il flotte à l'entour un relent de couloir de métro — çà et là, un vieil exemplaire de ce barde antique, Plotinus, introduit à la sauvette avec les restes des collections de manuels scolaires allemands — c'est là qu'ils vendent de longs hot-dogs à l'air minable (non, en fait ils sont très beaux, surtout si vous n'avez pas les quinze cents et si vous cherchez quelqu'un dans la cafétéria Bickford qui puisse vous prêter quelques pièces de monnaie). —

En remontant cet escalier, vous voyez les gens qui restent là pendant des heures, à discuter sous la pluie, sous leur parapluie gorgé d'eau — des bandes de jeunes gens en blue-jeans qui ont peur d'être enrôlés dans l'armée et qui restent là, au milieu de l'escalier, attendant Dieu sait quoi ! Sans doute y a-t-il parmi eux quelques héros romanesques fraîchement débarqués de l'Oklahoma, avec l'ambition de serrer dans ses bras une jeune fille blonde pétrie de sex-appeal, dans un appentis de l'Empire State Building — il y en a quelques-uns, probablement, qui rêvent de le posséder cet Empire State Building, grâce à la vertu de quelque charme magique qu'ils ont imaginé, près d'une rivière, dans les bois, derrière une vieille cambuse minable, aux environs de Texarkana. — Ils ont honte qu'on les voie entrer dans le cinéma crasseux (comment s'appelle-t-il ?), juste en face du *New York Times*. — Le lion et le tigre passent, comme disait Tom Wolfe à propos de quelques types qui se pointaient à ce carrefour. —

Appuyé contre le mur du bureau de tabac, vous voyez toutes les cabines téléphoniques au coin de la Septième Avenue et de la 42ᵉ Rue ; vous pouvez en avoir des communications du tonnerre, là-dedans !

Vous regardez dans la rue et vous vous sentez bien
à l'intérieur, quand il pleut dehors, et vous aimez
prolonger la communication ; que voyez-vous
alors ? Des équipes de basket-ball, des entraîneurs
de basket ? Tous les gars qui font du patin à
roulettes se donnent-ils rendez-vous ici ? Des gan-
dins du Bronx, encore, ils cherchent l'aventure, ils
sont en quête de romanesque. D'étranges couples
de filles sortent de cinémas miteux. Les avez-vous
jamais vues ? Ou des hommes d'affaires hébétés et
ivres, avec leur chapeau planté de travers sur leurs
cheveux grisonnants, regardent catatoniquement
en l'air les enseignes qui défilent sur le Times
Building, énormes phrases sur Khrouchtchev qui
passent en vacillant ; les populations de l'Asie
passées en revue avec des ampoules flamboyantes,
toujours cinq cents périodes après chaque phrase.
— Soudain un agent inquiet et traumatisé apparaît
au carrefour et dit à tout le monde de s'en aller. —
C'est le centre de la plus grande ville que le monde
ait jamais connu, et voilà ce que les beatniks y font
— « Rester debout au coin de la rue, sans attendre
personne, c'est cela la Puissance », dit le poète
Gregory Corso.

Au lieu d'aller dans les night clubs — à supposer
que vous puissiez vous le permettre, naturellement
(la plupart des beatniks donnent une claque sonore
à leurs poches vides en passant devant Birdland) —
comme c'est drôle de rester sur le trottoir et de
regarder cet excentrique de la Deuxième Avenue : il
ressemble à Napoléon ; il arrive, tâtant les miettes
de biscuits qu'il a dans sa poche ; et ce jeune gosse

de quinze ans, au visage de mioche ; et celui-ci qui
passe, brusquement, avec une casquette de joueur
de base-ball (parce que c'est cela que vous voyez) ;
et enfin paraît une vieille dame coiffée de sept
chapeaux, emmitouflée dans un long manteau de
fourrure minable, par une nuit de juillet ; elle porte
un énorme sac russe, plein de bouts de papiers sur
lesquels ont été griffonnées des choses comme :
« Fondation Festival Inc., 70 000 microbes »,.et les
mites s'échappent de ses manches. — Elle court
importuner Shriners. Et voici des soldats, avec leur
barda, en rupture de combat — des joueurs d'harmonica descendus des trains de marchandises. —
Naturellement, ce sont eux les vrais New-Yorkais,
bien qu'ils aient l'air ridicule de ceux qui ne sont
pas à leur place, et qu'ils soient aussi étranges que
leur propre bizarrerie, ils portent des pizzas et des
Daily News, et ils s'en iront vers leurs sous-sols
bruns ou vers leur train à destination de la Pennsylvanie. — On peut voir W. H. Auden lui-même qui
semble chercher son chemin sous la pluie — Paul
Bowles, élégant et coquet dans son costume de
dacron, passe lui aussi, il part pour le Maroc, le
fantôme de Herman Melville lui-même est suivi par
Bartleby, le gratte-papier de Wall Street, et Pierre,
le « hipster » ambigu de 1848, s'en va se promener. Il
va voir ce qu'on annonce de nouveau aux affiches
lumineuses de Times Square. — Retournons au
kiosque à journaux du carrefour. — COURSE A
L'ESPACE... LE PAPE LAVE LES PIEDS DES PAU-
VRES...

Traversons la rue et entrons au Grant's, notre

restaurant favori. Pour soixante-cinq cents, on vous
sert une énorme assiette de palourdes frites, un
monceau de pommes de terre frites, une petite
portion de salade de chou marin, de la sauce
tartare, un petit godet de sauce rouge pour le
poisson, une tranche de citron, deux tartines de
pain de seigle frais, un dé de beurre ; et pour dix
cents de plus, vous avez droit à un verre de bière de
bouleau, d'une espèce rare. — C'est sensationnel de
manger ici ! Des hordes d'Espagnols mâchent leur
hot-dog, debout, penchés sur de gros pots de
moutarde. — Dix comptoirs différents avec une
spécialité pour chacun. — Des sandwiches au
fromage à dix cents, deux comptoirs à spiritueux,
pour l'Apocalypse, oh ouais, et de grands serveurs
indifférents. — Et les flics, dans le fond, prennent
debout leur repas gratuit — des joueurs de saxo-
phone ivres, à l'œil — des chiffonniers solitaires et
dignes de Hudson Street avalent leur soupe sans
dire un mot à personne, les doigts noirs de crasse,
ouh ! — Vingt mille clients par jour — cinquante
mille les jours de pluie — cent mille les jours de
neige. — Opération vingt-quatre heures par nuit.
Intimité — suprême, dans une lumière étincelante
et rouge, pleine de conversations. — Toulouse-
Lautrec avec sa difformité et sa canne, dessiné dans
le coin. — Vous pouvez avaler votre repas en cinq
minutes, mais vous pouvez aussi rester des heures,
à tenir des propos philosophiques et stupides avec
votre copain, en vous interrogeant sur les gens que
vous voyez. — « Prenons un hot-dog avant d'aller
au cinéma ! » et vous êtes si bien, là, que vous

n'allez jamais au cinéma, vous êtes mieux qu'à regarder Doris Day en vacances aux Caraïbes.

« Mais qu'allons-nous faire ce soir ? Marty voudrait aller au cinéma, mais nous allons nous cotiser pour nous payer un peu de coco.

— Allons à l'*Automat*.

— Une petite minute, il faut que je donne un coup à mes chaussures sur une bouche à incendie.

— Tu veux aller te voir dans le miroir déformant ?

— Tu veux aller voir quatre films pour vingt-cinq cents ? Parce que nous sommes sur la scène éternelle. Nous pouvons regarder le film et nous en souvenir quand nous serons devenus des Thoreau sages et chenus dans des cabanes.

— Ah, les miroirs déformants sont partis, il y en avait des miroirs déformants ici.

— Et si on allait voir un film gai.

— Il n'y en a plus non plus.

— Ils les ont remplacés par des puces savantes.

— Ils ont encore des danseuses.

— Le burlesque a disparu il y a des millions et des millions d'années.

— Descendons à l'*Automat*, nous regarderons les vieilles dames manger les haricots et les sourds-muets contempler les vitrines ; tu les observes et tu essaies de deviner leur langage invisible quand il passe d'un côté à l'autre de la vitrine, d'un visage à l'autre, d'un doigt à un autre doigt... Pourquoi a-t-on l'impression d'être dans une grande salle, à Times Square ? »

De l'autre côté de la rue, c'est Bickford's, juste au

milieu du pâté d'immeubles sous la marquise de l'Apollo Theater, et tout à côté d'une petite librairie spécialisée dans les Havelock Ellis et les Rabelais, avec des milliers d'obsédés sexuels qui feuillettent les livres dans les rayons. — Bickford's c'est la plus grande scène de théâtre de Times Square. — Il y en a eu des gens qui ont erré là, pendant des années, homme et garçon cherchant Dieu seul sait quoi, peut-être un ange de Times Square qui transformerait la grande salle en un chez soi, en une vieille maison de famille — la civilisation en a besoin. — Que fait Times Square ici, de toute manière ? Autant en tirer du plaisir. — La plus grande ville que le monde ait jamais vue — Ont-ils un Times Square sur Mars ? Que ferait le Blob à Times Square ? Ou saint François ?

Une fille descend d'un bus au Terminus du Bureau du Port et entre chez Bickford, c'est une Chinoise aux souliers rouges ; elle s'asseoit et commande une tasse de café, elle cherche un protecteur.

A Times Square il y a toute une population flottante qui a fait de Bickford's son quartier général, de jour comme de nuit. Aux premiers temps de la « *beat* » *generation*, des poètes y venaient rencontrer le fameux « Hunkey » qui allait et venait, enveloppé dans un imperméable noir trop grand, le fume-cigarette au bec, et qui cherchait quelqu'un à qui donner quelque chose en gage — une machine à écrire Remington, un transistor, un imper noir — pour se faire un peu d'oseille afin de pouvoir aller en banlieue, se quereller avec la police ou avec l'un ou l'autre de ses amis. Il y avait aussi

une bande de gangsters abrutis issus de la Huitième
Avenue et qui avaient l'habitude de venir là —
peut-être y viennent-ils encore — ceux de l'époque
héroïque sont tous morts ou en prison. Maintenant
les poètes se contentent de venir fumer leur pipe
paisiblement, en cherchant le fantôme de Hunkey
ou de ses amis, et ils rêvent, devant leur tasse de thé
qui s'estompe de plus en plus.

Les beatniks affirment que si vous y venez passer
toutes vos nuits, vous pourrez débuter toute une
Saison Dostoïevski à Times Square, tout seul, et y
rencontrer les vendeurs de journaux qui vous
racontent leur vie, leurs problèmes familiaux, leurs
malheurs — vous y voyez des fanatiques de la
religion qui vous emmènent chez eux et vous
administrent de longs sermons, à la table de la
cuisine, sur la « nouvelle apocalypse » et autres
réjouissances de la même eau : « Mon pasteur
baptiste, là-bas, à Windsor-Salem m'a dit pour
quelle raison Dieu avait inventé la télévision :
quand le Christ reviendra sur terre, ils Le crucifie-
ront dans les rues de cette Babylone, et il y aura des
caméras de télévision braquées vers Lui ; et les rues
ruisselleront de Son sang que tous les yeux pourront
voir. »

Si vous avez encore faim, descendez jusqu'à la
Cafeteria Orientale. « Un coin pour dîner » aussi —
des attractions nocturnes — et pas cher. — Descendez au sous-sol juste en face du terminus de
l'autobus, au monument de Port Authority, dans la
40e Rue, allez manger de grosses têtes d'agneaux à
l'huile avec du riz à la grecque pour trente cents.

Chansons orientales en zigzag sur le juke-box. Etes-vous en pleine forme maintenant ? — mettons que vous soyez à un carrefour — disons celui de la 42ᵉ Rue et de la Huitième Avenue, près du grand drugstore de Whelan, encore un antre solitaire où vous pouvez rencontrer des gens — des prostituées noires, des femmes qui entrent clopin-clopant, dans un brouillard de benzédrine. — De l'autre côté de la rue, vous voyez qu'on a déjà commencé la destruction de New York. — Le *Globe Hotel* a été rasé, un trou vide dans la mâchoire de la 44ᵉ Rue — et l'immeuble vert de McGrew-Hill entaille le ciel plus haut que vous ne pouvez le croire — tout seul, là-bas, vers l'Hudson sur lequel les cargos attendent sous la pluie leur pierre à chaux de Montevideo. —

Autant rentrer chez vous. Il se fait tard. — Ou bien : « Allons au Village, ou au Lower East Side, écouter de la musique symphonique à la radio — ou nos disques indiens — et manger de grands steaks de Porto Rico — ou du ragoût de poitrine — allons voir si Bruno a encore tailladé des capotes de voiture à Brooklyn — bien qu'il se soit calmé Bruno, peut-être qu'il a écrit un nouveau poème. »

Ou bien on regarde la télévision. Vie nocturne — Oscar Levant parle de sa mélancolie, dans le « show » Jack Paar.

Au *Five-Spot*, 5ᵉ Rue, dans la Bowery, vous pouvez parfois voir Thelonious Monk au piano ; vous entrez. Si vous connaissez le patron, vous vous installez sans payer à une table, avec une bière, mais si vous ne le connaissez pas, vous pouvez vous faufiler jusqu'à un ventilateur et vous écoutez. C'est toujours bondé pendant le week-end. Monk est abîmé dans ses cogitations, il promène autour de lui un regard distrait, plaque un accord et énonce un thème, son pied énorme battant délicatement la mesure sur le plancher ; la tête, tournée de ce côté, il écoute, il pénètre dans le piano.

C'est là que Lester Young se produisait, juste avant de mourir. Il allait s'asseoir dans l'arrière-cuisine, entre deux séances. Mon copain, le poète Allen Ginsberg, alla le rejoindre un jour, s'agenouilla devant lui et lui demanda ce qu'il ferait si une bombe atomique tombait sur New York. Lester dit qu'il briserait la vitrine de chez Tiffany et prendrait quelques bijoux, ça oui. Il ajouta : « Que fais-tu à genoux ? » sans se rendre compte qu'il était un grand héros de la « *beat* » *generation,* héros maintenant consacré par la postérité. Le *Five-Spot* est éclairé chichement, les serveurs sont inquiétants, mais il y a toujours de la bonne musique, parfois John « Train » Coltrane fait pleuvoir tout à l'entour les notes rudes de son gros cornet ténor. Le samedi et le dimanche, des banlieusards endimanchés envahissent le cabaret, ils parlent sans discontinuer — personne ne fait attention.

Oh ! pendant une heure ou deux, pourtant, dans les Jardins Egyptiens, dans les quartiers bas du West Side de Chelsea, du côté des restaurants grecs. — Des verres d'ouzo, de la liqueur grecque ; de belles filles font la danse du ventre, la poitrine moulée dans un soutien-gorge pailleté d'or et de perles ; l'incomparable Zara, sur la piste de danse !

Elle ondule comme le mystère au son des flûtes et
au rythme des tambourins de la Grèce — quand
elle ne danse pas, elle est assise au milieu de
l'orchestre, les hommes battent le tambour posé sur
son ventre, elle a les yeux pleins de rêve. — Des
foules énormes, des couples de banlieusards sont
attablés, applaudissant aux oscillations des idées
orientales. — Si vous arrivez en retard, il vous faut
rester debout le long du mur.

Vous voulez danser ? Le *Garden Bar,* dans la
Troisième Avenue ; là, vous pourrez vous en donner
à cœur joie, dans l'obscurité de l'arrière-salle, au
son des juke-boxes. Ça ne coûte pas cher et le
garçon ferme les yeux.

Vous voulez seulement parler ? Le *Cedar Bar* à
University Place, repaire de tous les peintres ; un
après-midi, un gosse de seize ans s'est amusé à faire
gicler du vin rouge d'une outre espagnole en cuir
dans la bouche de ses amis ; sans cesse, il visait à
côté...

Dans les boîtes de nuit de Greenwich Village, la
Half Note, le *Village Vanguard,* le *Café Bohemia,* le
Village Gate, on joue aussi du jazz (Lee Konitz,
J. J. Johnson, Miles Davis), mais il faut avoir de
l'argent à profusion ; ce n'est pas tellement qu'il
faut avoir des tas d'argent, mais la triste atmosphère commerciale est en train de tuer le jazz, et le
jazz est en train de se tuer, parce que le jazz
appartient aux joyeux bistrots, ouverts à tous, où
l'on peut boire de la bière à dix cents, comme
autrefois.

On donne une grande réception dans le grenier

d'un peintre, le phono débite un flamenco échevelé,
les filles tout d'un coup, ne sont plus que hanches et
talons, et les gens essaient de danser entre leurs
cheveux épars. — Les hommes se fâchent, ils
commencent à empoigner les gens, des parts de
gâteau volent dans la pièce, des hommes saisissent
des hommes aux genoux, les soulèvent à trois
mètres au-dessus du plancher et perdent l'équilibre,
et personne ne se fait mal, vlan. — Des filles se
tiennent en équilibre, la main sur les genoux des
hommes, leur jupe tombe, leurs dessous de dentelle
apparaissent. — Finalement, tout le monde se
rhabille pour rentrer chez soi, et le maître de
maison dit d'un ton ahuri : « Vous avez tous l'air
tellement *respectable.* »

Ou alors quelqu'un vient d'inaugurer un spectacle, ou bien il y a une séance de lecture poétique au
Living Theater ou au *Gaslight Café,* ou à la *Seven
Arts Coffee Gallery,* à côté de Times Square (au coin
de la Neuvième Avenue et de la 43e Rue, un lieu
étonnant) (ça commence le vendredi à minuit), et
après, tout le monde se rue vers ce sacré vieux
comptoir. — Ou alors une énorme réception chez
LeRoi Jones. — Il a un nouveau numéro du *Yugen
Magazine* qu'il a imprimé lui-même avec une petite
machine capricieuse ; on peut y lire les poèmes de
tout le monde, de San Francisco à Gloucester,
Massachusetts, ça ne coûte que cinquante cents. —
Editeur historique, « beatnik » secret des affaires.
— LeRoi commence à en avoir assez des réceptions,
les gens enlèvent toujours leur chemise pour danser,
et trois filles sentimentales sont en train de gémir et

de discuter à mi-voix des mérites du poète Raymond Bremser ; mon copain Gregory Corso se dispute avec un reporter du *Post* de New York : « Mais vous ne comprenez rien aux pleurs des Kangourous ! Changez de métier ! Allez donc dans les îles Enchénédiennes ! »

Sortons d'ici, l'ambiance est trop littéraire. — Allons nous soûler dans la Bowery ou manger ces longues nouilles, en buvant du thé dans des verres chez *Hong Pat,* dans le quartier chinois. — Pourquoi sommes-nous toujours en train de manger ? Allons marcher sur le pont de Brooklyn pour aiguiser un autre appétit. — Et si on allait prendre un gombo dans Sands Street ?

Mânes de Hart Crane !

« Allons voir si nous pouvons trouver Don Joseph !

— Qui c'est Don Joseph ? »

Don Joseph est un formidable joueur de cornet qui erre à l'aventure dans le Village avec sa petite moustache et ses bras ballants, il a un cornet qui crisse quand il joue doucement, non il chuchote, c'est le plus grand, le plus doux des cornets depuis Bix, et mieux encore. — Il se tient près du juke-box, dans le café, et il joue en même temps que la musique pour une bière. — Il ressemble à un bel acteur de cinéma. — C'est lui le grand, le brillant, le superbe Bobby Hackett secret du monde du jazz.

Et ce gars, Tony Fruscella qui est assis en tailleur sur le tapis et qui joue du Bach avec sa trompette ;

tout à l'heure, dans la nuit, il jouera du jazz moderne, avec d'autres, dans une « session » —

Ou alors, c'est George Jones, personnage mystérieux de la Bowery, qui joue de son grand saxo ténor dans les jardins publics, à l'aube avec Charley Mariano, pour le plaisir, parce qu'ils aiment le jazz ; et cette fois où ils ont joué sur les quais à l'aube, toute une série de morceaux improvisés, et l'un d'eux marquait la cadence, au bord de l'eau, avec un bâton !

A propos des vagabonds de la Bowery, n'oublions pas Charley Mills qui descendait la rue avec les clochards, buvant le vin à la bouteille et chantant sur une gamme de douze tons.

« Allons voir les grands peintres secrets et étrangers de l'Amérique pour discuter avec eux de leurs toiles et de leurs visions — Iris Brodin avec son filigrane de Vierges, fauve et byzantin. »

« Ou Miles Forst et son taureau noir dans la caverne orange. »

« Ou Kranz Klein et ses toiles d'araignées. »

« Ses sacrées toiles d'araignées. »

« Ou Willem de Kooning et son Blanc. »

« Ou Robert De Niro. »

« Ou Dody Muller et ses Annonciations en fleurs hautes de deux mètres. »

« Ou Aï Leslie et ses toiles géantes, montées sur pieds. »

« Le géant d'Al Leslie dort dans l'immeuble Paramount. »

Il y a un autre grand peintre, il s'appelle Bill Heine, c'est un peintre souterrain vraiment secret

qui reste attablé avec tous ces nouveaux jazz-men
mystérieux dans les cafés de la 10ᵉ Rue Est qui ne
ressemblent en rien à des cafés mais font plutôt
penser à des friperies des sous-sols de Henry Street,
sauf qu'on peut voir une sculpture africaine ou,
peut-être, une sculpture de Mary Frank au-dessus
de la porte ; et à l'intérieur, on passe des disques de
Frescobaldi en haute fidélité.

Ah, retournons au Village, restons au coin de la
8ᵉ Rue et de la Sixième Avenue pour regarder
passer les intellectuels. — Les reporters de l'A.P.
qui regagnent en titubant leurs appartements en
sous-sol de Washington Square, et les femmes,
rédactrices dans un journal, avec d'énormes chiens
policiers allemands brisant leurs chaînes, matrones
solitaires qui se fondent dans le flot ; des inconnus
spécialistes de Sherlock Holmes avec leurs ongles
bleus ; ils montent dans leur chambre prendre de la
scopolamine ; un homme jeune et bien musclé, vêtu
d'un costume de drap allemand gris, bon marché,
raconte une histoire sinistre à son amie, une fille
grassouillette ; de grands journalistes s'inclinent
poliment devant le kiosque à journaux et achètent
la première édition du *Times*, des déménageurs
athlétiques, sortis des films de Charlie Chaplin,
rentrent chez eux avec de gros sacs pleins de
côtelettes bien grasses (pour nourrir tout le monde),
l'arlequin mélancolique de Picasso, vend maintenant des gravures et des cadres, il pense à sa femme
et à son enfant nouveau-né, en levant le doigt pour

arrêter un taxi ; des ingénieurs du son rondelets se
hâtent, coiffés de toques de fourrure ; des filles, des
artistes de la Columbia tourmentées par des problèmes lawrenciens, racolent des hommes de cinquante ans, de vieux hommes, au *Kettle of Fish,* et le
spectre mélancolique de la prison de femmes de
New York se dresse très haut dans le ciel et se replie
dans le silence comme la nuit, elle-même — au
coucher du soleil, leurs fenêtres ressemblent à des
oranges. — Allées et venues du poète qui achète des
pastilles pour la toux dans l'ombre de ce monstre.
— S'il pleut, vous pouvez rester sous la marquise,
devant chez Howard Johnson, et regarder la rue, du
côté opposé.

Le beatnik Angel Peter Orlovsky est au super-
marché, cinq maisons plus loin, il achète des
biscuits Uneeda (le vendredi, tard le soir), des
glaces, du caviar, du bacon, des bretzels, de la
limonade, le *TV Guide,* de la vaseline, trois brosses
à dent, du lait chocolaté (il rêve de cochon de lait
rôti), il achète des pommes de terre de l'Idaho, du
pain aux raisins, un chou véreux par erreur, des
tomates fraîches au toucher et des timbres mauves
pour sa collection. — Puis il rentre chez lui, sans un
sou, entasse tout cela sur la table, prend un gros
recueil de poèmes de Maïakovsky, allume son poste
de télévision pour avoir le film d'épouvante, et
s'endort.

La voilà, la vie nocturne des beatniks de New
York.

6

Seul au sommet d'une montagne

Après toutes les fanfares de ce genre, et j'en passe, j'en arrivai à un point où je sentis le besoin de solitude, le désir d'arrêter la machine de la « pensée » et du « plaisir » (ce qu'ils appellent « vivre ») ; je ne voulais plus qu'une chose, m'allonger dans l'herbe et regarder les nuages —

On le dit aussi, dans les Ecritures : « La sagesse ne peut être atteinte que du point de vue de la solitude. »

Et de toute façon, j'étais écœuré et las de tous les bateaux et les trains et les Times Squares de tous les temps —

Je m'adressai au ministère de l'Agriculture U.S. pour avoir un emploi de garde-feu dans la forêt nationale du mont Baker, dans les Hautes Cascades du Grand Nord-Ouest.

Rien que de regarder ces mots, et je frissonne en pensant à la fraîcheur matinale des pins près du lac.

Je pars pour Seattle, à cinq mille kilomètres de la chaleur et de la poussière des villes de la côte est en juin.

Qui a été à Seattle, et n'a pas vu Alaskan Way, le vieux front de mer, a manqué l'essentiel — les boutiques où l'on vend les poteaux à totems, les eaux du Puget Sound qui viennent déferler sous les vieux môles et les locomotives les plus antiques d'Amérique qui lancent les wagons sur les quais, tout cela vous permet d'imaginer, sous le ciel éclatant et pur du Nord-Ouest, quels paysages vous attendent dans la campagne environnante. En sortant de Seattle par le nord, sur la route 99, on éprouve des sensations exaltantes car soudain, on voit les Cascade Mountains se dresser à l'horizon, au nord-est ; en fait, ce sont les Komo Kulshan, recouvertes de champs de neige innombrables. — Les pics imposants sont enveloppés d'une couche blanche que nul chemin ne vient violer ; des univers d'énormes rochers aux formes tourmentées s'entassent et parfois prennent des allures de spirales aux silhouettes fantastiques et incroyables.

Tout cela on le voit très loin au-dessus des champs de rêve des vallées du Stilaquamish et du Skagit, plaines agricoles d'un vert paisible dont la terre est si riche et si noire que les habitants de la région disent fièrement qu'elle n'est dépassée en fertilité que par la vallée du Nil. A Milltown, Washington, votre voiture franchit le pont qui enjambe le Skagit. — A gauche, vers la mer, vers l'ouest, le Skagit se jette dans la baie de Skagit et dans l'océan Pacifique. — A Burlington, vous tournez à droite et vous allez vers le cœur de la

montagne en suivant une route de vallée, et vous
traversez de petites villes endormies et un gros
bourg, marché agricole actif, appelé Sedro-Wool-
ley, avec ses centaines de voitures garées en chicane
dans une rue principale bien typique d'une ville de
province, bordée de ses quincailleries, de ses boutiques de marchands de grains et de fromages, et de
ses magasins à prix unique. — Quand vous vous
enfoncez plus encore dans cette vallée, des falaises
couvertes de futaies épaisses apparaissent de chaque côté de la route, la rivière est moins large, son
cours est plus rapide maintenant, ses eaux sont
vertes, pures et translucides comme le vert de
l'océan sous un ciel couvert, mais cette eau est
douce, c'est la neige fondue des Hautes Cascades —
elle est presque bonne à boire au nord de Marblemount. — La route devient de plus en plus
accidentée, et vous atteignez Concrete, dernière
ville de la vallée du Skagit nantie d'une banque et
d'un magasin à prix unique — ensuite, les montagnes qui s'étaient dressées secrètement derrière les
contreforts vallonnés, sont si proches que vous ne
les voyez pas mais commencez à sentir de plus en
plus leur présence.

A Marblemount, la rivière est un torrent rapide,
c'est l'œuvre des montagnes paisibles. — Des
troncs d'arbres abattus au bord de l'eau vous
offrent des sièges confortables et vous pouvez
admirer un paysage féerique ; les feuilles qui avancent par saccades dans cette bonne brise salubre du
nord-ouest semblent se réjouir ; les cimes des arbres
recouvrant les montagnes voisines, noyées dans les

nuages bas et lourds qui les masquent en partie, paraissent heureuses. — Les nuages ressemblent à des visages d'ermites ou de nonnes, ou bien parfois, on dirait des chiens tristes qui s'enfuient dans les coulisses, au-dessus de l'horizon. — Les souches se débattent en gargouillant dans la rivière qui grossit sans cesse. — Les troncs d'arbres déferlent à trente kilomètres à l'heure. Cela sent bon le pin et la sciure, l'écorce, la boue et les branches — les oiseaux passent, rapides, au ras de l'eau, en quête de poissons secrets.

En continuant vers le nord, après avoir franchi le pont de Marblemount pour aller vers Newhalem, la route devient étroite et sinueuse et on arrive enfin en vue du Skagit qui déverse sur les rocs ses eaux écumantes, et de petits ruisseaux dévalant des collines abruptes viennent le grossir. — Les montagnes se dressent de tous côtés mais on ne voit que leurs épaules et leurs flancs, leur tête est hors de vue, et à cette époque de l'année, elle est coiffée d'une toque blanche.

A Newhalem des travaux routiers importants soulèvent un nuage de poussière au-dessus des toits, des tracteurs et des installations diverses ; le barrage qui est là est le premier de la série du bassin hydrographique du Skagit ; c'est lui qui fournit à Seattle tout son courant électrique.

La route s'achève à Diablo, paisible colonie de maisonnettes pimpantes aux vertes pelouses, entourée de sommets drus qui s'appellent Pyramid, Colonial et Davis. — Et là, un énorme ascenseur vous emmène à trois cent cinquante mètres au-

dessus, au niveau du lac de Diablo et du barrage de
Diablo. — Une trombe d'eau rugissante se déverse
au-dessus de la muraille, un tronc d'arbre se
trouverait projeté comme un cure-dent dans un arc
de trois cents mètres. — C'est la première fois, ici,
que vous êtes assez haut pour commencer à voir
vraiment les Cascades. Au nord, des taches éclatan-
tes de lumière montrent l'endroit où s'étend le lac
Ross, jusqu'au Canada, permettant ainsi d'apercevoir la forêt nationale du mont Baker, et c'est là un
panorama qui vaut celui des Montagnes Rocheuses
dans le Colorado.

Le bateau de la compagnie d'Electricité de
Seattle part à heures régulières d'un petit débarcadère situé près du barrage de Diablo et il remonte
vers le nord, entre deux falaises rocheuses et
boisées, vers le barrage de Ross, à une demi-heure
de là. Les passagers sont des employés de la
centrale, des chasseurs, des pêcheurs, des travail-
leurs de la forêt. Une fois au barrage de Ross, vous
devez continuer à pied — il faut gravir un chemin
rocailleux qui monte à trois cent cinquante mètres,
au niveau du barrage, et vous apercevez alors des
pontons vous permettant d'accéder à des chambres
flottantes et à des bateaux de plaisance ; et plus
loin, ce sont les radeaux du Service forestier américain. A partir de là, si vous avez la chance d'être
riche ou d'être affecté à la surveillance des forêts
contre l'incendie, vous pouvez vous faire emmener
dans la zone primitive de la North Cascade, à
cheval ou à dos de mulet, et vous passez l'été dans
une solitude complète.

J'étais guetteur forestier et après deux nuits passées à essayer de dormir dans les clapotis et les grondements des radeaux du Service forestier, on est venu me chercher un matin. Il pleuvait — un puissant remorqueur était amarré à un grand radeau entouré d'une clôture sur lequel se trouvaient quatre mulets et trois chevaux, ainsi que les provisions qui m'étaient destinées, vivres, batterie de cuisine et matériel divers. — Le muletier s'appelait Andy, et il avait le même chapeau flasque de cow-boy que celui qu'il portait vingt ans plus tôt dans le Wyoming.

« Alors, mon gars, on va vous emmener à un endroit où personne pourra vous rejoindre — vous vous préparez...

— C'est justement ce que je veux, Andy, être seul trois bons mois, sans personne pour m'ennuyer.

— C'est ce que vous dites maintenant, mais vous aurez changé de chanson au bout d'une semaine. »

Je ne le crus pas. — J'envisageais avec plaisir la perspective d'une existence que les hommes connaissent rarement dans ce monde moderne : une solitude complète et confortable dans un désert, jour et nuit, soixante-trois jours et soixante-trois nuits, pour être précis. Nous n'avions aucune idée de la hauteur de neige qui était tombée sur ma montagne pendant l'hiver et Andy me prévint :

« Si y en a pas eu assez, faudra que vous fassiez trois kilomètres tous les jours ou tous les deux jours

sur ce sacré sentier avec deux seaux, mon vieux.
J' vous envie pas. J'ai été là-bas. Y a des jours y fait
une de ces chaleurs, vous êtes sur le point de griller
tout vif et il y a tellement de bestioles qu'y a pas
moyen de les compter ; et le lendemain, y vous
arrive une petite tempête de neige, en plein été, qui
vous dégringole sur la cafetière, ça vous vient de
Hozomeen, tout près, au Canada, dans votre
arrière-cour pour ainsi dire, et vous pouvez jamais
entasser assez de bûches dans votre sacré poêle
ventru. » Mais j'avais tout un sac à dos plein de
pull-overs à col roulé, de chemises et de pantalons
bien chauds et de longues chaussettes de laine
achetées sur le front de mer à Seattle, des gants et
une casquette à oreillettes ; il y avait des monceaux
de sachets de soupe toute prête et de café instantané
parmi les vivres que j'emportais.

« Vous auriez dû prendre un litre de gnaule, mon
gars », dit Andy en secouant la tête, tandis que le
remorqueur poussait notre corral flottant vers le
bout du lac ; après avoir franchi la barrière en
rondins, il mit le cap vers la rive nord, vers les eaux
mortes, au pied des monts Sourdough et Ruby,
enveloppés dans un immense linceul de pluie.

« Où est le pic de la Désolation ? » demandai-je
— (c'était ma montagne à moi) (*Une montagne que je
garderai toute ma vie,* avais-je rêvé tout le printemps)
(O voyageur solitaire !)

« Vous le verrez pas aujourd'hui. Faut d'abord
être pratiquement au sommet. Et à ce moment-là,
vous serez tellement trempé que vous en aurez plus
rien à foutre. »

Le garde forestier adjoint, Marty Gohlke de la station forestière de Marblemount, était avec nous lui aussi, il me donnait des tuyaux et des instructions. Personne n'avait l'air de désirer aller au pic de la Désolation, sauf moi.

Après deux heures sur les vagues courtes et mauvaises du grand lac noyé sous la pluie, dominé par les montagnes boisées et sinistres dans la brume, qui se dressaient, abruptes, de chaque côté, tandis que les mulets et les chevaux mâchaient patiemment sous le déluge l'avoine de leur sac, nous arrivâmes au pied du Sentier de la Désolation et le pilote du remorqueur (qui nous avait offert du bon café bien chaud dans sa cabine), ralentit son engin et amena lentement le radeau le long d'un versant presque à pic, couvert de broussailles et d'arbres tombés. — Le muletier donna quelques tapes à la première mule et celle-ci s'avança en titubant, avec son double fardeau de batterie de cuisine et de conserves ; elle posa ses deux sabots des pattes de devant dans la boue, grimpa de quelques pas, glissa, faillit tomber dans l'eau, et réussit enfin à repartir, avec un puissant coup de reins ; elle disparut dans le brouillard ; elle attendait dans le sentier ses compagnes et son maître. — Nous débarquons tous à tour de rôle, et une fois le bateau dégagé de ses amarres, nous faisons signe au pilote du remorqueur. Et puis tout le monde est en selle ; et nous commençons à monter, tristes et ruisselants sous une pluie battante.

D'abord, la piste abrupte était bordée d'arbustes si touffus que nous étions sans cesse aspergés de gerbes d'eau qui nous trempaient les épaules et aussi les genoux. — Les galets ronds qui recouvraient le sol en couche épaisse faisaient glisser les bêtes. — Soudain, un grand arbre couché en travers du sentier nous barra la route ; le vieil Andy et Marty partirent alors, hache au poing, et nous frayèrent un chemin qui coupait à flanc de montagne ; ils cognaient, suant et jurant, pendant que je surveillais les bêtes. — Ils vinrent enfin à bout de leur tâche, mais les mules avaient peur de grimper la pente raide du raccourci et il fallut les aiguillonner avec des bâtons. — Bientôt le sentier atteignit les alpages saturés d'humidité, noyés dans la brume, saupoudrés de lupins bleus et de fleurs aux boutons minuscules dont la délicatesse rappelait les dessins qui ornent certaines tasses à thé japonaises. — Maintenant le sentier zigzaguait en courbes molles jusqu'au sommet des alpages. — Bientôt nous vîmes se dresser devant nous une haute falaise enveloppée de brume et Andy s'écria : « Nous serons bientôt là-haut, mais il y a encore sept cents mètres à grimper, bien qu'on ait l'impression de pouvoir presque le toucher ! »

Je dépliai mon poncho de nylon et me le posai sur la tête, et, mes cheveux commençant à sécher — disons plutôt qu'ils cessèrent de ruisseler — je marchai à côté du cheval pour me réchauffer le sang ; je me sentis un peu mieux. Quant à l'altitude, je m'en rendais à peine compte, sauf de temps en temps, lorsque, du sentier, nous apercevions, dans un vide impressionnant, les cimes des arbres loin au-dessous de nous.

Les alpages disparurent à leur tour, nous atteignîmes les grands arbres, et soudain un vent violent nous gifla le visage et le cribla de longs dards de neige fondue. — « On approche du haut, maintenant », cria Andy — et soudain je vis de la neige sur le sentier, les chevaux pataugeaient dans trente centimètres de boue et de neige à demi fondue ; et à gauche et à droite tout était d'une aveuglante blancheur dans le brouillard gris. — « Environ seize cent cinquante mètres maintenant », dit Andy qui se mit à rouler une cigarette en chevauchant sous la pluie. —

Nous redescendions ; après une nouvelle montée, nous redescendîmes encore ; lentement enfin, nous gravîmes une pente douce et Andy cria : « Le voilà ! » Devant nous, dans la demi-obscurité, je vis une petite cabane au toit pointu et aux contours indistincts dressée toute seule au sommet du monde ; la gorge serrée par la frayeur je dis :

« C'est là que je vais rester tout l'été ? Et *c'est cela* l'été ?«

L'intérieur de la cabane était encore plus misérable, plus humide et plus sale ; des débris de provisions et des magazines déchirés en pièces par les rats et les souris jonchaient le sol boueux ; les fenêtres étaient impénétrables. Mais Andy l'intrépide, il avait vécu ainsi toute sa vie, alluma un feu dans le petit poêle qui se mit à ronfler et à pétiller et il me fit chauffer une casserole d'eau dans laquelle il versa presque une demi-boîte de café en disant : « Le café faut qu'ça soit fort, sinon c'est pas bon ! » Et bientôt le liquide bouillant dégagea une vapeur brune, fortement aromatisée ; nous sortîmes nos tasses et bûmes à profusion.

Ensuite, je montai sur le toit avec Marty ; nous enlevâmes le seau de la cheminée et installâmes la perche avec l'anémomètre ; et nous nous acquittâmes de tâches diverses. — Quand nous revînmes, Andy faisait frire de la viande en conserve et des œufs dans une énorme poêle ; on se serait presque cru à une réception champêtre. — Au-dehors, les bêtes mâchonnaient patiemment le contenu de leur sac, contentes de se reposer près de la clôture en rondins du vieux corral qu'un guetteur avait dû construire pendant les années trente.

La nuit tomba, incompréhensible.

Le lendemain, dans la grisaille de la matinée, après avoir dormi par terre, dans leurs sacs de couchage, tandis que je m'étais installé sur l'unique couchette, dans le duvet qui me venait de ma mère, Andy et Marty prirent congé en riant. Ils dirent : « Alors qu'est-ce que vous en pensez : maintenant, hein ? Ça fait douze heures qu'on est ici et on n'a pas encore réussi à y voir à plus de trois mètres !

— Bon sang, c'est vrai ! Comment je vais faire pour repérer les incendies ?

— Vous en faites pas mon vieux, ça va se dégager, et alors vous verrez à cent cinquante kilomètres à la ronde. »

Je ne les crus pas et, très abattu, je passai la journée à essayer de nettoyer la cabane ou à arpenter ma « cour » de sept mètres de long, à pas précautionneux (j'avais l'impression qu'au bout, c'était un à-pic vertigineux sur des gorges silencieuses) ; j'allai me coucher de bonne heure. — C'est alors que je vis ma première étoile, l'espace d'un instant, puis des nuages, fantômes gigantesques, roulèrent autour de moi et l'astre disparut — mais j'avais cru entrevoir, à quinze cents mètres au-dessous, le lac comme un trou béant gris et noir sur lequel Andy et Marty voguaient, dans le bateau des services forestiers qui les avait récupérés à midi.

Au milieu de la nuit, je m'éveillai en sursaut, et mes cheveux se hérissèrent. — Je voyais une ombre immense et noire à ma fenêtre. — Puis j'aperçus une étoile au-dessus et je compris que c'était le mont Hozomeen (2 425 mètres) qui se dressait à des kilomètres de là, près du Canada. — Je quittai ma couchette solitaire et, au grand effroi des souris qui s'égaillèrent dans la pièce, je sortis et eus un haut-le-corps en voyant les silhouettes des montagnes géantes tout autour de moi, avec, en outre, les ondulations des rideaux de lumières nordiques qui couraient derrière les nuages. — C'était un peu trop pour un citadin — redoutant qu'un Abominable Homme des Neiges ne soit derrière moi, haletant dans le noir, je courus à mon lit et je m'enfouis la tête dans mon duvet. —

Mais le lendemain matin, le dimanche 6 juillet, ma surprise et ma joie ne connurent plus de bornes quand je vis un ciel bleu et ensoleillé et là-bas, en dessous, comme un océan de neige pur et radieux, les nuages, qui, telle une couche de guimauve, recouvraient le monde entier et le lac tout entier, pendant que j'étais, moi, aux chauds rayons du

soleil, au milieu de pics enneigés qui se dressaient
sur des centaines de kilomètres à l'entour.

A midi, les nuages disparurent et le lac surgit en
dessous, incroyablement beau, bassin d'un bleu
parfait — quarante kilomètres de long — et il y
avait partout des rivières semblables à des ruisseaux miniatures et des arbres verts et frais ; et je
distinguais même le joyeux petit sillage des bateaux
de pêche des vacanciers sur le lac et dans les lagons.

— Un après-midi merveilleux suivit, tout ensoleillé
et, derrière la cabane, je découvris un champ de
neige, assez grand pour me procurer des seaux
d'eau froide jusqu'à la fin septembre.

Mon travail consistait à surveiller les feux de
forêts. Une nuit, un terrible orage éclata au-dessus
de la forêt nationale du mont Baker, mais il ne
tomba pas une goutte d'eau. — En voyant ce nuage
noir énorme et sinistre s'avancer vers moi en
dardant ses éclairs courroucés, j'éteignis la radio,
couchai l'antenne à terre et m'attendis au pire —
Ssss ! Ssss ! faisait le vent en poussant vers moi ses
éclairs et sa poussière. — Tick ! faisait le paraton-
nerre parcouru par le flux électrique de la foudre
qui venait de frapper la montagne non loin de là,
sur le pic Skagit. — Ssss ! tick ! et de mon lit je
sentais les soubresauts de la terre. — A vingt-cinq
kilomètres, au sud, juste à l'est du pic Ruby, pas
très loin de Panther Creek, un grand incendie
faisait rage, énorme tache orange. — A dix heures,
la foudre tomba une nouvelle fois et la forêt
s'embrasa dangereusement. —

Je devais délimiter la zone dans laquelle la foudre

frappait généralement. — A minuit, j'étais resté à ma fenêtre noire, à fixer l'horizon avec une telle intensité que je voyais des incendies partout, il y en avait trois, dans Lightning Creek, trois fantômes de feu dont les flammes phosphorescentes, orange et verticales, semblaient aller et venir, à l'infini.

Le lendemain matin, à 177° 16′, là où j'avais vu le grand incendie, s'étendait une étrange tache brune sur les rocs enneigés, montrant l'endroit où le feu avait fait rage, crachotant sous l'averse qui s'était déchaînée toute la nuit, après l'orage. Mais l'effet de la foudre était désastreux à vingt-cinq kilomètres de là, à McAllister Creek, où un énorme brasier avait résisté à la pluie, explosant dans l'après-midi en un nuage que l'on pouvait voir de Seattle. J'eus le cœur serré en pensant aux gars qui devaient combattre ces incendies, aux hommes que des avions parachutaient au-dessus, aux équipes qui grimpaient jusque-là par les sentiers, qui escaladaient des rochers glissants et des montagnes d'éboulis et qui arrivaient sur les lieux, suants et épuisés, pour affronter aussitôt la muraille de feu. Ma tâche de guetteur était plutôt aisée ; je n'avais qu'à faire preuve d'un peu d'attention pour localiser, à l'aide de mes instruments, l'emplacement exact de tous les feux que je détectais.

Le plus souvent, cependant, je n'avais à effectuer que des tâches routinières. — Debout à sept heures environ tous les jours, je faisais bouillir une casserole de café sur une poignée de brindilles enflammées, puis je sortais dans la cour alpestre, le pouce recroquevillé dans l'anse de la tasse, pour relever,

sans hâte, la vitesse et la direction du vent, la
température et le degré hygrométrique de l'air —
puis, après avoir cassé du bois, je mettais mon
émetteur-récepteur radio en marche et je transmet-
tais mes renseignements à la station de Sourdough.
— A dix heures, en général, la faim me prenait et je
confectionnais de délicieuses crêpes que je mangeais, assis à ma petite table décorée de bouquets de
lupins de montagne et de rameaux de sapin.

Au début de l'après-midi, c'était mon heure de
ripailles, je dégustais un pudding instantané au
chocolat avec du café bien chaud. — Vers deux ou
trois heures, je m'allongeais sur le dos, sur le
versant herbeux, et je regardais voguer les nuages,
ou bien je cueillais des baies bleues que je mangeais
sur place. J'avais réglé mon récepteur suffisamment
haut pour entendre les appels adressés au pic de la
Désolation.

Puis, au coucher du soleil, je me préparais mon
souper, ouvrant des boîtes de patates, de viande et
de pois, ou parfois je me contentais de soupe aux
pois avec des petits pains de froment que je faisais
griller au-dessus du poêle à bois, sur une plaque
d'aluminium. — Ensuite, j'allais à la pente vertigineuse couverte de neige et j'emplissais à la pelle
deux seaux de neige pour mon « tub » ; je ramassais
une brassée de branches mortes, tombées du versant boisé, telle la Vieille Japonaise proverbiale. —
Pour les tamias et les lapins, je mettais des casserо-
les de détritus dans la cabane et au milieu de la
nuit, j'entendais le tintement des gamelles. Le rat

descendait du grenier pour venir prendre sa part du festin.

Parfois, à plein gosier, je lançai des questions aux rochers et aux arbres, au-dessus des gorges, ma voix modulait : « Quelle est la signification du vide ? » La réponse était un silence total ; et ainsi je savais. —

Avant de me coucher, je lisais à la lueur de la lampe à pétrole tous les livres qui étaient restés dans la cabane. — Il est curieux de constater à quel point les solitaires ont soif de lecture. — Après avoir médité longuement sur tous les mots d'un livre de médecine, je lus les récits tirés des pièces de Shakespeare par Charles et Mary Lamb ; ensuite, je grimpai dans le petit grenier et rassemblai les petits livres pleins d'histoires de cow-boys que les souris avaient ravagés. — Je jouais aussi au poker avec trois joueurs imaginaires.

Quand arrivait l'heure du coucher, je mettais une cuillerée à soupe de miel dans une tasse de lait presque bouillant et je dégustais cela, en guise de grog, puis je me blotissais dans mon duvet.

Aucun homme ne devrait achever son existence sans avoir connu une fois cette solitude saine, même si elle est ennuyeuse, dans un endroit désertique ; on ne dépend plus que de soi et on apprend ainsi à connaître sa force véritable et cachée. — On apprend par exemple, à manger quand on a faim et à dormir quand on a sommeil.

L'heure du coucher était également pour moi l'heure des chansons. J'arpentais le sentier creusé dans la poussière de mon rocher, chantant tous les

airs à la mode dont je pouvais me souvenir, à plein
gosier, et il n'y avait personne pour m'entendre que
les daims et les ours.

Dans le crépuscule rouge, les montagnes étaient
des symphonies de neige rose — Le mont Jack, le
pic des Trois Fous, le pic Freezeout, la Corne d'Or,
le mont Terror, le mont Challenger et l'incomparable mont Baker, plus grand que le monde dans le
lointain — et ma petite arête de Jackass qui
complétait l'arête de Désolation. — La neige rose et
les nuages lointains et vaporeux, semblables aux
splendides cités antiques et lointaines du Royaume
de Bouddha... et le vent s'acharne, sans cesse —
whish, whish — il gronde et parfois secoue ma
cabane.

Pour le souper, je faisais cuire des côtelettes bien
grasses et des galettes qui rôtissaient au four, et je
mettais les restes dans une casserole pour les daims
qui venaient la nuit, au clair de lune, ronger ces
victuailles, comme d'étranges vaches paisibles —
des daims aux longs bois, avec leurs femelles et
leurs petits — pendant que je méditais dans l'herbe
des alpages, face au lac sur lequel la lune traçait un
chemin magique. — Et je voyais les sapins se
refléter dans l'eau baignée de lune, à quinze cents
mètres en dessous de moi, la tête en bas, montrant
l'infini. —

Et tous les insectes se taisaient, en l'honneur de la
lune. J'ai vu soixante-trois couchers de soleil revenir sur cette paroi perpendiculaire — des couchers
de soleil déchaînés et farouches qui déversaient des
mers de nuages écumeux entre des rochers à pic,

inimaginables, semblables à ceux que l'on dessine a un enfant, avec, derrière, toutes les teintes roses de l'espoir, et qui vous font éprouver les mêmes espérances plus brillantes et plus dures que les mots ne peuvent le dire. — Matins froids avec les nuages qui se déversaient de la Gorge de l'Eclair, comme de la fumée montant d'un feu géant, mais le lac est toujours du même bleu céleste.

Août arrive avec des rafales de vent qui secouent la maison et vous laissent augurer peu de chaleur estivale — puis cette atmosphère de neige, cette impression d'être dans la fumée d'un feu de bois — et c'est la neige balayée vers vous, venue du Canada, et le vent monte et des nuages noirs et lourds accourent, comme soufflés par une forge. Soudain un arc-en-ciel rose-vert apparaît, juste au-dessus de votre crête, avec des nuages vaporeux tout autour et un soleil orange et trouble...

> *Qu'est-ce qu'un arc-en-ciel,*
> *Seigneur? — un cerceau*
> *Pour les humbles*

... et vous sortez et soudain votre ombre est auréolée par l'arc-en-ciel, tandis que vous marchez sur la crête, et le mystère de ce halo merveilleux vous donne envie de prier. —

Un brin d'herbe qui s'agite dans les vents de l'infini, ancré à un roc, et pour votre pauvre douce chair, pas de réponse.

Votre lampe à huile brûle dans l'infini.

Un matin, j'ai trouvé des crottes d'ours et
d'autres traces du passage du monstre qui était
venu prendre une boîte de lait congelé. Il l'avait
serrée dans sa patte et il avait enfoncé un croc
pointu dans le métal pour essayer d'en sucer le
contenu. — Dans le brouillard de l'aube, je regardai la mystérieuse Crête de la Famine avec ses
sapins perdus dans la brume et ses à-pics qui
sombraient dans l'invisible ; le vent soufflait le
brouillard comme une nuée de neige légère ; je sus
alors que quelque part dans la brume, l'ours
avançait avec majesté.

Et j'eus l'impression, tandis que j'étais assis là,
que c'était l'Ours Primordial, que tout le Nord-
Ouest lui appartenait ainsi que toute la neige, et
qu'il imposait sa loi à toutes les montagnes. —
C'était le Roi des Ours qui allait m'écraser la tête
entre ses pattes, briser mon échine comme une
branche ; et ceci était sa maison, sa cour, son
domaine. — J'eus beau rester l'œil aux aguets toute
la journée, il ne se montra pas dans le mystère de
ces pentes enveloppées de brume et de silence — il
errait la nuit, parmi les lacs inconnus et, au petit
matin, la pure clarté de perle qui étirait l'ombre des
sapins sur les versants boisés, le faisait cligner des
yeux avec respect. — Il avait derrière lui des
millénaires de vagabondage, il avait vu aller et
venir les Indiens et les Vestes Rouges, et il en
verrait encore beaucoup d'autres. — Sans cesse il
entendait la ruée rassurante et extatique du silence,
sauf près des torrents ; il savait de quel matériau

léger le monde est fait et pourtant jamais il ne
discourait, jamais il ne faisait de signes, jamais il ne
gaspillait son souffle pour se plaindre — il se
contentait de ronger, de donner des coups de patte
et d'avancer de son pas pesant sur les rochers, sans
prêter la moindre attention aux êtres inanimés ou
animés. — Sa grosse gueule mâchonnait sans
relâche dans la nuit, je l'entendais sur l'autre
versant, à la lueur des étoiles. — Bientôt il allait
sortir du brouillard, énorme, et il allait venir à ma
fenêtre me fixer de ses grands yeux embrasés —
C'était l'Ours Avalokitesvara, et son emblème était
le vent gris de l'automne. —

Je l'attendais. Il n'est jamais venu.

Enfin, ce furent les pluies d'automne ; toute la
nuit la tempête faisait rage, la pluie se déversait à
seaux pendant que j'étais couché bien au chaud
dans mon duvet, et les matinées commençaient des
journées froides et sauvages d'automne, avec des
bourrasques soudaines, des nuages qui couraient
dans le ciel, de brusques éclaircies ; une vive
lumière éclairait alors, comme autrefois les flancs
de la montagne et mon feu pétillait pendant que
j'exultais et chantais à tue-tête. — Dehors, devant
ma fenêtre, un tamia fouetté par le vent se dressait
sur un rocher, les pattes de devant serrées, il
rongeait un grain d'avoine qu'il tenait entre ses
pattes — il considérait le seigneur qui était la
source de toute cette provende.

A force de penser aux étoiles toutes les nuits, je

commence à comprendre : « Les étoiles sont des mots » et tous ces mondes innombrables de la Voie Lactée sont des mots, et notre monde en est un lui aussi. Et je m'aperçois d'une chose : quel que soit l'endroit où je me trouve, dans une petite chambre pleine de mes pensées ou dans cet univers infini d'étoiles et de montagnes, tout est en moi. Il n'y a aucun besoin de solitude. Il faut donc aimer la vie pour ce qu'elle est et ne se faire aucune idée préconçue.

Quelles pensées douces et étranges vous assaillent dans la solitude des montagnes ! — Une nuit, je me suis rendu compte que quand on donne aux gens une parole de compréhension et d'encouragement, un drôle de petit air embarrassé, puéril et humble passe dans leurs yeux ; quoi qu'ils aient fait, ils n'étaient pas sûrs que c'était bien — de petits agneaux partout sur cette terre.

Mais quand vous comprenez que Dieu est tout, vous savez qu'il faut tout aimer, même le mal ; en fin de compte, il n'y a ni bien ni mal (voyez la poussière), c'est simplement *ce qui est,* c'est-à-dire ce qui a été fait pour avoir une apparence. — Une sorte de drame destiné à apprendre quelque chose à quelque chose, quelque « substance méprisée d'un spectacle hautement divin ».

Et je m'aperçus que je n'avais pas à me cacher et à me désespérer, mais que je pouvais accepter la société pour le meilleur ou pour le pire, comme une épouse. — Je vis que s'il n'y avait pas les six sens, la vue, l'ouïe, l'odorat, le toucher, le goût et la pensée, l'essence de toute chose étant inexistante, il n'y aurait aucun phénomène à percevoir, en fait, ni les six sens ni l'essence. — La peur de l'anéantissement est beaucoup plus terrible que l'anéantissement (la mort) lui-même. — Pourchasser l'anéantissement dans le sens ancien et nirvanesque du bouddhisme aboutit à une absurdité, comme le montrent les morts dans le silence de leur sommeil bienheureux, au sein de la Terre Nourricière qui, de toute manière, est un Ange qui reste suspendu sur une orbite dans le Ciel. —

Je restai donc simplement étendu sur le flanc de la montagne, la tête dans l'herbe ; j'entendais la reconnaissance silencieuse de mes malheurs temporaires. — Oui, essayer ainsi d'atteindre le nirvâna quand vous y êtes déjà, d'atteindre le sommet d'une montagne quand vous y êtes déjà, pour n'avoir qu'à rester — rester ainsi, dans la béatitude du nirvâna, c'est tout ce que j'ai à faire, tout ce que vous avez à faire, aucun effort, pas de chemin à suivre vraiment, pas de discipline ; il suffit de savoir que tout est vide et éveillé, une Vision et un Film dans l'Esprit Universel de Dieu *(Alaya-Vijnana)* et de rester là avec une sagacité plus ou moins grande. — Parce que le silence lui-même est le son des diamants qui peuvent transpercer toutes choses, le son du Vide Sacré, le son de l'anéantissement et de la béatitude, ce silence de tombeau qui est comme le silence d'un sourire d'enfant, le son de l'éternité, de la félicité à laquelle il faut croire, le son de la certitude que « Rien-n'est-jamais-arrivé-sauf-Dieu » (je vais

L'entendre, bientôt dans le vacarme d'une tempête
sur l'Atlantique). — Ce qui existe est Dieu dans
Son Emanation, ce qui n'existe pas est Dieu dans
Sa paisible Neutralité, ce qui existe sans exister est
l'aube primordiale et immortelle de Dieu du Ciel
qui est notre Père (ce monde, à cette minute
même). Donc je dis : — « Reste là, pas de dimensions ici pour aucune des montagnes, ou pour les
moustiques ou pour toutes les Voies Lactées des
mondes — » Parce que la sensation est le vide, la
vieillesse est le vide. — Seule compte l'Eternité
Bienfaisante de l'Esprit Divin, donc fais preuve de
bonté et de sympathie, souviens-toi que *les hommes ne
sont pas responsables en eux-mêmes en tant qu'hommes,* car
il faut avoir pitié de leur ignorance et de leur
manque de bonté, Dieu en a pitié, Lui, car il dit
n'importe quoi sur n'importe quoi ; puisque tout est
uniquement ce qu'il est, dégagé de toute interpréta-
tion. — Dieu n'est pas celui qui « atteint », il est
celui qui « voyage », celui en qui tout se trouve et
« celui qui demeure » — une chenille, mille cheveux de Dieu. Donc, sachez toujours que c'est
seulement Vous, Dieu, vide et éveillé et éternellement libre comme les innombrables atomes du vide
qui est partout. —

Je décidai que quand je redescendrais dans le
monde j'essaierais de garder l'esprit clair, au milieu
des idées humaines fuligineuses et fumantes comme
des cheminées d'usines à l'horizon ; et je marcherais
à travers ces idées, toujours en avant.

Quand je redescendis en septembre, la forêt avait
pris ses teintes fraîches et vieil or, laissant présager

le froid et le gel et pour finir, la tempête de neige
hurlante qui allait recouvrir complètement ma
cabane à moins que les vents qui soufflaient au
sommet du monde ne préservent sa calvitie. Quand
j'atteignis le détour du sentier où la cabane allait
disparaître et où j'allais plonger jusqu'au lac pour
reprendre le bateau qui me ramènerait chez moi,
je me retournai et bénis le pic de la Désolation et la
petite pagode du sommet, je les remerciai de l'abri
et de la leçon qu'ils m'avaient donnés.

7

Grand voyage en Europe

J'ai économisé sou par sou et soudain j'ai tout dépensé dans un grand et merveilleux voyage en Europe, et autres lieux ; et alors je me suis senti léger... et gai.

Il me fallut plusieurs mois mais je finis par me payer la traversée sur un cargo yougoslave qui partait de Brooklyn Busch Terminal, en direction de Tanger.

Un matin de février, en 1957, nous partîmes. J'avais une grande cabine double pour moi tout seul, et tous mes livres ; à moi, la paix, le calme et l'étude. Pour une fois j'allais être un écrivain qui n'était pas obligé de travailler pour les autres.

Les cités d'Amérique, avec leurs bacs à pétrole, s'estompent derrière les vagues ; nous traversons l'Atlantique maintenant, en douze jours, direction Tanger, ce port arabique qui dort sur l'autre bord — et après que la terre battue par les vagues eut disparu à l'ouest, derrière les flots, aïe donc ! une tempête nous dégringole dessus ; sa violence grandit sans cesse jusqu'au mercredi matin ; les vagues ont

deux étages de haut, elles submergent l'étrave,
déferlent à grand fracas, jettent leur écume sur la
vitre de mon hublot ; de quoi faire trembler un
vieux loup de mer ; et ces pauvres bougres de
Yougoslaves qu'on envoie dehors pour resserrer les
amarres des camions et les encorder avec des
drisses et des câbles qui les fouettent en sifflant,
dans cette tempête salée soulevée par le « bourapouche » ; ce n'est qu'après que j'ai appris que ces
hardis Slaves avaient deux petits chatons camouflés
dans l'entrepont et lorsque l'orage se fut calmé (et
que j'eus aperçu la vision blanche et resplendissante de Dieu, tant ma frayeur avait été grande)
(quand je pense que nous aurions pu être obligés de
mettre les canots de sauvetage à la mer, au milieu
de ce désespérant magma de mers montagneuses)
— (et paô, paâ, paô, les vagues arrivent, de plus en
plus fortes, de plus en plus hautes, jusqu'au mercredi matin ; et alors, en regardant par mon hublot,
après une nuit agitée pendant laquelle j'ai essayé en
vain de dormir sur le ventre, avec des oreillers de
chaque côté pour éviter le roulis, j'aperçois donc
une vague si énorme, une vague à la Jonas qui
m'arrive de tribord, que je ne parviens pas à en
croire mes yeux, je ne puis croire que j'ai pris place
sur ce cargo yougoslave pour entreprendre ce grand
voyage en Europe, exactement au moment où il ne
le fallait pas ; ce bateau, en fait, allait me transporter sur l'autre rive, pour que je rejoigne Hart Crane
dans son corail, dans ces jardins sous-marins) — et
les pauvres petits chatons, quand l'orage s'est
calmé et que la lune est apparue, ressemblant à une

olive noire qui annonçait l'Afrique (O l'histoire du
monde est pleine d'olives), ils ont leurs deux petites
frimousses, face à face, sur une écoutille, à huit
heures ; tout est calme, le gros œil de la lune est
calme sur la Sorcière Marine ; je réussis enfin à les
faire venir dans ma chambre ; ils ronronnent sur
mes genoux tandis que nous avançons en ballottant
vers l'autre rive, la rive africaine et non pas celle où
la mort nous amènera un jour. — Mais pendant la
tempête, je n'étais pas si fier, je peux le dire
maintenant, j'étais sûr que c'était la fin et j'ai bien
vu alors que tout est Dieu, que rien n'est jamais
arrivé sauf Dieu ; la mer déchaînée, le pauvre
bateau solitaire et spectral qui s'en va au-delà de
tous les horizons avec son grand corps torturé, sans
conceptions arbitraires sur des mondes éveillés,
sans myriades de Dévas portant la fleur angélique,
honorant les lieux où le Diamant fut étudié, tan-
guant comme une bouteille dans ce vide hurlant ;
mais bientôt ce seront les collines féeriques et les
cuisses de miel des amantes d'Afrique, les chiens,
les chats, les poulets, les Berbères, les têtes de
poisson et tous ceux qui chantent et tournent
avidemment leur tête bouclée vers la mer, la mer
avec son étoile de Marie et le phare mystérieux,
maison blanche, qui se dresse là-bas — « Qu'était-
ce donc cet orage, de toute façon ? » réussis-je à
demander par gestes et en charabia, à mon blond
garçon de cabine (monte au mât sois blond Pip) et
il me répondit seulement : « BOURAPOUCHE !
BOURAPOUCHE ! » en avançant les lèvres ; plus
tard, grâce à une passagère qui parlait anglais,

j'appris que ce terme ne signifiait rien d'autre que
« Vent du nord ». C'est le nom qu'on donne au
vent du nord dans l'Adriatique. —

Une seule passagère, avec moi, sur ce bateau ;
une femme d'une quarantaine d'années, laide,
portant lunettes, une Yougoslave, ou plutôt, certainement, une espionne russe venue de derrière le
rideau de fer qui a décidé de voyager avec moi pour
pouvoir étudier secrètement, la nuit, mon passeport
dans la cabine du capitaine, et le falsifier ; et en fin
de compte je n'arriverai jamais à Tanger, on me
cachera à fond de cale jusqu'en Yougoslavie et
personne n'entendra plus jamais parler de moi ; la
seule chose dont je ne soupçonnais pas l'équipage
de ce bateau communiste (avec l'étoile rouge sang
des Russies sur la cheminée) c'était d'avoir déclen-
ché la tempête qui a failli nous engloutir, nous
enrouler dans l'olive de la mer ; c'en était à ce
point ; en fait, je commençai alors à m'absorber
dans des rêveries de paranoïaque à rebours, je
m'imaginais qu'ils se réunissaient en conclave, près
de la lanterne marine qui oscillait au gaillard
d'avant et disaient : « Cette ordure de capitaliste
américain qui est à bord est un Jonas, c'est à cause
de lui qu'il y a eu une tempête, jetons-le par-dessus
bord. » Et je reste étendu sur ma couchette, roulant
violemment d'un bord à l'autre, et je rêve, j'imagine
l'effet que ça peut faire d'être lancé dans cet océan
(avec ses embruns qui arrivent à cent vingt kilomètres à l'heure à la crête de vagues assez hautes pour
engloutir la Banque d'Amérique), et je tente de me
représenter comment la baleine, si elle a le temps de

m'atteindre avant que je disparaisse la tête la première, va m'avaler et me laisser dans ses entrailles gigantesques pour que je sorte de la saumure sur le bout de sa langue, en nous faisant aboutir (O Dieu tout-puissant) sur quelque rivage, dans le dernier repli de rivage inconnu et interdit ; je serai étendu sur la plage, comme Jonas, avec ma vision des côtes de la baleine — bien qu'il s'agît là de la réalité, les marins n'avaient pas l'air autrement tourmentés par les flots immenses ; pour eux, c'était un « bourapouche » comme un autre, ce qu'ils appelaient un « trrrès môvais temps ». Et dans la salle à manger, tous les soirs, je suis assis devant une longue nappe blanche, avec devant moi l'espionne russe ; nous sommes exactement face à face ; c'est cela la manière dont on dispose les gens à table sur le continent ; impossible de me détendre sur ma chaise, de regarder dans le vide quand je mange ou que j'attends le plat suivant. On nous sert du thon à l'huile d'olive et des olives au petit déjeuner ; ce que je donnerais pour avoir du beurre de cacahuète et du lait fruité ou chocolaté, je ne puis le dire. — Je ne puis dire que les Ecossais n'ont jamais inventé une mer semblable pour mettre la terreur de la souris dans le roulis — mais la perle de l'eau, le tourbillon qui vous happe, le souvenir de la casquette blanche et luisante qui s'envolait dans la tempête, la Vision de Dieu que j'ai eue, alors que j'étais moi et uniquement moi, le bateau, les autres, la cuisine sinistre, la sinistre cambuse de la mer avec ses marmites qui vacillent dans la pénombre grise comme si elles savaient qu'elles allaient conte-

nir du poisson au court-bouillon dans la cuisine
sérieuse, au-dessous de la cuisine de la mer sérieuse,
les oscillations et le cliquetis. O ce vieux bateau
pourtant, avec sa longue coque ! quand je l'ai vu la
première fois dans le bassin de Brooklyn, je me suis
dit secrètement : « Mon Dieu, elle est trop longue », maintenant elle n'est pas assez longue pour
demeurer stable au milieu de cet immense badinage
de Dieu ; il chemine avec peine, avec peine, toute sa
carcasse frémit — et après aussi je m'étais dit :
« Pourquoi faut-il qu'ils passent toute une journée
ici, près des réservoirs à essence d'une grande
ville » (dans le New Jersey, comment ça s'appelait,
Perth Amboy) il y avait, il faut le dire, un grand
tuyau noir et sinistre recourbé au-dessus, partant
du réservoir, et qui pompait et pompait, tranquillement, toute la journée du dimanche, sous un ciel
d'hiver bas, embrasé d'une lueur orange et inégale ;
il n'y a personne sur la longue jetée vide quand je
sors après le souper à l'huile d'olive ; mais un gars,
mon dernier Américain, passe près de moi en me
regardant ; un soupçon le traverse : il s'imagine que
je fais partie de l'équipage rouge ; et le pompage se
poursuit toute la journée emplissant ces immenses
réservoirs à fuel du vieux *Slovenia* ; mais une fois que
nous sommes en mer, au milieu de cette tempête
divine, je suis tout heureux, je grogne de satisfac-
tion en songeant que nous avons passé la journée à
prendre du fuel ; c'eût été terrible de tomber en
panne sèche au milieu de ce grain et de se laisser
ballotter, de côté et d'autre — dans un désarroi
total. — Pour échapper à cette tempête, ce mercredi

matin-là, par exemple, le capitaine s'est contenté de
lui tourner le dos ; jamais il n'aurait pu les prendre
par le travers, seulement de front ou de dos, ces
énormes rouleaux liquides, et quand il a fait virer
de bord, vers huit heures, j'ai bien cru que nous
allions sombrer ; le vaisseau tout entier avec ses
claquements secs qui ne trompent personne, s'est
couché tout d'un coup sur un côté ; on sentait bien
qu'il allait revenir, repartir dans l'autre sens,
comme s'il était retenu par un élastique, aidé
d'ailleurs par les vagues soulevées par le bourapouche ; accroché à mon hublot, je regarde (ce n'est pas
le froid mais les embruns qui me fouettent le
visage) ; le bateau tangue, se cabre devant l'assaut
d'une lame et je me trouve face à face avec un mur
liquide vertical ; le bateau tressaute, la quille tient
bon, la longue quille du dessous, qui est maintenant
une petite nageoire ventrale de poisson ; dans le
port, je m'étais dit : « Ce qu'ils doivent être profonds, les bassins, pour contenir ces longues quilles
sans qu'elles rabotent le fond. » — Nous montons,
les vagues balaient le pont, le hublot, ma figure sont
tout éclaboussés, l'eau asperge mon lit (Ô mon lit,
la mer !) et nous voilà repartis en sens inverse ; puis
le vaisseau se stabilise, le capitaine a terminé sa
manœuvre, il tourne le dos à la tempête, nous
fuyons vers le sud. — Bientôt, me disais-je, nous
allons être au fond de l'eau, le regard tourné vers
l'intérieur, dans une éternelle félicité matricielle,
noyés — dans la mer qui ricane et restitue les
choses d'une façon impossible. — O bras neigeux
de Dieu, j'ai vu Ses bras, là, sur les côtés de

l'Echelle de Jacob, là par où il nous aurait fallu
évacuer (comme si des canots de sauvetage avaient
pu rien faire d'autre que de s'écraser comme des
fétus contre les flancs du navire, dans cette furie) la
face blanche et personnelle de Dieu, m'a dit : « Ti-
Jean, ne te tourmente pas, si je vous prends
aujourd'hui, toi et tous ces pauvres diables qui sont
sur ce rafiot, c'est parce que rien n'est jamais
arrivé sauf Moi, tout est Moi — » ou comme le
disent les textes sacrés Lankavatara : « Il n'y a rien
d'autre au monde que l'Eternité Dorée de l'Esprit
divin » — Je voyais les mots « TOUT EST DIEU,
RIEN N'EST JAMAIS ARRIVÉ SAUF DIEU », écrits
en lettres de lait sur cette étendue marine. — Mon
Dieu, un train infini dans un cimetière sans limites,
voilà ce qu'est cette vie, mais elle n'a jamais été rien
d'autre que Dieu, rien d'autre que cela — c'est
pourquoi plus la haute vague monstrueuse se dresse
pour se moquer de moi et pour m'insulter, plus je
prendrai plaisir à la contemplation du vieux Rembrandt avec mon pichet de bière, et plus je malmè-
nerai tous ceux qui se gaussent de Tolstoï, quelle
que soit votre résistance ; et nous atteindrons l'Afrique, nous l'avons atteinte d'ailleurs, et si j'ai appris
une leçon, ce fut une leçon en BLANC. — Irradiez
autant que vous voudrez l'obscurité suave, et
apportez les fantômes et les anges ; et ainsi nous
nous approcherons de la côte, la côte boisée, la côte
rocheuse, le sel final du cygne, oh Ezéchiel ! Et il
arriva enfin cet après-midi si doux, si calme, si
méditerranéen où nous commençâmes à voir la
terre ; je ne me mis vraiment à y croire que lorsque

je vis le petit sourire entendu sur le visage du
capitaine quand il regarda avec ses jumelles ; mais
je finis par la voir moi-même, l'Afrique, j'aperçus
les coupures dans la montagne, les lits desséchés
des torrents, avant de distinguer les montagnes
elles-mêmes ; et je les aperçus enfin, avec leur or
vert pâle, sans savoir, jusqu'à cinq heures, qu'il
s'agissait en réalité des montagnes d'Espagne ; le
vieil Hercule était quelque part là-haut, soutenant
le monde sur ses épaules, d'où le silence profond et
transparent de ces eaux qui menaient aux Hespérides. — La douce étoile de Marie était là-bas, avec
tout le reste, et plus loin, j'apercevais Paris, ma
grande et claire vision de Paris, où j'allais descendre du train, rejoindre les Gens du Pays et faire
deux lieues à pied, et pénétrer de plus en plus,
comme dans un rêve, dans la ville de Paris pour
arriver enfin en quelque centre superbe de la
capitale telle que je la voyais alors ; vision stupide,
je m'en aperçus par la suite ; comme si Paris avait
un centre ! — De tous petits points blancs au pied
de la longue montagne verte d'Afrique, et, oui
monsieur, c'était Tanger la petite cité endormie,
qui attendait que je l'explore cette nuit-là. Je
descends donc dans ma cabine, je vérifie mon sac à
dos pour m'assurer qu'il est bien prêt et que je vais
pouvoir le prendre pour franchir la passerelle, faire
timbrer mon passeport avec des caractères arabes.
« Oieieh eiieh ekkei. » — En attendant je vois qu'il
y a un important trafic dans le port, des bateaux,
plusieurs cargos espagnols décrépits, jamais vous
n'auriez pu imaginer que des bateaux aussi déla-

brés, mornes et minuscules puissent affronter des
bourapouches avec la moitié seulement de notre
longueur, la moitié de notre circonférence —, là-
bas, les longues étendues de sable sur la plage
espagnole annoncent des Cadix plus secs que je ne
l'avais imaginé ; je tiens encore à rêver de la cape
espagnole, de l'étoile espagnole, de la chanson de
ruisseau espagnole. — Et finalement, une étonnante barque de pêche marocaine prend la mer
avec un petit équipage de cinq hommes environ :
certains ont des pantalons trop larges, comme pour
attraper Mahomet (ils portent des pantalons bouf-
fants pour le cas où ils donneraient naissance à
Mahomet) et certains ont des fez rouges, mais des
fez rouges comme vous n'auriez jamais pu les
imaginer, pleins de gras, de plis et de poussière, de
vrais fez rouges de la vie réelle dans l'Afrique réelle ;
le vent souffle et le petit bateau de pêche avec sa
poupe incroyablement haute, en bois du Liban...
s'en va vers le chant onduleux de la mer, les étoiles
nocturnes, les filets, le nasillement du Ramadan...

Naturellement, les voyages autour du monde ne
sont pas aussi agréables qu'ils le paraissent, c'est
seulement quand vous avez fui toute cette chaleur
et toute cette horreur que vous en oubliez les
désagréments et que vous vous souvenez des scènes
étranges que vous avez vues. — Au Maroc, je suis
allé me promener par un bel après-midi ensoleillé et
frais (la brise soufflait de Gibraltar) et, mon ami et
moi, nous sommes allés à pied jusqu'aux limites de

l'étrange ville arabe, en parlant de l'architecture, de l'ameublement, des gens, du ciel qui, disait-il, paraîtrait vert à la tombée de la nuit, et de la qualité de la nourriture dans les différents restaurants de la ville ; il ajouta, textuellement : « Au fait, je ne suis qu'un émissaire clandestin d'une autre planète et l'ennui, c'est que je ne sais pas pourquoi on m'a envoyé ici, j'ai oublié le bon Dieu de message dont ces petits chéris m'avaient chargé. » Alors je dis : « Je suis, moi aussi, un messager du Ciel » et soudain nous vîmes un troupeau de chèvres venir vers nous ; derrière, il y avait un jeune berger arabe qui tenait un petit agneau dans ses bras ; il était suivi de la mère brebis qui bêlait, bê bê, pour qu'il prenne grand soin du bébé ; le garçon dit alors : « Egraya fa y kapata katapatafataya », il crachait les mots du fond de sa gorge, comme le font les sémites. Je dis : « Regardez, un jeune berger véritable qui porte un petit agneau ! » et Bill dit : « O ouais, ces petits chapardeurs sont toujours en train de courir avec des agneaux dans les bras. » Puis nous descendîmes la colline et arrivâmes en un lieu où un saint homme, c'est-à-dire un pieux mahométan, était agenouillé, faisant sa prière au soleil couchant, tourné vers La Mecque, et Bill me dit : « Ne serait-ce pas merveilleux si nous étions de vrais touristes américains et si je me précipitais soudain vers lui pour le prendre en photo ? »... puis il ajouta : « Au fait, comment allons-nous faire pour passer ?

— Passons à sa droite », dis-je à tout hasard. Nous prîmes le chemin du retour, pour regagner

notre café en plein air, plein du bourdonnement des
conversations, où tous les gens se rassemblaient le
soir sous les arbres peuplés d'oiseaux criards, près
du Zoco Grande ; nous décidâmes de suivre la voie
ferrée. Il faisait chaud mais une brise fraîche
soufflait de la Méditerranée. Nous arrivâmes
auprès d'un vagabond arabe assis sur le rail et
récitant le Koran à un groupe d'enfants en haillons
qui l'écoutaient avec attention ou, en tout cas, avec
une grande docilité. Derrière eux se dressait la
maison de leur mère, une cabane en bouts de tôle
mal joints et la mère était là, tout en blanc, qui
accrochait son linge blanc, bleu et rose, en face
d'une masure en tôle sous l'ardent soleil d'Afrique.
— Je ne savais pas ce que faisait ce saint homme, je
dis : « C'est un idiot ou quoi ? — Non, dit Bill, c'est
un pèlerin chérifien errant qui prêche l'évangile
d'Allah aux enfants — c'est un *hombre que rison*, un
homme qui prie, il y a en ville des *hombres que rison*,
ils ont une robe blanche et ils vont pieds nus dans
les ruelles ; et c'est pas le moment que des jeunes
voyous en blue-jeans déclenchent une bagarre dans
la rue ; il s'approche, il les regarde fixement, et ils se
débinent. D'ailleurs, à Tanger, les gens ne sont pas
comme dans le West Side de New York, quand une
bagarre éclate dans la rue, entre voyous, tous les
hommes se précipitent hors des maisons de thé à la
menthe, et ils leur donnent une bonne raclée. Il n'y
a plus d'hommes en Amérique ; ils se contentent de
rester assis en mangeant des pizzas avant le spectacle du soir, mon cher. » Cet homme, c'était William
Seward Burroughs, l'écrivain, et nous marchions

alors dans les étroites ruelles de la Médina (la
« Casbah » n'étant que la partie fortifiée de la
ville), pour nous rendre à un petit café-restaurant
qui accueillait tous les Américains et les exilés. Je
voulus parler à quelqu'un du jeune berger, au pieux
dévot ou à l'homme assis sur la voie ferrée, mais
personne ne manifesta le moindre intérêt : « Je ne
puis trouver un bon garçon dans cette ville » (ils
disaient « poy » et non « boy » mais ils voulaient
dire « boy »). — Burroughs se tordait de rire.

De là, nous allâmes au café où nous nous
rendions toujours en fin d'après-midi, et où nous
retrouvions tous les aristocrates décadents d'Amérique et d'Europe et quelques Arabes éclairés et
ardents, des simili-Arabes ou des diplomates, ou
autres. — Je dis à Bill :

« Où trouve-t-on des femmes dans cette ville ? »

Il dit :

« Il y a quelques prostituées par-ci par-là, mais il
faut connaître un chauffeur de taxi, par exemple.
Mieux, il y a ici en ville un type de Frisco, Jim, il va
vous montrer où aller et ce qu'il faut faire » ; et c'est
ainsi que cette nuit-là, moi et Jim le peintre, nous
sortons et attendons au coin d'une rue, et bientôt en
effet, deux femmes voilées arrivent, avec un voile
délicat en coton sur la bouche, jusqu'au milieu du
nez ; on ne voit que leurs yeux noirs ; elles ont de
longues robes flottantes et vous apercevez le bout de
leurs chaussures qui pointe ; Jim héla un taxi qui
attendait là et nous partîmes vers les chambres qui
s'ouvraient sur un patio (la mienne tout du moins) ;
le patio carrelé donnait sur la mer et un phare

chérifien tournait sans cesse, projetant à tout
moment son faisceau lumineux sur ma fenêtre ; et
moi, seul avec l'une de ces mystérieuses appari-
tions, je la regardai se dépouiller de son linceul et de
son voile et vis, debout devant moi, une petite
Mexicaine (c'est-à-dire une Arabe) d'une beauté
parfaite, aussi brune que les raisins d'octobre et
peut-être même que le bois d'ébène ; elle se tourna
vers moi, les lèvres écartées, comme pour me dire :
« Eh bien qu'attends-tu ? » J'allumai donc une
chandelle sur mon bureau. Quand elle repartit, elle
descendit au rez-de-chaussée avec moi ; quelques
amis venus d'Angleterre, du Maroc et des U.S.A.
étaient là, fumant tous des pipes bourrées d'opium
(préparation maison) et ils chantaient le vieux
refrain de Cab Calloway : « Je vais fumer de la
marijuana. » — Une fois dans la rue, elle fut très
polie quand elle monta dans le taxi.

C'est de là que je suis allé à Paris, plus tard ; il ne
s'y passa rien d'extraordinaire, sauf que j'y rencon-
trai la plus belle fille du monde : elle n'aimait
d'ailleurs pas le sac que je portais sur mon dos.
Mais, de toute manière, elle avait rendez-vous avec
un type à petite moustache — un gars qui se tenait
là, l'air narquois, une main dans la poche — dans
une boîte de nuit ou un cinéma de Paris.

Waaouw — et à Londres que vois-je ? Une belle
blonde, une blonde paradisiaque, debout contre un
mur dans le Soho, qui interpelle les passants bien
vêtus. Beaucoup de fards, les yeux ombrés de bleu ;
les plus belles femmes du monde, ce sont vraiment

les Anglaises... à moins que comme moi, vous les aimiez foncées.

Mais il y a eu autre chose, au Maroc, que des promenades avec Burroughs et des entrevues dans ma chambre avec des prostituées. J'ai fait de longues randonnées à pied, tout seul, j'ai siroté du Cinzano aux terrasses des cafés, en solitaire, je me suis assis sur la plage...

Il y avait sur la plage une ligne de chemin de fer qu'empruntaient les trains venant de Casablanca.
— Je m'asseyais sur le sable et je regardais les étranges gardes-frein arabes et leurs drôles de petits trains C.F.M. (Central Ferrocarril Morocco). — Les wagons avaient des roues aux rayons grêles ; ils étaient munis de pare-chocs à la place des attelages et ils n'étaient attachés les uns aux autres que par une chaîne. — Le chef de train faisait ses signaux à la main, pour arrêter le convoi ou le faire partir ; il avait un petit sifflet strident et il criait ses ordres à l'homme du fourgon de queue, en se raclant le fond de la gorge, à la manière des Arabes. — Les wagons n'avaient ni freins à main ni échelles. — Des Arabes mystérieux étaient assis dans des plates-formes à charbon que l'on faisait rouler de côté et d'autre, le long du rivage sablonneux ; ils voulaient aller à Tétouan...

Un garde-frein avait un fez et un pantalon bouffant. — J'imaginais l'expéditeur enveloppé complètement dans sa djellaba, fumant sa pipe de haschisch, assis au téléphone. — Mais ils avaient une bonne machine haut le pied Diesel, avec un mécano coiffé d'un fez aux commandes, et une pancarte sur les flancs de l'engin qui disait DANGER DE MORT. — Au lieu d'utiliser des freins à main, ils couraient avec leurs robes flottantes et ils faisaient jouer une barre horizontale qui freinait les roues avec des patins — c'était insensé — ces cheminots accomplissaient des miracles. — Le chef de train courait en criant : « Thea! Thea! Mohammed! Thea! » — Mohammed, c'était l'homme de tête, il se tenait à l'autre extrémité de la plage, considérant la situation d'un œil triste. — Pendant ce temps, des femmes arabes voilées, en longues robes comme Jésus, erraient le long des voies, ramassant des morceaux de charbon — pour le poisson du soir, pour la chaleur du soir. — Mais le sable, les rails, l'herbe, tout était aussi universel que le vieux Southern Pacific... Robes blanches le long de la mer bleue, sable de l'oiseau du train...

J'avais une très jolie chambre, sur le toit, comme je l'ai dit, avec un patio, les étoiles la nuit, la mer, le silence, la propriétaire française, la concierge chinoise — le Hollandais d'un mètre quatre-vingt-dix, mon voisin, un pédéraste qui ramenait chez lui de jeunes Arabes tous les soirs. — Tout le monde me laissait tranquille.

Le ferry-boat de Tanger à Algésiras était très triste parce que s'il était illuminé si gaiement c'était pour accomplir la terrible tâche de se rendre sur l'autre rive. --

J'ai trouvé un restaurant espagnol caché dans la Médina, qui servait le menu suivant pour trente-

cinq cents : un verre de vin rouge, soupe à la
crevette avec du vermicelle, porc à la sauce tomate,
pain, un œuf sur le plat, une orange sur une
soucoupe et un café noir express ; je le jure sur mon
bras. —

Pour écrire, pour dormir et pour penser, j'allais
au drugstore local et j'achetai de la Sympatine pour
m'exciter, du Diosan pour le rêve à la codéine et du
Sonéryl pour dormir. — En outre, Burroughs et
moi achetions également de l'opium à un gars coiffé
d'un fez rouge dans le Zoco Chico, et nous prépa-
rions des pipes maison avec de vieux bidons à huile
d'olive. Et nous fumions en chantant : *Willie le
Mendiant;* le lendemain, nous mélangions du haschisch et du kif avec du miel et des épices et nous
faisions de gros gâteaux « Majoun » que nous
mastiquions lentement, en buvant du thé brûlant ;
et nous partions faire de longues promenades
prophétiques vers les champs de petites fleurs
blanches. — Un après-midi, gorgé de haschisch, je
méditais sur mon toit, au soleil, et je me disais :
« Toutes les choses qui se meuvent sont Dieu, et
toutes les choses qui ne se meuvent pas sont Dieu »,
et à cette nouvelle expression du secret ancien, tous
les objets qui se mouvaient et faisaient du bruit
dans l'après-midi de Tanger, parurent se réjouir
soudain, et tout ce qui demeurait immobile sembla
satisfait.

Tanger est une ville charmante, fraîche, délicieuse, pleine de merveilleux restaurants continen-
taux comme *El Paname* et *L'Escargot,* avec une
cuisine qui vous fait venir l'eau à la bouche ; on y

dort très bien, il y a du soleil et on y voit des
théories de saints prêtres catholiques, près de là où
je m'étais installé, qui prient tous les soirs, tournés
vers la mer. — Qu'il y ait des oraisons partout ! —

Pendant ce temps, Burroughs, génie démentiel,
tapait, échevelé, dans sa chambre qui s'ouvrait sur
un jardin, les mots suivants : — « Motel Motel
Motel la solitude traverse le continent en gémissant
comme le brouillard au-dessus des fleuves calmes et
huileux qui envahissent les eaux de la marée... »

(Il voulait parler de l'Amérique.) (On se souvient
toujours de l'Amérique quand on est en exil.)

Le jour de l'anniversaire de l'indépendance
marocaine, ma bonne, une grande négresse arabe,
séduisante malgré ses cinquante ans, a nettoyé ma
chambre et plié mon T.shirt crasseux, sans le laver,
bien proprement sur une chaise...

Et pourtant Tanger parfois était intolérablement
morne ; aucune vibration ; alors je faisais à pied
trois kilomètres le long de la plage au milieu des
pêcheurs qui scandaient les rythmes ancestraux, ils
tenaient les filets, en groupe, chantant quelque
ancien refrain le long du ressac, laissant tomber le
poisson sur le sable de la mer ; et parfois je
regardais les formidables matchs de football que
jouaient de jeunes fous arabes, dans le sable ;
parfois il y en avait qui marquaient des buts, en
envoyant le ballon dans le filet avec l'arrière de la
tête ; des galeries d'enfants applaudissaient à ce
spectacle. —

Et je marchais, à travers cette terre maghrébine,
cette terre de huttes qui est aussi belle que le vieux

Mexique avec ces vertes collines, les ânons, les
vieux arbres, les jardins. —

Un après-midi, je m'assis dans le lit d'un cours
d'eau qui se jetait dans la mer, non loin de là, et je
regardai la marée montante envahir la rivière qui
allait grossir, dépasser la hauteur de ma tête ; un
orage soudain me fit partir en courant le long de la
plage, pour rentrer en ville comme un champion de
petit trot, trempé comme une soupe ; tout d'un
coup, sur les boulevards bordés de cafés et d'hôtels,
le soleil apparut, illumina les palmiers mouillés et je
ressentis alors une impression qui m'était familière.
— J'avais déjà éprouvé cela — je pensai à tous les
hommes.

Ville étrange. J'étais assis dans le Zoco Chico à
une table de café, regardant les passants : dimanche singulier dans le pays des fellahs arabes ; on
s'attendrait à quelque mystère de la part de ces
fenêtres blanches : des femmes lanceraient des
dagues, mais mon Dieu vous ne voyez que cette
femme, là-haut, enveloppée dans un voile blanc,
qui est assise et scrute du regard une croix rouge
au-dessus d'une petite pancarte qui annonce :
« Practicantes, Sanio Permanente, T F No. ☩
9766 » la croix étant rouge — juste au-dessus d'un
bureau de tabac avec bagage, et des gravures
représentant un petit garçon en culotte courte
accoudé à un comptoir avec sa famille, des Espagnols qui ont tous une montre-bracelet. — Pendant
ce temps passaient les hommes d'équipage des
sous-marins anglais ; ils essayaient de se soûler au

malaga, mais ils restaient calmes, perdus dans leur nostalgie. —

Deux petits Arabes tinrent un court conciliabule musical (des garçons de dix ans), puis ils se séparèrent en se poussant par le bras, et en faisant des moulinets ; l'un des garçons avait une calotte jaune et un costume zazou bleu. — Les dalles noires et blanches de la terrasse de café à laquelle j'étais assis étaient souillées par le temps solitaire de Tanger — un petit garçon tout tondu passa, il rejoignit un homme installé à une table près de la mienne, dit : « Yo » et le serveur accourut et le chassa en criant : « Yig. » — Un prêtre dont la robe brune était en lambeaux s'assit avec moi à une table (un *hombre que rison*) mais, les mains sur les genoux, il regarda les fez rouges et luisants, le pull-over rouge d'une fille et la chemise rouge d'un garçon... scène verte. Il rêvait de Sufi...

Oh quels poèmes un catholique trouvera sur une terre d'Islam ! — « Sainte Mère chérifienne qui fermez les yeux à demi, tournée vers la mer... avez-vous préservé les Phéniciens de la noyade, il y a trois mille ans ?... O douce reine des chevaux de minuit... bénissez les rudes terres marocaines. »...

Car c'étaient bien des rudes terres, je m'en aperçus un jour en montant sur les collines de l'arrière-pays. — D'abord je descendis sur la plage, dans le sable, là où les mouettes se groupent toutes ensemble, au bord de la mer ; on aurait dit qu'elles s'assemblaient à une table de réfectoire, une table luisante — d'abord, je crus qu'elles priaient — que leur reine disait le bénédicité — Assis sur le sable de

la plage, je me demandais si les insectes rouges et
microscopiques qui s'y trouvaient se rencontraient
jamais pour s'accoupler. — J'essayai de compter les
grains d'une pincée de sable, sachant qu'il y avait
autant de mondes que de grains de sable dans tous
les océans. — O créatures honorées des mondes!
Car juste à ce moment, un vieux bodhisattva vêtu
d'une robe, un vieillard barbu qui avait compris la
grandeur de la sagesse, arriva, appuyé sur un
bâton, avec une sacoche informe, un sac de coton-
nade et un panier sur son dos; un linge blanc
entourait son front brun et chenu. — Je le vis
arriver à des kilomètres, sur la plage — l'Arabe et
son linceul, au bord de la mer. — Nous ne nous
fîmes même pas un signe de tête — c'était trop,
nous nous connaissions depuis trop longtemps. —

Et puis je grimpai dans l'arrière-pays; j'atteignis
le sommet d'une montagne qui dominait toute la
baie de Tanger, et j'arrivai à une calme prairie, sur
le flanc d'une colline; ah les cris des ânes et les
bêlements des moutons qui se réjouissaient là-haut,
dans les vallons! et les trilles heureux et naïfs des
oiseaux qui folâtraient dans la solitude des rocs et
de la broussaille sur lesquels se déversaient la
chaleur du soleil, le vent de la mer, tout le
chatoiement des chaudes ululations. — Des cabanes de branches et de feuillages comme dans le
Haut-Népal. — Des bergers arabes, l'air féroce,
passaient devant moi en me toisant, sombres,
barbus, enveloppés dans leurs robes, les genoux
nus. — Au sud se dressaient les lointaines montagnes d'Afrique. — Au-dessous de moi, au bas de la

pente abrupte sur laquelle j'étais assis, il y avait la poudre bleue des villages tranquilles. — Les grillons, le grondement de la mer. — Les paisibles villages des montagnes berbères ou les fermes agglomérées, des femmes chargées d'énormes fagots, qui descendaient la colline — petites filles au milieu des taureaux qui paissaient. — Les cours d'eau à sec dans les prairies grasses et vertes. — Et les Carthaginois ont disparu ?

Quand je redescendis sur la plage, devant la Ville Blanche de Tanger, il faisait nuit, et je regardai la scintillante colline sur laquelle j'avais élu domicile et je me dis : « Et je vis là-haut, plein de conceptions imaginaires ? »

Les Arabes faisaient leur défilé du samedi soir avec cornemuses, tambours et trompettes ; cette musique me rappela un haïku : —

Et je marchais le long de la plage nocturne.
— Musique militaire
Sur le boulevard.

Soudain, une nuit, à Tanger où, je vous l'ai dit, le temps m'a paru un peu long, le son d'une flûte merveilleuse retentit vers trois heures du matin, et des battements assourdis de tambour s'élevèrent dans les profondeurs de la Médina. — J'entendais ces bruits de ma chambre qui faisait face à la mer, dans le quartier espagnol, mais quand je sortis sur ma terrasse dallée, il n'y avait rien d'autre qu'un chien espagnol endormi. — Le bruit venait de

plusieurs centaines de mètres de là, du côté des
marchés, sous les étoiles de Mahomet. — C'était le
début du Ramadan, ce jeûne d'un mois. Que c'était
triste ! parce que Mahomet avait jeûné du lever du
soleil jusqu'à son coucher, un monde entier allait
l'imiter, par conviction religieuse, sous ces étoiles.
— Là-bas, dans une autre anse de la baie, le phare
tournait, envoyant un rayon lumineux sur ma
terrasse (vingt dollars par mois), pivotait, balayait
les collines berbères où retentissaient des flûtes plus
étranges et des tambours plus mystérieux, et s'en
allait au loin, vers les Hespérides, dans l'obscurité
amollissante qui mène à l'aube au large de la côte
d'Afrique. — Je regrettai soudain d'avoir pris mon
billet de bateau pour Marseille et de devoir quitter
Tanger.

Si jamais vous prenez le bateau de Tanger à
Marseille, n'allez jamais en quatrième classe. —
Me croyant un globe-trotter avisé, j'avais voulu
économiser cinq dollars, mais quand je montai à
bord le lendemain matin à sept heures (une grande
coque bleue informe qui m'avait paru si romantique quand le bateau avait contourné la petite jetée
de Tanger, en remontant de Casablanca) on me dit
aussitôt d'attendre avec un groupe d'Arabes ; puis,
au bout d'une demi-heure, nous fûmes entassés sur
la plage avant transformée en une caserne de
l'armée française. Toutes les couchettes étaient
occupées, je dus donc m'asseoir sur le pont et
attendre encore une heure. Après être allé aux
renseignements à plusieurs reprises, auprès des
stewards, j'appris qu'on ne m'avait pas assigné de

couchette et que rien n'avait été prévu pour mes
repas. J'étais pratiquement un passager clandestin.
Finalement, j'avisai une couchette que personne ne
semblait utiliser et je me l'appropriai, demandant
d'un ton courroucé au soldat qui était à côté : « *Il y
a quelqu'un ici ?*[1] » Il ne prit même pas la peine de
me répondre, il se contenta de hausser les épaules
(pas nécessairement à la française, non, le haussement d'épaules européen, exprimant la lassitude du
monde et de la vie). Je regrettai soudain de quitter
la sincérité assez nonchalante mais authentique du
monde arabe.

Le rafiot commença à traverser le détroit de
Gibraltar et, aussitôt parti, il se mit à tanguer
furieusement sur les longues lames de fond, probablement les plus mauvaises du monde, qui sévissent
au large du socle rocheux de l'Espagne. — Il était
déjà près de midi. — Après une courte méditation
sur la couchette de grosse toile, je sortis sur le pont
où les soldats devaient faire la queue avec leur
gamelle ; déjà la moitié de l'armée française avait
dégobillé par terre et il était impossible de marcher
sans glisser. — Je remarquai d'ailleurs que même
les passagers de troisième classe avaient leur dîner
servi dans leur salle à manger et qu'ils avaient droit
aux cabines et au personnel de service. — Je
retournai à ma couchette et sortis de mon sac à dos
mon vieux matériel de camping, une gamelle d'aluminium, un quart et une cuiller, et j'attendis. —
Les Arabes étaient encore assis par terre. — Un

1. En français dans le texte. (N.d.T.)

chef steward allemand, un colosse qui avait tout
d'un « gorille » prussien, arriva et annonça aux
soldats français qui rentraient de faire leur service
aux chaudes frontières de l'Algérie, qu'il fallait
qu'ils en mettent un coup et nettoient le pont. — Ils
le regardèrent fixement, en silence, et il s'en alla
avec son escorte de stewards grincheux.

A midi, tout le monde commença à se réveiller.
On se mit même à chanter. — Je vis les soldats s'en
aller avec leur gamelle et leur cuiller, et je les suivis,
et j'arrivai, à mon tour, à une marmite crasseuse,
pleine de haricots cuits à l'eau ; une louche en fut
vidée dans ma gamelle, après que le marmiton eut
jeté un regard distrait sur ma ferblanterie, se
demandant sans doute pourquoi elle n'était pas
tout à fait comme les autres. — Mais pour parache-
ver ce repas, j'allai à la boulangerie, à l'avant, et
tendis un pourboire au gros mitron, un Français
moustachu, qui me donna un petit pain sortant du
four ; ainsi approvisionné, je m'assis sur un rouleau
de cordages, sur une écoutille, et je mangeai avec
délices, caressé par la brise. — A bâbord, le rocher
de Gibraltar disparaissait déjà, les eaux devenaient
plus calmes et bientôt j'allais vivre un après-midi
d'oisiveté, le bateau ayant déjà fait une bonne
partie de son chemin en direction de la Sardaigne et
du sud de la France. — Et soudain (j'avais tant rêvé
de ce voyage, complètement gâché maintenant, je
m'étais vu effectuer une croisière magnifique et
étincelante sur un paquebot superbe, buvant du vin
rouge dans de fragiles verres à pied, en compagnie
de Français joyeux et de blondes aguichantes) un

petit avant-goût de ce que je cherchais en France
(où je n'étais jamais allé) me parvint par l'intermé-
diaire des haut-parleurs du bateau : une chanson
intitulée *Mademoiselle de Paris* et tous les soldats
français qui étaient avec moi sur la plage avant,
assis contre le bastingage ou derrière des cloisons
pour se protéger du vent, prirent alors un aspect
romantique et se mirent à parler avec chaleur de
leurs fiancées qui les attendaient au pays ; et tout
parut soudain évoquer Paris, enfin.

Je résolus de sortir de Marseille et de remonter à
pied sur la R.N. 8, vers Aix-en-Provence, en
commençant à faire du stop. Jamais je ne me serais
imaginé que Marseille fût une si grande ville. Après
avoir fait timbrer mon passeport, je traversai les
voies de chemin de fer, sac au dos. Le premier
Européen que j'interpellai sur son sol natal fut un
Français aux moustaches en guidon de course qui
traversait les voies avec moi, il ne répondit pas à
mon salut joyeux : « *Allô l' Père*[1] ! » Mais j'étais
heureux quand même, les cailloux, les rails étaient
pour moi le paradis, l'inaccessible France printanière, enfin. Je marchai au milieu des bâtiments
noirs de suie qui déversaient leur fumée de charbon,
et passai devant une énorme charrette, pleine de
détritus, avec un grand cheval de trait et un
charretier qui avait un béret et un polo rayé. —
Une vieille Ford de 1929 passa en brimbalant et se

1. En français dans le texte. (N.d.T.)

dirigea vers la mer ; à l'intérieur, je vis quatre
gaillards coiffés de bérets, mégots au bec, semblables à des personnages de quelque film français
oublié, issu de mon imagination. — J'allai à une
sorte de bar qui était ouvert, à cette heure matinale,
bien que ce fût un dimanche ; je m'assis à une table
et bus du café bien chaud, servi par une matrone en
peignoir ; il n'y avait pas de pâtisserie — mais j'en
trouvai de l'autre côté de la rue, dans la *boulangerie*[1]
où flottait une odeur de Napoléons et de croissants
frais et croustillants ; je mangeai avec appétit, tout
en lisant *Paris-Soir* au son de la musique de la radio
qui annonça des nouvelles de ce Paris que je
désirais tant voir — j'étais assis là, tiraillé par des
souvenirs inexplicables, comme si j'étais né, comme
si j'avais vécu autrefois dans cette ville, comme si
j'y avais des frères ; en regardant par la fenêtre, je
vis des arbres dénudés sur lesquels apparaissait
déjà un duvet vert qui annonçait le printemps. —
Qu'elle me semblait remonter loin dans le passé, la
vie que j'avais menée autrefois en France, ma
longue existence de Français — tous ces noms sur
les boutiques, *épicerie, boucherie*[1], les petites boutiques du petit matin semblables à celles de ma petite
ville franco-canadienne, de mon Lowell, Massachusetts, un dimanche. — *Quelle différence*[1] ? Je fus très
heureux soudain.

1. En français dans le texte. (N.d.T.)

Je décidai, voyant l'étendue de cette ville, de prendre le car jusqu'à Aix puis de remonter par la route jusqu'à Avignon, Lyon, Dijon, Sens et Paris, et je me dis que je coucherais cette nuit-là dans l'herbe de Provence, enfoui dans mon duvet ; mais les choses s'arrangèrent autrement. — Le voyage en car fut merveilleux, ce n'était qu'un simple omnibus qui sortit de Marseille et traversa de minuscules villages dans lesquels on voyait des pères de famille qui s'affairaient dans des jardins pimpants ; leurs enfants entraient dans la maison avec de longues baguettes de pain pour déjeuner, et les gens qui montaient dans le car et en descendaient m'étaient si familiers que j'aurais voulu que mes parents soient là pour les voir et les entendre dire : « *Bonjour, madame Dubois. — Vous avez été à la messe*[1] ? » Il ne fallut guère de temps pour aller à Aix-en-Provence ; une fois arrivé, je m'assis à une terrasse et bus deux vermouths en observant les arbres de Cézanne et la gaieté de ce dimanche matin ; un homme passa avec des gâteaux et des pains de deux mètres de long ; et, éparpillés à l'entour, les toits rouge terne et les collines lointaines, sous un halo de brume bleue, qui attestaient la parfaite reproduction par Cézanne des couleurs de la Provence, un rouge qu'il utilisait même pour ses pommes, un rouge brun, et des arrière-fonds d'un bleu sombre et vaporeux. — Je me disais : « La gaieté, le solide bon sens de la France, cela semble

---

1 En français dans le texte (N.d.T.)

si bon quand on a subi l'humeur chagrine des
Arabes. »

Après les vermouths, je me rendis à la cathédrale
Saint-Sauveur, qui donnait dans la grand-rue et là,
passant devant un vieil homme aux cheveux blancs,
coiffé d'un béret (tout à l'entour, jusqu'à l'horizon,
le « vert » du printemps de Cézanne, que j'avais
oublié, et qui s'accordait si bien avec ces collines
noyées dans la brume bleue, et avec ces toits
rouillés) je me mis à pleurer. — Je pleurai dans la
cathédrale du Sauveur en entendant de jeunes
garçons chanter un magnifique air d'autrefois,
tandis que les anges semblaient planer au-dessus de
nous. — Je ne pouvais pas me retenir. — Je me
cachai derrière un pilier pour échapper à la curio-
sité de quelques familles françaises qui fixaient avec
étonnement mon énorme sac (quarante kilos) ; et je
m'essuyai les yeux et pleurai encore en voyant le
baptistère du VIe siècle — toutes ces vieilles pierres
romanes qui avaient encore ce trou dans le sol, où
tant d'autres petits enfants avaient été baptisés ;
tous ouvraient des yeux pleins d'une compréhension
lucide, des yeux semblables à des diamants liquides.

Je sortis de l'église et partis sur la route, parcou-
rus environ deux kilomètres, sans chercher d'abord
à arrêter une voiture, puis je finis par m'asseoir sur
un talus, au sommet d'une colline herbeuse dominant un pur paysage de Cézanne — de petits toits
de fermes, des arbres, et de lointains coteaux bleus,
qui suggèrent le type de collines qui prédomine plus

au nord, vers Arles, au pays de Van Gogh. — Sur la grand-route circulaient sans cesse de petites voitures dans lesquelles il n'y avait pas de place pour moi, et des cyclistes dont les cheveux volaient au vent. — Je cheminai en agitant désespérément le pouce sur huit kilomètres puis je décidai d'abandonner en arrivant à Eguilles, première station des cars sur la grand-route. L'auto-stop, décidément, s'avérait impossible en France. — Dans un café assez cher d'Eguilles, alors que quelques familles françaises dînaient dans le jardin, je pris un café puis, sachant que le car passerait dans une heure environ, je descendis sans me presser un chemin de campagne pour contempler, de l'intérieur, le pays de Cézanne ; et je trouvai une ferme d'un brun mauve dans une riche vallée calme et fertile — rustique, avec un toit de tuiles recouvertes d'une poudre rose, accumulée par le temps — une tiédeur douce, gris-vert — des voix de jeunes filles — des meules de balles de foin grises — un jardin crayeux que l'on venait d'amender — un cerisier avec ses fleurs blanches — un coq chantant doucement à midi — de grands arbres de Cézanne au fond, des pommiers, des saules dans les champs de trèfle, un verger, un vieux chariot bleu à l'entrée de la remise, un tas de bois, une clôture de lattes blanches et sèches près de la cuisine.

Puis le car arriva et nous traversâmes la région d'Arles, et je vis alors les arbres de Van Gogh s'agiter sans cesse dans le violent mistral de l'après-midi ; les rangées de cyprès ballottaient ; il y avait des tulipes jaunes dans des caissons, sur les rebords

des fenêtres, et un vaste café en plein air, avec une
énorme banne et le soleil doré. — Je vis, je compris
Van Gogh, les mornes coteaux à l'horizon... A
Avignon, je descendis pour prendre l'express de
Paris. Mon billet en poche, ayant devant moi
plusieurs heures d'attente, je flânai, en cette fin
d'après-midi, sur le grand mail — des milliers de
gens endimanchés effectuaient leur promenade pro-
vinciale interminable et morne.

J'entrai dans un musée plein de sculptures de
pierre de l'époque du pape Benoît XIII et j'admirai
un splendide bas-relief en bois représentant la
Cène, avec un groupe d'apôtres qui se lamentaient,
tête contre tête; le Christ était au milieu, la main
levée; et soudain l'une de ces têtes groupées là se
détacha plus nettement du fond pour me regarder
fixement : c'était Judas! — Plus loin, dans l'allée,
se dressait un monstre pré-roman, apparemment
celtique, tout en vieille pierre sculptée. — Et je
ressortis dans une ruelle pavée d'Avignon (la ville
de la poussière, les ruelles y sont plus sales que dans
les bas-quartiers de Mexico) (comme les rues de la
Nouvelle-Angleterre, près des tas de détritus, pendant les années 30) — des chaussures de femmes
dans des ruisseaux qui charrient une eau sale,
comme au Moyen Age, et le long du mur de pierre,
des enfants en haillons jouent dans les tourbillons
désolés de la poussière soulevée par le mistral; en
voilà assez pour faire pleurer Van Gogh.

Et le fameux pont d'Avignon que l'on a tant
chanté, pont de pierre à demi emporté dans la crue
printanière du Rhône; à l'horizon, sur les collines,

des châteaux médiévaux (pour les touristes, maintenant, autrefois ils abritaient le baron protecteur
de la ville). — Des jeunes gens du genre délinquant
juvénile sont tapis le long du mur d'Avignon, dans
la poussière de ce dimanche après-midi, ils fument
des cigarettes défendues, des filles de treize ans
minaudent, avec leurs hauts talons, et plus bas, un
petit enfant joue dans l'eau du ruisseau avec un
squelette de poupée et il frappe sur son seau renversé
en guise de tambour. — Et de vieilles cathédrales dans
les ruelles de la ville, de vieilles églises qui ne sont plus
maintenant que des reliques croulantes.

Nulle part au monde il ne peut y avoir un
dimanche après-midi aussi sinistre, avec ce mistral
qui s'engouffre dans les ruelles pavées de ce pauvre
Avignon antique. Assis dans un café de la rue
principale et lisant les journaux, je compris pourquoi les poètes français se plaignaient de la vie en
province, cette province lugubre qui a rendu fous
Flaubert et Rimbaud, et qui a fait rêver Balzac.

Pas une seule jolie femme à voir à Avignon, sauf
dans ce café, une fille svelte, sensationnelle, qui se
lève, avec ses lunettes noires, pour venir parler de
ses amours à une amie, à la table voisine ; au-
dehors, la foule va et vient, sans but ; nulle part où
aller, rien de précis à faire — Madame Bovary se
tord les mains de désespoir derrière des rideaux de
dentelle, les héros de Genet attendent la nuit, le
jeune héros de Musset prend son billet pour Paris.
— Que peut-on faire à Avignon un dimanche après-
midi ? S'asseoir dans un café et lire comment un
politicard local a effectué sa rentrée ? Déguster son

vermouth en pensant aux sculptures de pierre de musée.

Mais c'est là que j'ai eu le meilleur repas de toute l'Europe (cinq plats différents), dans ce qui avait l'air d'être un restaurant bon marché, dans une petite rue : une bonne soupe aux légumes, une omelette exquise, du lièvre grillé, une merveilleuse purée de pommes de terre (passée dans un moulin à légumes, avec une bonne quantité de beurre), une demi-bouteille de vin rouge et du pain, puis un délicieux flan au sirop, le tout, en principe, pour 95 cents, mais la serveuse a fait monter le prix de 380 francs à 575, pendant que je mangeais, et je n'ai pas pris la peine de contester l'addition.

A la gare, j'ai mis cinquante francs dans le distributeur à chewing-gum, mais je n'ai rien obtenu en échange ; et les employés m'envoyaient de l'un à l'autre avec un aplomb déconcertant (« *Demandez au contrôleur*[1] ! ») et (« *Le contrôleur ne s'occupe pas de ça*[1] »). Je commençai à me décourager quelque peu devant la malhonnêteté de la France ; je l'avais remarquée tout de suite sur cet infernal bateau, surtout après l'honnêteté et la dévotion des musulmans. — Le train de Marseille s'arrêta en gare, et une vieille femme vêtue de dentelle noire en descendit et elle laissa tomber un de ses gants de cuir ; un Français élégant se précipita, ramassa le gant et le posa consciencieusement sur un poteau ; je n'eus plus qu'à saisir le gant et

1. En français dans le texte. (N.d.T.)

courir après la vieille dame pour le lui donner. — Je compris alors pourquoi c'étaient les Français qui avaient perfectionné la guillotine — non pas les Anglais, ni les Allemands, ni les Danois, ni les Italiens, ni les Indiens, mais les Français, mes compatriotes.

Pour couronner le tout, quand le train entra en gare, il n'y avait absolument aucune place assise et il me fallut rester toute la nuit dans un couloir glacial. — Quand le sommeil me prenait, il me fallait aplatir mon sac à dos sur les portes métalliques et froides du couloir et je m'y adossai, les jambes repliées, pendant que le convoi traversait à toute vapeur les Provence et les Bourgogne de cette carte de France grinçante. — Six mille francs pour ce grand privilège !

Ah ! mais le lendemain matin, les faubourgs de Paris ! L'aube qui s'étalait sur la Seine morose ! (semblable à un petit canal), les bateaux sur le fleuve, les fumées industrielles des abords de la ville ! Et puis la gare de Lyon. — Quand je parvins sur le boulevard Diderot, je me dis, en apercevant de longues avenues qui partaient dans tous les sens, bordées de grands immeubles à huit étages, aux façades royales et élégantes : « Oui, ils se sont bâti une *cité* ! » — Puis, traversant le boulevard Diderot j'allai prendre un café, un bon express avec des croissants, dans un bar empli d'ouvriers ; en regardant à travers la vitre, je voyais des femmes vêtues de longues robes qui se hâtaient vers leur travail, en cyclomoteur, et des hommes qui avaient de drôles de casques (*La France sportive*[1]), et aussi des taxis, et de vieilles rues larges et pavées ; et il flottait cette odeur indéfinissable des grandes villes où se mêlent le café, les antiseptiques et le vin.

Je partis à pied, dans l'air matinal frais et rouge, franchis le pont d'Austerlitz et longeai le Jardin des Plantes, sur le quai Saint-Bernard : un petit cerf était là, debout, dans la rosée. Puis ce fut la Sorbonne et j'aperçus pour la première fois Notre-Dame, étrange comme un rêve perdu. — Et quand je vis, boulevard Saint-Germain, une grande statue de femme couverte de givre, je me rappelai avoir rêvé autrefois que j'étais un écolier français, à Paris. — J'entrai dans un café et commandai un Cinzano ; je me rendis compte que pour se rendre au travail, c'était la même corvée ici qu'à Houston ou à Boston, ce n'était pas mieux. — Mais je perçus une vaste promesse, des rues interminables, des rues, des filles, des lieux, tout cela avait un sens particulier, et je compris pourquoi les Américains séjournaient dans cette ville, certains pour la vie entière. — Le premier homme que j'avais regardé à Paris, à la gare de Lyon, avait été un Noir très digne, coiffé d'un chapeau.

Une infinité d'êtres humains passèrent devant moi, alors que j'étais attablé au café : de vieilles dames françaises, de jeunes Malaises, des écoliers, des garçons blonds qui allaient à la faculté, de jeunes brunettes élancées qui se rendaient à leurs cours de droit, des secrétaires boutonneuses, fortes

1. En français dans le texte. (N.d.T.)

en hanches, des employés à lunettes et bérets, des
porteurs de bouteilles à lait avec leur béret et leur
cache-nez, des matrones en longues blouses bleues
de laborantines, des étudiants plus âgés qui arbo-
raient un air soucieux, comme à Boston, de petits
agents de police miteux (à képi bleu) qui passaient
en fouillant leurs poches, de mignonnes blondinet-
tes à queue de cheval, avec hauts talons et porte-
documents à fermeture éclair, des cyclistes à grosses
lunettes dont le vélo avait un moteur à l'arrière, des
messieurs chapeautés à lunettes qui déambulaient
en lisant *Le Parisien* et en soufflant de la vapeur, des
mulâtres à la tignasse touffue qui avaient de
longues cigarettes aux lèvres, des vieilles dames
avec leur pot à lait et leur sac à provision, des
ivrognes genre W. C. Fields qui crachaient dans le
ruisseau et qui, les mains dans les poches, rega-
gnaient leur boutique une fois de plus ; une fillette
de douze ans à tête de Chinoise, les dents écartées,
presque en larmes (elle fronce les sourcils — elle a
un bleu à la jambe, et des livres de classe à la main ;
jolie et sérieuse comme les jeunes Noires à Greenwich Village), un chef de bureau porcin court après
son autobus, le rattrape   sensationnel ! — et
disparaît ; de jeunes Italiens moustachus entrent
dans le café pour prendre leur verre de vin matinal,
d'énormes banquiers de la Bourse, l'air important,
vêtus de costumes coûteux prennent quelques sous
dans la paume de leur main pour acheter le journal
(ils se cognent aux femmes à l'arrêt d'autobus), des
penseurs sérieux avec pipe et paquet ; une délicieuse rouquine à lunettes noires qui trotte, clic

clac, sur ses talons, vers l'autobus, et une serveuse
de café qui jette de l'eau sale dans le ruisseau. —
Des brunettes ravissantes aux jupes étroites. Des
collégiennes, coiffées à la Jeanne d'Arc, marmon-
nent du bout des lèvres les leçons qu'elles appren-
nent fiévreusement (elles attendront un jeune Mar-
cel Proust, au jardin public, après la classe);
d'adorables jeunes filles de dix-sept ans, vêtues de
longs manteaux rouges, marchent d'un pas décidé,
sur leurs talons plats, vers les quartiers centraux. —
Un homme à l'allure d'Indien passe en sifflant, il
tient un chien en laisse. — De jeunes amoureux
sérieux; le garçon a passé son bras autour des
épaules de la fille. — La statue de Danton ne
désigne rien; un zazou parisien — lunettes noires,
soupçon de moustache — attend là. — Un petit
garçon vêtu d'un costume et coiffé d'un béret, se
rend avec son père, un bourgeois, vers des joies
matinales.

Le lendemain je descendis le boulevard Saint-
Germain caressé par un vent printanier, pris une
rue adjacente et pénétrai dans l'église Saint-Tho-
mas-d'Aquin; je distinguai dans l'obscurité, sur le
mur, un énorme tableau représentant un guerrier
tombé de cheval, qui se faisait poignarder en plein
cœur par un ennemi qu'il regardait bien en face,
avec des yeux tristes et lucides de Gaulois, et il avait
une main tendue comme pour dire : « C'est ma
vie » (il y avait là l'horreur d'un Delacroix). Je
méditai sur ce tableau, arpentant les Champs-
Elysées brillants et colorés et regardant passer la
foule. En proie à une profonde mélancolie, je passai

devant un cinéma annonçant *Guerre et Paix*. Deux grenadiers russes armés de sabres, une cape noire sur les épaules, bavardaient aimablement, en français, avec deux touristes américaines.

Longues promenades à pied sur les boulevards avec une fiasque de cognac. — Tous les soirs, une chambre différente ; chaque jour, il me faut quatre heures pour trouver un logis ; à pied, avec tout le barda. — Dans les bas quartiers de Paris, des matrones mal peignées disent : « Complet » d'un ton glacial, quand je leur demande une chambre non chauffée, pleine de cafards, dans la pénombre grise de Paris. — Je vais, je me hâte, avec colère, je me cogne dans les gens, le long de la Seine. — Pour compenser, dans de petits cafés, je me paye des biftecks, que je mâche lentement ; et je bois du vin.

Midi, un café près des Halles ; soupe à l'oignon, pâté maison et pain pour un quart de dollar. — L'après-midi, des filles parfumées, en manteau de fourrure, boulevard Saint-Denis. — « *Monsieur ?* — Bien sûr... »

Je finis par trouver une chambre que je pourrai garder trois jours entiers, un hôtel froid, sinistre, crasseux, délabré, que tenaient deux souteneurs turcs, les plus braves types que j'aie rencontrés à Paris. C'est là, avec ma fenêtre ouverte aux lugubres pluies d'avril, que je passai mes meilleures nuits et rassemblai assez de force pour faire mes trente kilomètres quotidiens, à pied, dans la reine des cités.

Mais le lendemain, je ressentis soudain un bonheur inexplicable, lorsque, assis dans le jardin public en face de l'église de la Trinité, non loin de la gare Saint-Lazare, je me trouvai au milieu des enfants ; puis j'entrai dans l'église et vis une mère priant avec une dévotion qui surprit son fils. — Un instant plus tard, je vis une mère toute petite, avec son fils en culotte courte qui était aussi grand qu'elle.

Je déambulai dans ce quartier ; à Pigalle, il se mit à tomber de la neige fondue ; le soleil apparut soudain à Rochechouart, et je découvris Montmartre. — Maintenant je savais où je m'installerais si jamais je venais vivre à Paris. — Manèges pour enfants, marchés merveilleux, baraques où l'on débitait des casse-croûtes, boutiques de marchands de vins, cafés au pied de la merveilleuse basilique blanche du Sacré-Cœur ; des femmes et des enfants font la queue pour acheter des croustillons allemands tout chauds ; à l'intérieur on sert du cidre de Normandie. — De jolies fillettes sortent de l'école paroissiale pour rentrer chez elles. — C'est l'endroit rêvé pour se marier, et élever une famille, dans ces rues étroites et heureuses pleines d'enfants portant de longues baguettes de pain. — Pour un quart de dollar, j'achetai un énorme morceau de gruyère à un stand, puis un gigantesque morceau de viande en gelée, délicieuse comme un crime ; et, dans un bar, je dégustai tranquillement un verre de porto ; ensuite, j'allai voir l'église, plantée là-haut au sommet de la colline qui dominait les toits humides de pluie de Paris. —

La basilique du Sacré-Cœur-de-Jésus est belle ; peut-être, à sa manière, est-elle la plus belle de toutes les églises (si vous avez un cœur rococo, comme le mien) ; des croix rouge sang sur les vitraux ; le soleil couchant projette des colonnades dorées sur les bizarres bleus byzantins des autres chapelles — véritables bains de sang dans la mer bleue — et toutes ces pauvres plaques tristes commémorant la construction de l'église après la mise à sac par Bismarck.

Au bas de la colline, sous la pluie, j'entrai dans un magnifique restaurant, rue de Clignancourt, et j'eus droit à cette imbattable soupe française aux légumes écrasés, suivie d'un repas complet avec une corbeille de pain français ; le vin était servi dans ces fragiles verres à pied dont j'avais rêvé. — Je regardai, à l'autre bout de la salle, les cuisses timides d'une jeune mariée qui dînait avec son mari, un fermier — leur grand souper de lune de miel — aucun d'eux ne parlait. — Ils allaient répéter maintenant les mêmes gestes pendant cinquante ans dans une cuisine ou une salle à manger de province. — Le soleil réussit à percer de nouveau et, le ventre bien plein, je déambulai au milieu des tirs forains et des manèges de Montmartre et je vis une jeune mère embrasser sa petite fille qui tenait une poupée dans ses bras ; elle la cajolait en riant et l'embrassait, heureuses qu'elles étaient de s'être si bien amusées sur les chevaux de bois, et je vis l'amour divin de Dostoïevski dans ses yeux (et là-haut, sur la colline dominant Montmartre, Il tendait Ses bras).

Plein d'une euphorie merveilleuse, maintenant, je continuai ma promenade, allai toucher un chèque de voyage à la gare du Nord et descendis, avec entrain et gaieté, le boulevard de Magenta jusqu'à l'immense place de la République ; et je poursuivis ma route, coupant parfois par des petites rues. — Il faisait nuit ; je descendis le boulevard du Temple et le boulevard Voltaire (jetant un coup d'œil, au passage, dans d'obscurs restaurants bretons) puis le boulevard Beaumarchais où je m'imaginais que je pourrais voir la sinistre prison de la Bastille ; je ne savais même pas qu'elle avait été rasée en 1789. Je demandai à un passant : « *Où est la vieille prison de la Révolution*[1] ? » Il éclata de rire et me dit qu'il en restait quelques pierres dans la station de métro. — Je descendis sur les quais du métro ; les affiches publicitaires étaient d'une pureté étonnante ; imaginez en Amérique, une réclame pour le vin montrant une fillette de dix ans toute nue, coiffée d'un chapeau de paille, enroulée autour d'une bouteille de vin. — Et ces extraordinaires plans du métro qui s'allument et vous montrent votre chemin, avec des lampes de différentes couleurs, quand vous appuyez sur le bouton correspondant à la station où vous désirez aller ! — Imaginez l'I.R.T. de New York. Et ces trains impeccables ! Un clochard sur un banc, dans une ambiance absolument surréaliste (aucune comparaison avec l'arrêt de la 14e Rue, sur la ligne Canarsie).

Les paniers à salade de Paris passaient à toute vitesse en chantant dîî dâ dîî dâ. —

Le lendemain, je partis à la découverte des

1. En français dans le texte. (N. d. T.)

librairies, et j'entrais à la bibliothèque Benjamin Franklin, sur l'emplacement du vieux Café Voltaire (face à la Comédie-Française), où tout le monde, de Voltaire à Gauguin, à Scott Fitzgerald est venu boire ; maintenant, ce lieu est hanté par des bibliothécaires américains compassés, sans expression. — Puis j'allai jusqu'au Panthéon et je dégustai une délicieuse soupe aux pois et un petit steak dans un beau restaurant plein d'étudiants et de professeurs de droit végétariens. — Et je m'assis dans un petit jardin public, place Paul-Painlevé, et observai rêveusement un rang incurvé de belles tulipes roses et rigides et des moineaux gras et hirsutes qui se balançaient, tandis que passaient lentement des *mademoiselles* aux cheveux courts. Ce n'est pas que les Françaises soient belles, c'est leur bouche mignonne et leur manière si douce de parler français (elles font une petite moue rose avec leurs lèvres), la perfection qu'ont atteinte leurs cheveux courts et leur démarche nonchalante, leur grande sophistication et naturellement le chic avec lequel elles s'habillent et se déshabillent.

Paris, un coup de poignard en plein cœur, tout compte fait.

Le Louvre — J'ai fait des kilomètres et des kilomètres devant des toiles prestigieuses.

Dans les gigantesques portraits de Napoléon Ier et de Pie VII, j'ai vu de petits enfants de chœur, au fond, qui caressaient le pommeau du sabre d'un maréchal (la scène se passe à Notre-Dame de Paris,

l'impératrice Joséphine est à genoux, jolie comme
une fille du boulevard). Fragonard, si délicat, à côté
de Van Dyck et un grand Rubens fumeux *(La Mort
de Didon).* — Mais à mesure que je le regardais, le
Rubens me semblait de plus en plus réussi avec les
vigoureuses tonalités crème et roses, les yeux lumineux et chatoyants, la robe mauve terne sur le lit.
Rubens était heureux   personne ne posait pour lui
pour toucher un cachet et sa gaie *Kermesse* montrait
un vieil ivrogne sur le point d'être malade. — *La
Marquesa de la Solena,* de Goya, aurait pu difficile-
ment être une œuvre plus moderne, avec ces larges
chaussures d'argent qui pointent en avant comme
des poissons qui s'entrecroisent, les immenses
rubans roses et diaphanes sur un visage rose de
sœur. — Une Française bien typique (pas du genre
cultivé) dit soudain : « *Ah, c'est trop beau*[1] *!* »

Mais alors Bruegel ! Sa *Bataille d'Arbelles* avait au
moins six cents visages clairement définis dans une
folle mêlée confuse et impossible qui ne mène nulle
part. — Rien d'étonnant à ce que Céline l'ait aimé.
— On y lit une compréhension totale de la folie du
monde, avec des milliers de visages clairement
définis et des épées, et au-dessus les calmes montagnes, les arbres sur une colline, les nuages ; et tout
le monde riait à la vue de ce chef-d'œuvre démentiel
cet après-midi-là ; les gens savaient ce qu'il signifiait.

Et Rembrandt. — Les arbres apparaissent confu-
sément dans l'obscurité du crépuscule, et ce châ-

1. En français dans le texte. (N.d.T)

teau évoque la demeure d'un vampire transylva-
nien. — Placé juste à côté, son *Bœuf écorché* est une
œuvre absolument moderne avec sa grosse tache de
sang. Le pinceau de Rembrandt a tourbillonné sur
le visage du Christ dans *Les Pèlerins d'Emmaüs* et,
dans *La Sainte Famille,* il fait une étude détaillée du
sol, avec la couleur des planches et des clous. —
Pourquoi peindrait-on à la manière de Rembrandt,
à moins de s'appeler Van Gogh ? *Le Philosophe en
méditation* fut l'œuvre que je préférai, à cause de ses
lumières et de ses ombres beethoveniennes. J'aimai
aussi *L'Ermite lisant,* avec son vieux front doux ; et
Saint Matthieu inspiré par l'Ange m'apparut comme
un miracle — ces touches vigoureuses — les
gouttelettes de peinture rouge sur la lèvre inférieure
de l'ange et les mains rudes du saint prêtes à écrire
l'Evangile... ah ! miraculeux aussi le voile de fumée
au-dessus du bras gauche de l'ange dans *L'Ange
Raphaël quittant Tobie.* — Que pouvez-vous faire ?
  Soudain, je pénétrai dans la salle du XIXᵉ siècle, et
ce fut une explosion de clarté — d'or étincelant et
de lumière. Van Gogh — son église chinoise d'un
bleu démentiel avec la femme qui se hâte — le
secret de cette peinture — la maîtrise de cet art
oriental et spontané qui, par exemple, fait voir le
dos de la femme, son dos tout blanc — de la toile
sans couleur, sauf quelques traits noirs et épais. — Et
le bleu étrange du toit de l'église où Van Gogh avait
connu cette extase ! — Je voyais le rouge de la joie,
la joie folle qui l'avait soulevé au cœur de ce temple.
— Sa toile la plus démentielle : les jardins avec les
arbres insensés qui tournoyaient dans le tourbillon-

nement du ciel bleu, l'un des arbres explosant
finalement en simples lignes noires — une œuvre
d'aliéné presque, une œuvre divine — les épaisses
ondulations et les cercles de couleurs — les belles
teintes rouille, huilées, les tons crème, les verts...

J'étudiais les ballets de Degas — qu'ils sont
sérieux ces visages parfaits de l'orchestre ; puis
soudain, c'est l'explosion sur la scène — le rose ténu
des robes des ballerines, les flocons de couleur. —
Et Cézanne qui peignait exactement, comme il
voyait, plus précis et moins divin que Van Gogh,
peintre sacré — ses pommes vertes, son étrange lac
bleu avec ses acrostiches, sa façon de dissimuler la
perspective (une jetée, dans le lac, cela suffit, une
seule ligne de montagnes). Gauguin — à côté de ces
maîtres — m'apparaissait presque comme un dessinateur habile. — Comparé à Renoir aussi, dont la
peinture d'un après-midi en France était si splendi-
dement colorée par le dimanche après-midi de tous
nos rêves d'enfance — roses, mauves, rouges,
balançoires, danseuses, tables, joues roses et rires
éclatants.

En sortant de cette salle brillante, Frans Hals, le
plus gai de tous les peintres qui aient jamais vécu.
Puis un dernier coup d'œil à l'Ange de saint
Matthieu, de Rembrandt — sa bouche barbouillée
de rouge a remué quand je l'ai regardée.

Avril à Paris, neige fondue à Pigalle ; mon séjour
touche à sa fin. — Dans mon hôtel-taudis il faisait
froid, et comme il tombait encore de la neige

fondue, j'ai mis mes vieux blue-jeans, ma vieille
casquette à oreillettes, mes gants de cheminot et ma
canadienne à fermeture éclair ; les mêmes vêtements que ceux que j'aurais portés si j'avais été
garde-frein dans les montagnes de Californie ou
garde forestier dans le Nord-Ouest ; et je traversai
la Seine d'un pas rapide pour aller aux Halles
prendre un dernier repas : pain frais, soupe à
l'oignon et pâté. — Maintenant, ô délices, je
marche au froid crépuscule dans Paris, au milieu de
vastes marchés aux fleurs ; puis je succombe aux
charmes de frites fines et croustillantes accompa-
gnées d'une bonne saucisse en sandwich, trouvées à
une baraque installée à un coin de rue balayé par le
vent ; puis j'entre dans un restaurant bondé d'ouvriers et de bourgeois qui ont tous l'air de s'amuser
follement ; j'ai failli me fâcher : on avait oublié de
m'apporter aussi le vin, si gai et si rouge, dans un
beau verre à pied. — Après le repas, je rentre chez
moi sans me presser pour préparer mes bagages ; je
pars pour Londres demain ; je décide alors d'acheter un dernier gâteau parisien, pensant à un
Napoléon, comme d'habitude, mais la vendeuse
ayant cru que je demandais un Milanais, je prends
ce qu'elle me tend et commence à le manger en
traversant le pont et alors ! ! !... La plus merveilleuse
des pâtisseries du monde ! Pour la première fois de
ma vie, je suis submergé par une sensation gusta-
tive : une crème épaisse et brune au moka couverte
d'amandes coupées en tranches, et un petit soupçon
de pâte, mais si relevée que ma bouche et mon nez
sont subjugués par son arôme. On dirait un

mélange de bourbon ou de rhum avec du café et de la crème. — Vite, je rebrousse chemin, et en achète un second que je déguste avec un petit express bien chaud dans un café, en face du théâtre Sarah-Bernhardt — mon dernier régal à Paris ; je savoure ce nanan en regardant les spectateurs proustiens sortir du théâtre et appeler des taxis...

Le lendemain matin, à six heures, je me lève et me lave à l'évier ; et l'eau qui coule du robinet me parle avec une sorte d'accent cockney. — Je sors en toute hâte, sac au dos, et dans le jardin public j'entends un oiseau que je ne connaissais pas, une fauvette de Paris qui gazouille au bord de la Seine toute fumante de ses brumes matinales.

Je prends le train de Dieppe et nous partons, à travers une banlieue enfumée, à travers la Normandie ; des champs d'un vert pur dans la pénombre, de petites maisons, certaines en briques rouges, d'autres qui ont des poutrelles en bois, d'autres de la pierre ; sous une petite pluie fine, nous longeons la Seine qui ressemble à un canal. Nous passons à Vernon et dans de petites villes qui s'appellent Vauvay et Quelque chose-sur-Cie, et nous arrivons à Rouen, ville sombre et sinistre — un endroit horriblement pluvieux et lugubre pour se faire brûler sur un bûcher. — Pendant tout ce temps, mon âme s'exalte quand je pense que je vais arriver en Angleterre à la tombée de la nuit. — Londres, le brouillard du vieux Londres de la réalité. — Comme d'habitude, je suis debout dans le couloir glacial — pas de place dans les compartiments — m'asseyant parfois sur mon sac, bousculé par une bande de jeunes Gallois hurlants ; leur professeur, un homme paisible, me prête le *Daily Mail*. — Après Rouen, les haies et les prés plus mornes que jamais, et puis c'est Dieppe avec ses toits rouges et ses vieux quais, ses rues pavées et ses cyclistes, les cheminées fumantes, la pluie morne, le froid âpre d'avril ; et moi, j'en ai assez de la France, enfin.

Le bateau est bourré jusqu'à la gueule, des centaines d'étudiants et des vingtaines de jolies Françaises et de belles Anglaises, avec leur queue de cheval ou leurs cheveux courts. — Vite, nous quittons la côte française et après avoir vogué un moment entre le ciel et l'eau nous commençons à voir de verts pâturages arrêtés soudain, comme par un trait de crayon, par des falaises calcaires ; et voici l'île qui tient le sceptre : l'Angleterre ! Le printemps en Angleterre !

Tous les étudiants chantaient, en bandes joyeuses ; ils partirent vers les autocars de Londres qui leur étaient réservés mais on me fit asseoir (j'étais de ceux que l'on fait asseoir) parce que j'avais été assez stupide pour dire que je n'avais en poche que l'équivalent de quinze shillings. — Je m'installai à côté d'un Noir, un Antillais, qui n'avait pas de passeport et portait des piles de vestons et de pantalons étranges et usagés. Il répondit bizarrement aux questions des inspecteurs ; on eût dit qu'il était ailleurs ; je me souvins alors qu'il s'était cogné contre moi, distraitement, sur le bateau, pendant la traversée. — Deux grands agents de police britanniques vêtus de bleu nous surveillaient (lui et moi) d'un air soupçonneux, avec le sourire sinistre des limiers de Scotland Yard, pointant leur long nez étrange, attentifs et méditatifs comme dans un vieux film de Sherlock Holmes. Le Noir les regardait d'un air terrifié. L'une de ses vestes tomba à terre, mais il ne prit pas la peine de la ramasser. — Une étrange lueur était apparue dans les yeux de l'officier d'immigration (un jeune freluquet à tête d'intellectuel) puis une autre lueur étrange dans les yeux d'un inspecteur et je me rendis compte soudain que le Noir et moi étions cernés. — Et c'est alors que surgit un inspecteur des douanes, un homme énorme, roux et jovial; il venait nous interroger.

Je lui racontai mon histoire. — J'allais à Londres pour prendre un chèque, des droits d'auteur, chez un éditeur anglais, puis je partirais pour New York à bord de l'*Ile-de-France*. — Ils ne me crurent pas. — Je n'étais pas rasé, j'avais un sac sur le dos, j'avais l'air d'un vagabond.

« Que croyez-vous que je suis? » dis-je. Et le rouquin dit :

« Non mais, nous ne voyons vraiment pas ce que vous faisiez au Maroc ou en France, ni ce que vous venez faire en Angleterre avec quinze shillings. »

Je leur dis de téléphoner à mes éditeurs ou à mon agent littéraire à Londres. Ils téléphonèrent, mais personne ne répondit. — C'était un samedi. Les agents me regardaient en se caressant le menton. — Ils avaient déjà emmené le Noir. Soudain, j'entendis une plainte horrible, celle d'un aliéné qui geint dans un asile et je demandai :

« Qu'est-ce que c'est? »

— C'est votre ami le nègre.

— Qu'est-ce qu'il a ?

— Il n'a ni passeport ni argent; selon toute vraisemblance il s'est échappé d'un asile d'aliénés en France. Maintenant, avez-vous trouvé un moyen de prouver la véracité de votre histoire, sinon nous allons devoir vous garder.

— En prison ?

— Absolument. Mon cher ami, on ne peut pas entrer en Angleterre avec quinze shillings.

— Mon cher ami, vous ne pouvez pas mettre un Américain en prison.

— Ça oui ! Si nous avons des motifs de le soupçonner.

— Vous ne croyez donc pas que je suis écrivain ?

— Nous n'avons aucun moyen de le savoir.

— Mais je vais manquer mon train. Il va partir d'une minute à l'autre !

— Mon cher ami... »

Je fourrageai dans mon sac et trouvai soudain dans un magazine un entrefilet où il était question de moi et de Henry Miller; on y parlait de nos livres, je le montrai à l'inspecteur des douanes. Son visage s'éclaira :

« Henry Miller ? C'est extraordinaire. Nous l'avons arrêté, lui aussi, il y a quelques années. Il a pas mal écrit sur Newhaven. »

(Ce Newhaven-là était beaucoup plus sinistre que celui du Connecticut, avec ses fumées de charbon dans la pénombre.) Mais le douanier était immensément satisfait; il confronta mon nom une

nouvelle fois, dans le magazine et sur mon passeport, et dit :

« Bien, j'ai l'impression que tout cela va se
terminer par une poignée de main et des sourires. Je
suis terriblement navré. Je crois que nous pouvons
vous laisser partir — étant bien entendu que vous
quitterez l'Angleterre avant un mois.

— Ne.vous tourmentez pas. »

Le Noir criait et tapait, quelque part à l'intérieur,
et je ressentis une peine horrible parce qu'il n'avait
pas réussi à débarquer sur l'autre rive. Je courus
jusqu'au train que je réussis à prendre tout juste à
temps. — Les joyeux étudiants étaient tous à
l'avant, et j'avais un wagon entier pour moi seul ;
nous partîmes silencieusement et nous traversâmes
très vite, dans un beau train anglais, un paysage
peuplé d'agneaux de l'antique Blake.

— Et j'étais hors de danger.

La campagne anglaise — fermes tranquilles,
vaches, prairies, landes, routes étroites et fermiers à
bicyclette qui attendent aux carrefours... et bientôt,
le samedi soir à Londres.

Abords de la grande ville en fin d'après-midi,
comme le vieux rêve des rayons du soleil à travers
les arbres de l'après-midi. — Devant la gare
Victoria, quelques limousines attendent certains
des étudiants. — Sac au dos, surexcité, je pars à
pied dans la nuit qui s'épaissit ; je remonte
Buckingham Palace Road, et pour la première fois,
je vois de longues rues désertes. (Paris est une
femme mais Londres est un homme indépendant
qui fume sa pipe dans un « pub ».) — Je passe

devant le Palais, descends le Mall, traverse St.
James's Park, et arrive au Strand — voitures et
fumées, foules anglaises râpées qui émergent des
cinémas, Trafalgar Square puis Fleet Street : il y a
moins de voitures, les cafés sont plus sombres ; des
ruelles tristes s'ouvrent de part et d'autre, et je
remonte ainsi presque jusqu'à la cathédrale Saint-
Paul ; mais l'atmosphère se fait plus triste, plus
johnsonienne. — Je rebrousse donc chemin, fatigué,
et j'entre dans un « pub », le *King Lud* pour me faire
servir une fondue au fromage à la galloise, pour un
demi-shilling, et une « stout ».

Je téléphonai à mon agent littéraire pour lui
décrire ma situation.

« Mon cher ami, c'est terriblement dommage
que je n'aie pas été là cet après-midi. Nous étions
allés voir ma mère dans le Yorkshire. Cinq livres, ça
vous dépannerait ?

— Oui ! »

Je pris un autobus pour me rendre à son élégant
appartement de Buckingham Gate. (J'étais passé
juste devant en descendant du train) et j'allai
trouver le digne vieux couple. — Lui — il avait un
bouc — m'offrit une place au coin du feu ; il me
versa du scotch, et me donna tous les détails sur sa
mère centenaire qui lisait le texte intégral du livre
de Trevelyan : *Histoire sociale de l'Angleterre.* — Le
chapeau, les gants, le parapluie, tout était sur la
table, attestant son mode de vie, et moi, j'avais
l'impression d'être le héros américain d'un très
vieux film. — Cri lointain du petit enfant sous le
pont de la rivière, il rêve de l'Angleterre. — Ils me

donnèrent des sandwiches et de l'argent et je repartis dans Londres, aspirant avec délices le brouillard de Chelsea ; les agents erraient dans la brume laiteuse ; je me demandai : « Qu'est-ce qui va étrangler le flic dans le brouillard ? » Lumières confuses ; un soldat anglais déambule ; d'un bras il entoure les épaules de son amie ; de sa main restée libre il mange du poisson et des frites ; klaxons des taxis et des autobus, Picadilly à minuit ; un groupe de blousons noirs me demande si je connais Gerry Mulligan. — Finalement je trouve une chambre à quinze shillings à l'hôtel Mapleton (sous les combles) et je passe une nuit divine, dormant la fenêtre ouverte ; le lendemain matin, pendant toute une heure les carillons s'en donnent à cœur joie, vers onze heures ; et la femme de chambre m'apporte un plateau chargé de toasts, beurre, confiture d'oranges, lait chaud et café brûlant ; et moi, je reste allongé, frappé d'étonnement.

Et l'après-midi du vendredi saint, j'assistai à un splendide concert : la Passion selon saint Matthieu, exécutée par la maîtrise de Saint-Paul, accompagnée par un grand orchestre et par un groupe supplémentaire de choristes. — Je pleurai presque tout le temps et j'eus la vision d'un ange dans la cuisine de ma mère ; je fus pris du désir de rentrer, de revoir la douce Amérique. — Et je compris qu'il importait peu que nous péchions, que mon père était mort d'impatience, uniquement, et que mes petites vexations n'avaient pas d'importance non plus. — Bach, ce musicien sacré, me parlait ; en face de moi, il y avait un magnifique bas-relief en

marbre montrant le Christ et trois soldats romains
qui l'écoutaient : « Et il leur dit de ne commettre
aucune violence contre aucun homme, de ne jamais
accuser personne faussement, et de se contenter de
leur salaire. » Je sortis, et en faisant à pied dans la
pénombre, le tour de l'œuvre maîtresse de Sir
Christopher Wren, j'aperçus la grisaille des ruines
du Blitz de Hitler tout à l'entour. Je vis alors quelle
était ma mission.

Au British Museum, je cherchai ma famille dans
la *Rivista Araldica,* IV, page 240, « Lebris de
Kerouak. Canada, originaire de Bretagne. Bleu sur
bande d'or avec trois clous d'argent. Devise :
" Aime, travaille et souffre. " »

J'aurais pu m'en douter.

Au dernier moment, je découvris l'Old Vic en
attendant le train qui allait me mener à Southampton. — On y donnait *Antoine et Cléopâtre.* La
représentation se déroula selon un rythme d'une
régularité merveilleuse, les paroles et les sanglots de
Cléopâtre plus beaux que la musique, Enobarbus
noble et fort, Lépide retors et comique dans la scène
de beuverie sur le navire de Pompée, Pompée
martial et dur, Antoine viril, César sinistre ; et tout
en entendant, à l'entracte, des spectateurs cultivés
critiquer Cléopâtre, j'étais certain d'avoir vu Shakespeare tel qu'il doit être joué.

Dans le train, en allant à Southampton, les
arbres cérébraux dans les champs de Shakespeare
et les prairies rêvent, pleines des petits points
blancs que sont les agneaux.

8

Le vagabond américain
en voie de disparition

Le vagabond américain a bien du mal à mener sa vie errante aujourd'hui avec l'accroissement de la surveillance que la police exerce sur les routes, dans les gares, sur les plages, le long des rivières et des talus, et dans les mille et un trous où se cache la nuit industrielle. — En Californie, le chemineau, ce type ancien et original qui va à pied de ville en ville avec ses vivres et son matériel de couchage sur son dos, le « Frère sans Logis », a pratiquement disparu, en même temps que le vieux rat du désert chercheur d'or qui cheminait le cœur plein d'espoir, à travers les villes de l'Ouest qui vivotaient alors et qui sont maintenant si prospères qu'elles ne veulent plus des vieux clochards. — « Mon vieux, on n'en veut plus de chemineaux par ici, bien que ce soient eux qui ont fondé la Californie », dit un vieillard qui se cachait avec une boîte de haricots, près d'un feu indien, au bord d'une rivière, aux alentours de Riverside, Californie, en 1955. — De grandes et sinistres voitures de police payées par les contribuables — (modèles 1960 avec des projecteurs sans

humour) risquent de survenir, d'un moment à
l'autre, de tomber sur le clochard qui s'en va, en
quête de son idéal : la liberté, les collines du silence
sacré et de la sainte intimité. — Il n'est rien de plus
noble que de s'accommoder de quelques désagréments comme les serpents et la poussière pour jouir
d'une liberté absolue.

J'étais moi-même un vagabond, mais d'une
espèce particulière, comme vous l'avez vu, parce
que je savais qu'un jour mes efforts littéraires
seraient récompensés par la protection de la société.
— Je n'étais pas un vrai chemineau qui ne nourrit
aucun autre espoir que cette espérance éternelle et
secrète que l'on peut concevoir quand on dort dans
des wagons de marchandises vides qui remontent la
vallée du Salinas, par une journée chaude et
ensoleillée de janvier, pleine d'une Eternité Splendide, en direction de San Jose où des clochards
d'aspect minable vous regarderont, la bouche har-
gneuse, et vous offriront à boire et à manger — le
long de la voie ou au bord de la rivière, à
Guadaloupe.

Le rêve originel du chemineau, c'est dans un
délicieux petit poème cité par Dwight Goddard,
dans sa Bible bouddhiste, qu'il a été le mieux
exprimé :

Oh oui, pour cet unique et rare événement
Avec joie donnerais dix mille pièces d'or !
Un chapeau sur la tête et un sac sur le dos,
Mon bâton, le vent frais, la lune dans le ciel..

En Amérique, on s'est toujours fait (vous remar-
querez le ton particulièrement whitmanien de ce
poème qui a été probablement écrit par le vieux
Goddard), une idée particulière et bien définie de la
liberté que confère la marche à pied, depuis l'époque de Jim Bridger et de Johnny Appleseed, et qui
est encore prônée aujourd'hui par un groupe s'ame-
nuisant sans cesse d'hommes hardis, attachés à
cette tradition et que l'on voit encore parfois,
attendant sur une route du désert un autocar qui les
mènera à la ville voisine où ils iront mendier (ou
travailler) et manger ; ou alors ils partent vers l'est
du pays, accueillis par l'Armée du Salut, et ils vont
de ville en ville, d'Etat en Etat vers leur destinée
finale : ils échoueront dans les taudis des grandes
villes quand leurs jambes les auront abandonnés.
— Et pourtant, il n'y a pas si longtemps, en
Californie, j'ai bel et bien vu (au fond d'une gorge,
près de la voie ferrée, non loin de San Jose, enfoui
dans les feuilles d'eucalyptus et au sein de l'oubli
béni que confèrent les vignes) un groupe de cabanes
en tôles et en planches, un soir ; en face de l'une
d'elles était assis un vieillard qui tirait sur sa pipe
en épi de maïs bourrée de tabac Granger à quinze
cents. Les montagnes du Japon sont pleines de ces
cabanes d'hommes libres et de ces vieillards qui
palabrent en buvant des infusions de racines, et qui
attendent la Révélation Suprême à laquelle on ne
peut accéder qu'en se plongeant de temps en temps
dans une solitude totale.

En Amérique, le camping est considéré comme
un sport sain pour les boy-scouts mais comme un

crime quand il est pratiqué par des adultes qui en ont fait leur vocation. — La pauvreté est considérée comme une vertu chez les moines des nations civilisées — en Amérique, vous passez une nuit au violon si l'on vous prend à ne pas avoir sur vous une certaine somme (c'était cinquante cents la dernière fois que j'en ai entendu parler, mon Dieu, combien est-ce maintenant ?).

A l'époque de Bruegel, les enfants dansaient autour du vagabond ; il portait d'énormes haillons et il regardait toujours droit devant lui, indifférent aux enfants ; et les familles laissaient les petits jouer avec le chemineau, c'était tout naturel. — Mais aujourd'hui les mères serrent leurs enfants contre elles quand le vagabond traverse la ville à cause de ce que les journaux ont dit du vagabond : il viole, il étrangle ; il mange les enfants. — Ecartez-vous des inconnus, ils vous donneraient des bonbons empoisonnés. Bien que le chemineau de Bruegel et le chemineau d'aujourd'hui soient les mêmes, les enfants sont différents. — Où est même le vagabond chaplinesque ? Le vieux Vagabond de la Divine Comédie ? Le vagabond, c'est Virgile, il fut le premier de tous. — Le vagabond fait partie du monde de l'enfant (comme dans la célèbre toile de Bruegel représentant un énorme vagabond qui traverse solennellement le village pimpant et pro-pret, les chiens aboient sur son passage, les enfants rient, saperlipopette) ; mais aujourd'hui, notre monde est un monde d'adultes, ce n'est plus un monde d'enfants. Aujourd'hui, on oblige le vagabond à s'esquiver — tout le monde admire les prouesses des policiers héroïques à la télévision.

Benjamin Franklin a mené une existence de vagabond en Pennsylvanie; il a traversé Philadelphie avec trois gros rouleaux sous le bras et une pièce d'un demi-penny du Massachusetts à son chapeau. — John Muir a été un vagabond qui est allé dans les montagnes, la poche pleine de morceaux de pain sec qu'il trempait dans les rivières.

Whitman terrifiait-il les enfants de la Louisiane quand il cheminait sur la grand-route?

Et le vagabond noir? Un solitaire des montagnes du Sud? Un voleur de poulets? Un Rémus? Le vagabond noir, dans le Sud, est le dernier vestige des clochards de Bruegel, les enfants le respectent, ils l'observent avec considération sans faire de commentaires. Vous le voyez sortir de la lande avec un vieux sac indescriptible. Transporte-t-il des pommes de pin? Porte-t-il le Lapin Br'er? Personne ne sait ce qu'il a dans son sac.

L'Homme de 49, le fantôme des plaines, le vieux Zacatecan Jack, le Saint Errant, le prospecteur, les esprits et les fantômes du vagabondage, tous ont disparu — mais eux (les prospecteurs) ont voulu emplir d'or leur sac indescriptible. — Teddy Roosevelt, politicien vagabond — Vachel Lindsay, le troubadour vagabond, le vagabond miteux — combien de pâtés pour un de ses poèmes? Le vagabond vit dans un Disney-land, la terre de Pete-le-chemineau, où tout n'est que lions humains, hommes de fer-blanc, chiens lunaires aux dents de caoutchouc, sentiers orange et mauves, châteaux d'émeraude qui se profilent au loin, philosophes débonnaires de sorcières. — Aucune sorcière ne s'en est jamais prise à un vagabond. — Le vagabond a deux montres que l'on ne peut acheter chez Tiffany ; à un poignet le soleil, à l'autre poignet la lune, les deux mains sont faites de ciel.

> *Ecoutez ! Ecoutez ! Les chiens aboient*
> *Les mendiants arrivent à la ville ;*
> *Certains sont en haillons, et d'autres en guenilles*
> *Et d'autres en robes de velours.*

L'époque de l'avion à réaction crucifie le vagabond : comment ce dernier pourrait-il voyager clandestinement dans un avion de messagerie ? Louella Parsons manifeste-t-elle de la sympathie pour les vagabonds ? je me le demande. Henry Miller, lui, leur permettait de se baigner dans sa piscine. — Et Shirley Temple, à qui le vagabond a donné l'oiseau bleu ? Les jeunes Temple sont-elles dépourvues d'Oiseau bleu ?

Aujourd'hui, il faut que le vagabond se dissimule, il a moins de cachettes, les flics le recherchent, *alerte à toutes les voitures, vagabonds dans les parages de Bird-in-Hand.* — Jean Valjean, chargé de son sac de candélabres, criant au jeune garçon : « Voilà ton *sou,* ton *sou* ! »... Beethoven fut un vagabond qui se mit à genoux et écouta la lumière, un vagabond sourd qui ne pouvait entendre les plaintes des autres vagabonds. — Einstein, le vagabond, avec son pull-over en agneau à col roulé, Bernard Baruch le vagabond sans illusion, assis sur un banc dans un jardin public avec, à son oreille, un appareil en plastique qui lui permettait de capter les voix : il attendait John Henry, il attendait quelqu'un qui eût perdu complètement la raison, il attendait l'épopée perse. —

Serge Essénine fut un vagabond prestigieux qui profita de la Révolution russe pour courir de côté et d'autre, buvant du jus de pommes de terre dans les villages arriérés de Russie (son plus célèbre poème s'intitule *Confession d'un clochard*) ; c'est lui qui a dit, au moment où l'on prenait d'assaut le palais du tsar : « En ce moment, j'ai grande envie de pisser par la fenêtre en visant la lune. » C'est le vagabond sans *ego* qui donnera un jour naissance à un enfant — Li Po était un vagabond puissant. — L'*ego* est le plus grand des vagabonds — Salut Ego vagabond ! Toi dont le monument sera un jour une superbe boîte à café en fer-blanc.

Jésus fut un vagabond étrange qui marchait sur l'eau. —

Bouddha fut aussi un vagabond qui ne prêtait aucune attention aux autres vagabonds.

Le Chef Pluie-Au-Visage, plus sinistre encore. —

W. C. Fields — son nez rouge expliquait le sens du triple mot, Grand Véhicule, Véhicule Plus Petit, Véhicule de Diamant.

Le chemineau est fils de la fierté, il n'appartient à aucune communauté ; il n'y a que lui et d'autres chemineaux et, peut-être, un chien. — Le soir, les vagabonds, près du talus du chemin de fer, font

chauffer d'énormes casseroles de café. — Fière était
la manière dont le chemineau traversait une ville,
passait à côté des entrées de service, derrière les
maisons, là où les pâtés refroidissaient sur le rebord
des fenêtres ; le chemineau était un lépreux mental,
il n'avait pas besoin de mendier pour manger, les
vigoureuses matrones de l'Ouest le reconnaissaient
au bruissement de sa barbe et à sa toge en guenilles,
« *viens le chercher !* ». Mais aussi fier qu'on le soit,
pourtant, il se pose parfois des problèmes : quand
elles criaient « *venez le chercher* », des hordes de
chemineaux survenaient dix ou vingt à la fois, et il
était plutôt difficile d'en nourrir un tel nombre ;
parfois les vagabonds manquaient d'égards pour les
autres, mais pas toujours ; quand cela leur arrivait
ils avaient perdu leur fierté, ils étaient devenus des
clochards — ils émigraient dans la Bowery à New
York, dans Scollay Square à Boston, dans Pratt
Street à Baltimore, dans Madison Street à Chicago,
dans la 12e Rue à Kansas City, dans Larimer Street
à Denver, dans South Main Street à Los Angeles,
dans la partie centrale de Third Street à San
Francisco, dans Skid Road à Seattle (toujours les
« quartiers maudits »). —

La Bowery, c'est le refuge des vagabonds qui sont
venus dans la grande ville pour récupérer de grosses
sommes d'argent en entassant les cartons dans des
voitures à bras. —

Beaucoup de clochards de la Bowery sont des
Scandinaves ; beaucoup saignent facilement parce
qu'ils boivent trop. — Quand l'hiver arrive, les
clochards boivent une boisson appelée « smoke » ;

c'est de l'alcool de bois avec une goutte de teinture
d'iode et un zeste de citron ; ils avalent ça et voilà !
Ils entrent en hibernation tout l'hiver pour ne pas
attraper froid, parce qu'ils n'ont pas de logis et il
fait très froid quand on vit dehors, l'hiver, dans la
grande ville. — Parfois les vagabonds dorment dans
les bras les uns des autres, pour se tenir chaud, à
même le trottoir. Les vétérans des Missions de la
Bowery disent que les clochards qui boivent de la
bière sont les plus agressifs de tous.

L'établissement Fred Bunz est le grand *Howard
Johnson's* des clochards — ce restaurant est situé au
277 de la Bowery, à New York. Le menu est écrit au
savon sur les vitres. — Vous voyez les clochards
allonger avec réticence quinze cents pour avoir de
la cervelle de cochon, vingt-cinq cents pour du
goulache, et sortir en traînant les pieds, vêtus de
minces chemises de coton dans la nuit froide de
novembre pour aller dans la Bowery lunaire, avec
un tesson de bouteille, dans une ruelle où ils restent
debout, contre un mur, comme des jeunes voyous.
— Certains ont des chapeaux d'aventuriers, tout
mouillés de pluie, qu'ils ont ramassés près de la
ligne de chemin de fer à Hugo, Colorado, ou des
chaussures percées, jetées par les Indiens sur les tas
d'ordures de Juarez, ou des vestes récupérées dans
le lugubre salon d'exposition du phoque et du
poisson. — Les hôtels pour clochards sont blancs et
carrelés, on dirait de véritables W.C. publics. —
Dans le temps, les clochards disaient aux touristes
qu'ils avaient été autrefois des docteurs pourvus
d'une bonne clientèle ; maintenant ils disent aux

touristes qu'ils étaient autrefois guides pour acteurs de cinéma ou directeurs en Afrique et qu'à l'avènement de la télévision, ils ont perdu leurs droits au safari.

En Hollande, le vagabondage n'est pas autorisé ; il doit en être de même à Copenhague. Mais à Paris, vous pouvez être clochard — à Paris les clochards sont traités avec beaucoup de respect et il est rare qu'on leur refuse quelques francs. — Il y a plusieurs classes de clochards à Paris ; celui de la classe la plus haute a un chien et un landau dans lequel il garde tous ses biens — lesquels se composent en général de quelques vieux numéros de *France-Soir,* de chiffons, de boîtes à conserve, de bouteilles vides, de poupées brisées. — Ce clochard a parfois une maîtresse qui le suit partout, lui et son chien et sa voiture. — Les clochards de la classe la plus basse ne possèdent rien ; ils restent simplement assis sur les rives de la Seine et se curent le nez en regardant la tour Eiffel. —

En Angleterre, les clochards ont l'accent anglais — ce qui les fait paraître étranges aux Américains. — Ils ne comprennent pas les clochards en Allemagne. — L'Amérique est la patrie des clochards. —

Le vagabond américain Lou Jenkins, natif d'Allentown, Pennsylvanie, a été interviewé chez Fred Bunz, dans la Bowery.

« Pourquoi que vous voulez savoir ça, qu'est-ce que vous voulez ?

— Si je comprends bien, vous avez parcouru toute l'Amérique.

— On lui donne pas un peu d'oseille au gars,

pour qu'il puisse boire un coup de vin avant de parler.

— Al, va chercher le vin.

— Où ça va paraître, dans le *Daily News?*

— Non, dans un livre.

— Mais qu'est-ce que vous foutez là les gars? Enfin, où il est le pinard?

— Al est parti en chercher — C'est du Thunderbird que vous voulez?

— Ouais. »

Lou Jenkins se montra soudain plus exigeant.

« Au fait, vous pourriez me refiler un peu de fric pour ma crèche de ce soir.

— D'accord; on voulait juste vous poser quelques questions. Par exemple : Pourquoi avez-vous quitté Allentown?

— Ma femme. — Ma femme. — Ne vous mariez jamais, vous ne vous en remettriez pas. Vous voulez dire que tout ça va être dans un livre?

— Allez, parlez-nous un peu des clochards, dites quelque chose.

— Eh bien qui qu' vous voulez savoir des clochards? Y en a des tas dans le secteur, plutôt coriaces en ce moment, ils ont pas d'argent — écoutez, si on allait se taper un gueuleton?

— On se reverra à Sagamore. » (Cafétéria respectable pour clochards au coin de Third Street et de Cooper Union.)

« D'ac, les gars, merci mille fois. » — Il enlève la capsule en plastique de la bouteille de Thunderbird d'un coup de pouce expert. — Et tandis que la lune monte dans le ciel, resplendissante comme une rose,

il avale de longues lampées avec sa grosse bouche
goulue, à s'en étrangler, gleub, scleup! Et le vin
descend et ses yeux s'agrandissent, puis il passe sa
langue sur ses lèvres et dit : « H-ah! » Et il crie :
« Oubliez pas mon nom, c'est Jenkins, J-e-n-
k-i-n-s. — »

Autre personnage —

« Vous dites que vous vous appelez Ephram
Freece, de Pawling, New York?

— Eh bien non, je m'appelle James Russel
Hubbard.

— Vous avez l'air très respectable pour un
clochard.

— Mon grand-père était colonel dans le Ken-
tucky.

— Oh!

— Oui.

— Et qu'est-ce donc qui vous a obligé à venir
dans la Troisième Avenue?

— J' peux pas, vraiment, je m'en moque, on ne
peut pas m'importuner je ne ressens rien, je me
moque de tout maintenant. Je suis désolé mais...
quelqu'un m'a pris ma lame de rasoir hier soir, si
vous pouvez me donner un peu d'argent, je m'achè-
terai un rasoir Schick.

— Où le brancherez-vous? Vous en avez la
possibilité?

— Un Schick injector.

— Oh!

— Et j'emporte toujours ce livre avec moi — *Les
Règles de saint Benoît*. Un livre sinistre mais j'en ai un
autre dans mon sac. Un livre sinistre aussi, je crois.

— Pourquoi le lisez-vous alors ?

— Parce que je l'ai trouvé — Je l'ai trouvé à Bristol l'année dernière.

— Qu'est-ce qui vous intéresse ? Y a quelque chose qui vous intéresse ?

— Eh bien cet autre livre que j'ai là est, euh... euh... un gros livre étrange — ce n'est pas moi que vous devriez interviewer. Parlez à çe vieux nègre, là-bas, avec son harmonica — Moi j' suis bon à rien, tout ce que je veux, c'est qu'on me laisse tranquille.

— Je vois que vous fumez la pipe.

— Oui — du tabac Granger. Vous en voulez ?

— Vous me montrerez le livre ?

— Non, je l'ai pas sur moi Y a que ça que j'ai sur moi. » Il montre sa pipe et son tabac.

« Pouvez-vous dire quelque chose ?

— Du feu ! »

Le clochard américain est en voie de disparition et il en sera ainsi tant que les shérifs opéreront, comme l'a dit Louis-Ferdinand Céline, « une fois pour un crime et neuf fois par ennui », car n'ayant rien à faire au milieu de la nuit, à l'heure où tout le monde dort, ils appréhendent le premier être humain qu'ils voient passer. — Ils interpellent les amoureux sur un banc, même. Ils ne savent absolument que faire dans ces voitures de police de cinq mille dollars, avec les appareils radio Dick Tracy, émetteurs-récepteurs ; ils ne savent qu'arrêter tout ce qui bouge, de nuit comme de jour, tout ce qui paraît se mouvoir sans utiliser l'essence, la vapeur, l'armée ou la police. — J'ai été moi-même vaga-

bond, mais j'ai dû abandonner aux alentours de
1956 à cause du nombre croissant d'histoires, à la
télévision, sur les méfaits abominables des étran-
gers portant des sacs qui marchaient seuls, en êtres
indépendants. — J'ai été cerné par trois voitures de
police à Tucson, Arizona, à deux heures du matin.
Je marchais sac au dos pour aller passer une douce
nuit à dormir dans le désert de la lune rouge :
  « Où allez-vous ?
  — Dormir.
  — Où ?
  — Sur le sable.
  — Pourquoi ?
  — J'ai mon sac de couchage.
  — Pourquoi ?
  — J'étudie la vie en pleine nature.
  — Qui êtes-vous ? Vos papiers.
  — Je viens de passer l'été au Service forestier.
  — On vous a payé ?
  — Ouais.
  — Alors, pourquoi n'allez-vous pas à l'hôtel ?
  — J'aime mieux le grand air. Et c'est gratuit.
  — Pourquoi ?
  — Parce que je fais une étude sur les chemi-
neaux.
  — Qu'est-ce que ça va vous donner ? »
Ils voulaient que je leur explique *pourquoi* je
menais une existence de vagabond, et ils faillirent
bien m'arrêter, mais je leur dis bien sincèrement ce
qu'il en était et ils finirent par se gratter la tête en
disant : « Allez-y, si c'est ça que vous voulez. » —
Ils ne m'ont pas proposé de faire avec eux en

voiture les sept kilomètres qui nous séparaient du désert.

Et si le shérif de Cochise m'a laissé dormir sur l'argile froide dans les parages de Bowie, Arizona, c'est uniquement parce qu'il ne savait pas que j'étais là.

Il se passe quelque chose d'étrange, vous ne pouvez même plus être seul dans les régions sauvages et primitives (les « zones primitives » comme on dit), il y a toujours un hélicoptère qui vient fouiner par là, et il vous faut alors vous camoufler. — En outre, on commence à exiger que vous observiez les avions étranges pour la Défense du Territoire comme si vous saviez quelle différence il y a entre les vrais avions étranges et tous les autres avions étranges. — Pour moi, la seule chose à faire c'est rester dans sa chambre pour se soûler et abandonner les idées de camping et de vagabondage car il n'est pas un seul shérif ni un seul garde forestier dans aucun des cinquante États de l'Union qui vous laissera cuire votre manger sur quelques brindilles enflammées, dans la broussaille de la vallée cachée, ni nulle part ailleurs, parce qu'il n'a rien d'autre à faire que d'appréhender ce qu'il voit se déplacer au-dehors, sans le secours de l'essence, de la vapeur, de l'armée ou du commissariat de police. — Je ne m'obstine pas... je me contente d'aller dans un autre monde.

Ray Rademacher, un gars qui reste à la Mission, dans la Bowery disait récemment : « Je voudrais que les choses soient comme autrefois, quand mon père était connu sous le nom de Johnny le Mar-

cheur des Montagnes Blanches. — Une fois, il a
remis en place les os d'un jeune garçon, après un
accident ; on lui a payé à manger et il est parti. Les
Français de la région l'appelaient « *Le Passant* »

Les vagabonds d'Amérique qui peuvent encore
voyager d'une manière saine ont gardé une certaine
vitalité ; ils peuvent aller se cacher dans les cimetières et boire du vin dans les bosquets des cimetières
et uriner et dormir sur des cartons et fracasser des
bouteilles sur les tombes, sans se soucier des morts,
sans en avoir peur, pleins de sérieux et d'humour
dans la nuit qui les protège de la police, amusés
même, et abandonnant les papiers gras de leur
pique-nique entre les dalles grises de la Mort
Imaginée, maudissant ce qu'ils croient être les jours
véritables ! Mais le pauvre clochard des bas quartiers, qu'il est à plaindre ! Il dort là, sous le porche,
le dos au mur, la tête sur la poitrine, la paume de la
main droite tournée vers le haut comme pour
recevoir l'aumône de la nuit, l'autre main pend,
solide, ferme, comme celles de Joe Louis, pathéti-
que, rendue tragique par d'inévitables circonstances — la main, comme celle d'un mendiant, est
tendue, les doigts suggèrent, semble-t-il, ce qu'il
mérite de recevoir, ce qu'il veut recevoir, ils modè-
lent l'aumône, le pouce touche presque l'extrémité
des doigts comme si, du bout de la langue, il était
sur le point de dire dans son sommeil, et avec ce
geste, ce qu'il ne pouvait pas dire quand il était
éveillé : « Pourquoi m'en avoir privé ? Pourquoi ne
puis-je respirer dans la paix et la douceur de mon
propre lit, pourquoi suis-je ici dans ces haillons

sinistres et innommables, sur ce seuil humiliant ? Il faut que je reste assis à attendre que les roues de la ville se mettent à rouler » ; et il continue : « Je ne veux montrer ma main que dans mon sommeil, je suis incapable de la redresser, alors profitez de cette occasion pour voir ma prière, je suis seul, je suis malade, je me meurs — voyez ma main ouverte, apprenez le secret de mon cœur humain, donnez-moi cet objet, donnez-moi votre main, emmenez-moi dans les montagnes d'émeraude, hors de la ville, emmenez-moi en lieu sûr, soyez bon, soyez humain, souriez. — Je suis trop fatigué de tout le reste maintenant, j'en ai assez, j'abandonne, je m'en vais, je veux rentrer chez moi, j'y serai en sûreté, et enfermez-moi, emmenez-moi là où tout est paix et amitié, vers la famille de ma vie, ma mère, mon père, ma sœur, ma femme et toi aussi mon frère, et toi aussi mon ami — mais aucun espoir, aucun espoir, aucun espoir ; je m'éveille et je donnerais un million de dollars pour être dans mon lit — O Seigneur, sauve-moi. — » Sur les routes maléfiques derrière les réservoirs à pétrole, là où les chiens sanguinaires montrent les dents derrière les grillages, les autos de police bondissent soudain comme des voitures d'évadés, mais elles proviennent d'un crime plus secret, plus funeste que les mots ne peuvent le dire.

Les bois sont remplis de geôliers.

DU MÊME AUTEUR

Aux Éditions Gallimard

SUR LA ROUTE

DOCTEUR SAX

LES CLOCHARDS CÉLESTES

LES SOUTERRAINS

BIG SUR

LE VAGABOND SOLITAIRE

SATORI À PARIS

VISIONS DE GÉRARD

Aux Éditions Denoël

LES ANGES VAGABONDS

Impression Brodard et Taupin
à La Flèche (Sarthe),
le 23 septembre 1992.
Dépôt légal : septembre 1992.
1ᵉʳ dépôt légal dans la collection : juin 1980.
Numéro d'imprimeur : 1326G-5.

ISBN 2-07-037187-5 / Imprimé en France.